JN215100

英雄の神話的諸相

──ユーラシア神話試論Ⅰ──

Aspects mythiques du héros.
Essais de mythologie eurasiatique I

フィリップ・ヴァルテール
Philippe Walter

（渡邉浩司・渡邉裕美子訳）
trad. par Kôji et Yumiko Watanabe

中央大学出版部

目　次

第7章　暦の中の太陽英雄

【ルグおよびルゴウェスと太陽英雄の死】

第8章　英雄の死と変容

【ハクチョウを連れた英雄（日本とヨーロッパ）――ユーラシア神話を求めて】

第9章　英雄の死後の住処

【山の中の王――さまよう霊魂の住処の伝承をめぐって（ティルベリのゲルウァシウスからアルフォンス・ドーデまで）】

訳者前書き

ユーラシア大陸の両端に位置する日本とヨーロッパには、よく似た神話伝承が見つかります。奈良時代の歴史書『古事記』の「神代」によると、イザナキは火の神カグツチを産んで焼け死んだ妻イザナミのいる黄泉の国を訪ねます。決して姿を見ぬようにという妻イザナミの願いをきかず、変わり果てた妻の姿を目撃してしまったイザナキは、恥をかかされて激怒した妻の追跡を振り切って黄泉の国からの脱出に成功します。これと同工異曲の話がギリシア神話のオルペウスの冥界下りです。毒蛇にかまれて死んだ妻エウリュディケを取り戻すために冥界を訪ねたオルペウスは、冥界の王ハデスから冥界を出るまでは決して後ろを振り返ってはいけないという条件つきで、妻の返還を認められます。しかし、オルペウスは地上に戻る直前に後ろを振り向いて妻の姿を見てしまい、それが妻との最後の別れになってしまいます。

中世フランス語韻文で書かれた作者不詳の『ガンガモールの短詩』は、主人公のガンガモールが森の中で白い豚に導かれるまま「異界」へ入りこむ話です。美しい姫君の宮殿で歓待されたガンガモールが3日過ごした後に故郷へ戻ると、300年の時が経過していたことが分かります。姫君から帰郷後は飲食を控えるよう警告されていましたが、空腹を覚えたガンガモールは野生のリンゴの木から実を3つ取って食べ、一気に年老いて落馬してしまいます。ケルト文化圏の神話伝承に基づくこの話は、日本の浦島伝説にとてもよく似ています。

19世紀から20世紀初頭には、このように洋の東西で同じ神話伝承が見つかる場合、インドがその源流であると考えられていました。20世紀に欧米で神話研究が大きな進展を見せ、フランスではクロード・レヴィ＝ストロースによる構造主義的なアプローチと、ジョルジュ・デュメジルによるインド＝ヨーロッパ語族の研究が神話学の主要な潮流となりました。その一方で、神話の深遠な理解には、文献学・哲学・文学・歴史学・心理学・社会学・人類学・宗教学を始めとした多くの学問分野を総動員する学際的な視点が必須であることが分かりました。21世紀に入った現在では、新たな視点から世界中の神話伝承が比較検討され、以前には注目されることのなかった有意義な対応関係が、物語の構造とモチーフのレベルで発見され続けています。金光仁三郎氏（中央大学名誉教授）の『ユーラシアの創世神話――水の伝承』（大修館書店、2007年）および『大地の神話――ユーラシアの伝承』（中央大学出版部、2009年）は先駆的な労作であり、最近ではマイケル・ヴィツェル氏（ハーヴァード大学教授）が提唱する「世界神話学」が新たな潮流となっています。

こうした研究動向の中で、篠田知和基氏（名古屋大学文学部元教授）は1990年代後半からフィリップ・ヴァルテール氏（フランス・グルノーブル第3大学名誉教授）とともに「ユーラシア神話」研究の可能性を模索し始めました。すなわち日本とヨーロッパに重要なモチーフ群を共有する類似した神話伝承が見つかる場合、その祖型をインド＝ヨーロッパ語族の時代以前にユーラシア大陸に存在したと思われる神話的信仰あるいは想像世界（イマジネール）の体系に求める考え方です。これは「絹の道（シルクロード）」に匹敵する「神話の道」をユーラシア大陸上に発見しようとする野心的な試みです。

フィリップ・ヴァルテール氏は1995年12月に初来日され、奈良県新公会堂で開催された国際シンポジウム「森と文明」で研究発表をされました。また、1998年2月に篠田知和基氏により名古屋大学文学部へ1ヶ月間招聘され、設立予定だった比較神話学研究組織（通称GRMC）の準備にも、実質的なフランス代表として参加されました。こうして「ユーラシア神話」研究プロジェクトがスタートし、篠田氏の主宰による国際シンポジウムは1998年9月に名古屋大学で「荒猟（ワイルド・ハント）」をテーマに開催された第1回を皮切りに、中央大学で2013年8月に「文明の発生（農耕・金属・繊維）」をテーマに開催された回に至るまで15年間にわたり定期的に継続して行われました。シンポジウムには吉田敦彦氏（学習院大学名誉教授）や松村一男氏（和光大学名誉教授）を始めとした日本の代表的な神話学者たちが参加され、活発な議論がなされました。

ヴァルテール氏は毎回、国際シンポジウムで貴重な報告をされただけでなく、大の親日家として日本各地の大学での講演を何度も快く引き受けて下さいました。本書はこうしたシンポジウムでの報告や大学での講演、さらには日本で刊行された論集に掲載された数多くの論考の中から、「英雄」をテーマにした文章を厳選したものです。さらにこれらにルーマニアの学術誌『カイエ・ド・レキノクス』に掲載された「ドラゴンの血」をめぐる論考を加えました。この邦訳掲載を快諾して下さった編集長コリン・ブラガ氏に、心より感謝いたします。

序　　章

図１　ヘラクレスによるヒュドラ退治
（前５世紀頃のアンフォラ。パリ、ルーヴル美術館）

神話とは、神々や英雄に関わる事柄のことである。神々や英雄が登場すると、人間は脇役にすぎない存在になる。神々を見分けるのはたやすいが、英雄についてはそれほど明確に定義できない。英雄はまさしく、人間と神々の中間に位置する存在である。つまり完全に人間であるわけではなく、だからといって真の神々ではないため、半神ということになる。「英雄」に相当するフランス語「エロ（héros）」（英語では「ヒーロー（hero）」）はギリシア語の「ヘロス」（heros）に由来し、その長い歴史はホメロスまで遡る。もともと「ヘロス」という言葉は、ホメロスの叙事詩に登場する名だたる人々に使われる敬称だった。またこの「ヘロス」という言葉には宗教的な意味もあり、（ヘシオドスの作品では）半神、あるいは地方神を指していた。実際に、葬送儀礼は神格化された人間、つまりテセウスのような英雄のために行われた。そして葬送儀礼が英雄のために行われたことにより、「ヘロス」という語は死者や幽霊にも使われるようになった[1)]。

「ヘロス」という言葉は、ギリシアの女神ヘラ（Hera）や、さらにヘラの名を冠した最も著名なヘラクレス（この名は《ヘラの栄光》を意味する）の名と似ている。そのため学者の中には、英雄の概念をヘラの名と関連づけて考える者もいた。ヘラクレスは古代ギリシアの英雄の典型だが、その名に含まれているヘラとは何者なのだろうか？　ヘラは、至高神ゼウスの妻にして姉妹にあたる天界の女王である（ゼウスの名の語根は「日」を指す語と関連している）。したがって女神としてのヘラは、日中の空を支配するゼウスとのつながりにより、1年のうちの「美しい季節」を具現している。そのため、ヘラの名のインド＝ヨーロッパ語の語根（*ye/or）には時間的な意味が含まれている。すなわち、「年」を指すドイツ語「ヤール」（Jahr）や、スラヴの神々の名ヤロヴィト（Jarovit）［西スラヴの豊穣神］およびヤリーロ（Jarilo）［東スラヴと南スラヴの豊穣神］、古代イランの「ヤールヤ」（Yarya）［1年の四季の祭り］などの例がこれにあたる。また、ヘラの名は季節の変化を司る女神たちの名ホライ（Horai、*yor-a に由来）にも近い。ホライ［ホラ（Hora）の複数形］は、後に日中の時間を指すようにもなった。ホライは植物の生長のサイクルを司り、神々の住まいの扉だけでなく

「宇宙の時間」の扉にも目を光らせている。このように、時間（ホライ）と1年の特別な季節（ヘラ）との間にははっきりとした関連がある。これは時間が規則的に回帰して集積することにより、日の移行、月の移行、季節の移行、最後には年の移行が可能になるからである。こうしたことから、ホライとヘラに備わるこうした時間的な意味は、英雄（ヘロス）にも当てはまると考えられる。

英雄というのは、武勲を重ねながら宇宙の時間の中の危険［大火災や大洪水など］をはねのけて乗り越え、「大いなる年」の四季を無傷のまま過ごすことができる者のことである。この「大いなる年」とはこの世の始まりにあたる原初的な年のことであり、人間が経験するすべての歳月の元型モデルにあたる。暦の秩序に従って行われる一連の季節儀礼が完遂されるのを見届けるのが、この「大いなる年」である。宇宙の時間はこうした儀礼を行うことで安定し、世界の終末を招くような危機や急激な変化を被らずにすむのである。こうした観点から見ると、最も有名な英雄は間違いなくヘラクレスであり、1年の12ヶ月を象徴する12の功業（または難業）によって、宇宙の時間に重くのしかかる障害や脅威を制している。ヘラクレスは宇宙の秩序が混沌（カオス）の力で崩壊しないようにする。たとえばレルネのヒュドラに対する勝利は、水を堰き止めていたドラゴンを制圧することに等しい（ギリシア語でヒュドラは「水」を意味する。すなわちヒュドラは夏に地上の水をすべて飲み干し、宇宙を干上がらせる恐れのある怪物である）（図2）。ヘラクレスがレルネのヒュドラを倒すことにより、人間は生きていくために必要な水を地上で確保することができる。つまり水を堰き止めていた怪物に勝利

図2　ヘラクレスによるヒュドラ退治（北イタリア、16世紀のブロンズ像。パリ、ルーヴル美術館）

することで、地上の豊穣が維持されるのである。したがってヘラクレスは無敵の存在、すなわち試練のさなかにも命を落とすことのなかった者である。ヘラクレスは人間の条件を越えた高みに到達して神々に近づくが、最後には死を経験することから不死の存在とは言えず、その記憶がオリュンピア競技のときに称えられたことで神々に近くなっただけである（図3）。英雄と宇宙の時間とのこうした関係を記憶にとどめておかねばならない。この神話上の人物［ヘラクレス］の理解を一新するために必要だからである。こうした関係は、ギリシア語それ自体の中に書きこまれている（以上のように英雄（ヘロス）、時間（ホライ）、季節を司る女神としてのヘラは、いずれも宇宙の時間と関連している）。

本書は、中世ヨーロッパ的な意味での英雄が持つさまざまな神話的特徴と、その宇宙の時間との関連について拾いあげ、詳細に描くことを目的としている。そして各章で英雄がたどる段階に焦点をあて、通常の人間と英雄とを分かつ点を強調している。

まず英雄の懐胎だが、これはかなり異常で通常の掟に反していて、特に近親相姦によるものが多いがそれ以外の場合もある（英雄は神と人間の交わりから生まれることもある）。英雄の懐胎は、太陽の運行サイクルと結びついた1年の決まった時期に起こることが多い。

図３　火葬壇に登るヘラクレス（グイド・レーニ作、17世紀。パリ、ルーヴル美術館）

英雄の誕生には、大抵途方もない現象がともなう。たとえば炉の中に入れられた英雄は、火の試練を経て体が金属のように硬くなり、不死身になる。また、水の試練にさらされることもある。舟に乗せられて波間を漂うのは、英雄が神の庇護を得られるかどうか確かめるためである。しかも英雄には大惨事を招く可能性もあり、生まれた土地から遠ざけようと海へ流されることもある。英雄にあらかじめ定められた運命は、こうした最初の試練の中で明らかとなる。

ひとたび英雄と認められた者は、普通の人間には不可能な偉業を成し遂げる。それは一人前の戦士になるための偉業である。なかでも通過儀礼に関わる偉業が最も驚くべきもので、選ばれし者だけに可能な魔術的行為である。たとえば、英雄には鳥のさえずり（あるいは動物の言葉）が理解できるが、これは未来を知ることができるということである。これに対し、戦闘能力を示す戦いでの偉業ははるかに古典的である。英雄がたどるこれらの試練は、［神話学者ジョルジュ・デュメジルが提唱した］インド＝ヨーロッパ語族の3機能という枠内に置き直して検討すべきだろう。（動物の言葉が分かるようになる）この魔術的な試練は第1機能（魔術的な支配権）に属し、英雄は2つ目の試練により第2機能（戦闘機能）の具現者となる。これにより、征服した王国全体に（繁栄と豊穣に関わる）第3機能が保証される。戦いの偉業の中では、［伝ネンニウス『ブリトン人史』が伝える］アーサーの挑む12の戦いが暦の象徴的意味（ヘラクレスの12功業の持つ意味）を想起させるものである。12の戦いが表すのは、1年の12ヶ月あるいは黄道12宮であり、それはどの英雄も直面する宇宙の時間を表している。

英雄の生涯は、始祖として何を行うかによっても意味を持つようになる。つまりその価値によって一文明の理想が定義され、死すべき運命にある人間の存在様式が神聖視されるようになるのである。

誕生に続き、英雄はもう1つ別の時期によって特徴づけられる。すなわち、太陽の運行サイクルの最後に起こることが多い、英雄の死である。このように英雄の運命が太陽のサイクルと軌を一にしていると考えると、ますます英雄を宇宙との関連から定義できるようになる。この点で英雄は常に天体と結びついた神々を模倣しているが、神々と混同されることはない。

英雄の死は、超自然的な前兆をともなう。おもに霊魂導師の役割を担った動物が現れ、英雄を彼方へと導いていく。こうして英雄は異界で生き長らえ、死後も再び姿を現すことができる。これにより、英雄は人間と神々の間の存在であるという特別な性質を証明する。

英雄という概念自体は、《永劫回帰》という概念と重なっている。ドイツの哲学者フリードリヒ・ニーチェ［1844～1900年］は、《永劫回帰》という概念に人間の条件の本質そのものを見ていた。英雄とは、生き返ろうとしたり永遠に生き続けようとしたりする、強く生きようとする存在なのである。

注

1）　Chantraine, P.（1968）, p. 417.

第1章

自然の掟に反した英雄の懐胎

【シャルルマーニュと妹の近親相姦
——中世史に残る「噂」をめぐる解釈学試論】

図4　シャルルマーニュ像（パリ、ノートルダム大聖堂前）

英雄の懐胎は人間の場合とは異なり、通常の掟に反したものである。本章ではその例証として、中世フランスの武勲詩『ローランの歌』の主人公の懐胎のケースが詳しく取り上げられている。英雄ローランはシャルルマーニュ（カール大帝）が妹との近親相姦からもうけた息子だとされるが、この伝承は道徳的な観点に限定して解釈すべきではない。王族の近親相姦には神話的な基層があり、ローランも半神的な英雄だと考えられるからである。本論のもとになったのは2010年8月30日に名古屋大学文学研究科で開催された講演であり、その仏文原稿はCOEプログラムの機関誌 *HERSETEC* 第4巻第1号（2010年）pp. 131-140に掲載された。

1. はじめに

シャルルマーニュ（カール大帝、742 ～ 814 年）（図 5）と妹ジゼルが犯した近親相姦（インセスト）は、現代の社会学者たちが「噂」と呼ぶ現象の模範的な実例である。「噂」というのは、ある社会の中で広範に知れ渡っている真実や新事実を伝えようとする話であるが、その実質的な情報源は分からない。ここでは、カロリング朝［フランク王国の第 2 王朝、751 ～ 987 年］の近親相姦の問題を「噂」として扱うことにしたい。この噂は、史実に基づく真実を複数の文献が（どちらかといえば意識的に）操作して伝えたものである。この噂が生まれた理由とその経緯を探ってみよう。噂に触れている文献の解釈は、比較による手続きを経て明確になってくるさまざまな読み方のうち、どのレベルに依拠するかによって変わってくるだろう。

フランス叙事詩の白眉『ローランの歌』（1100 年頃成立）の中のシャルルマーニュは、甥のローランと切り離すことのできない関係にある。比類なき運命を背負った非の打ち所がない騎士ローランは、ロンスヴォーの戦いの折に、悲劇的な状況で落命する。この悲壮な場面で、シャルルマーニュは甥の亡骸の近くへ行き、涙に暮れる。この振舞いには驚かざるを得ない。大帝はなぜこれほどに心を動かされたのだろうか。大帝は（ほかの場面ではむしろ平然としているのに）、なぜこれほどに感情をあらわにしたのだろうか。何らかの秘密が隠されているのではないだろうか。『ローランの歌』自体はそれを詳らかにしていないが、『ロンサスヴァルス』（オック語［南フランス語］で

図 5　シャルルマーニュの騎馬像（9 世紀頃のブロンズ像。パリ、ルーヴル美術館）

書かれた『ロンスヴォーの歌』）[1] ではある過ちが明らかにされている。1,622行以下で、シャルルマーニュは亡くなったローランの前でこう叫ぶ、「立派な甥よ、私は大罪によって、妹との過ちによってそなたをもうけたのだ。私はそなたの父親であると同時に、そなたの伯父なのだ。そしてそなたは、私の甥であり私の子供なのだ」。この告白により、ローランは明らかにシャルルマーニュの近親相姦から生まれた息子ということになるだろう。ローランは、シャルルマーニュが妹との間に「もうけた可能性のある」比類なき子供である。しかしここでは、史実と神話、実在したシャルルマーニュと文学作品に描かれたシャルルマーニュを短絡的に混同することのないように、（近親相姦の有無についての）断定は避けることにしたい[2]。

2. 噂の遍歴

オック語で書かれたこの文献の証言は、14世紀のものである。しかしこれだけではない。すでに9世紀からラテン語文献の中に、シャルルマーニュの犯した近親相姦の問題を取り上げたものが見つかる。この伝承は、重要な文献[3]において順に取り上げられたことで確立され、後述するようにその結果として広まった噂が神話と響きあうようになっていった[4]。

『ランの哀れな女性の幻視』は、大帝（シャルルマーニュ）が犯した「罪」に関する最古の物語である。ランに住むある女性は幻視を体験し、ルイ敬虔王の妻であったエルマンガルド王妃とシャルルが地獄で刑罰を受ける姿を目にする。シャルルの息子がランの貧者たちのために宴を7回催して、ようやくシャルルは解放される。この物語は、エルマンガルドが亡くなった818年10月30日以降に著されたものである。しかしながら、シャルルが贖っているかくも重いこの罪が何を指すのかはまだ分からない。

『ヴェッティヌスの幻視』は、「我らの修道士ヴェッティヌスが死の前日に体験した幻視」を著したものである。『聖ガルス伝』の著者であるライヘナウの修道士ヴェッティヌスは、死の前日にあたる824年11月3日に幻視を体験した。この幻視は彼の修道院長だったハイトによって書き綴られた。ヴェッティヌスは、煉獄で（名の明かされない）大帝が肉の罪をそそいでいる姿を見かけた[5]。罪人の名は伏せられているが、罪を犯したと明示されている。

幻視を体験した修道士の死に立ち会っていたヴァラフリド・ストラボは、(842年から849年にかけて)『ヴェッティヌスの幻視』を韻文で書き改めた。皇帝が肉の罪を贖う場面で、ヴァラフリドは折り句（アクロスティッシュ）を使って（各行の最初の文字を縦に並べて読むと）君主（カール大帝）の名「カロルス・インペラートル」(Carolus imperator) が現れるようにすることで、秘密を暴露している。

さらに『カルラマグヌス・サガ』（ノルウェー語＝アイスランド語によるサガ）には、「カルラマグヌス王は妹ゲレム（異本ではギレム）を見つけ、彼女を閨房へ連れて行き、彼女と交わった。王はその後教会へ行き、エギディウスにすべての罪を告白したが、最後に犯した罪だけは告白できなかった」[6]という一節が見つかる［カルラマグヌス、ゲレム、エギディウスは、現代フランス語ではそれぞれ、シャルルマーニュ、ジゼル、ジルに相当する］。

『聖ジル伝』が収録する挿話の１つは、（ステンドグラスや写本挿絵に）何度も描かれてきた。ジルがミサを唱えていた時、１人の天使が祭壇の上に１枚の文書を置く[7]。その中には王が告白していない罪が書かれていた。ジルが王に会いに行くと、王はジルの足もとに跪き、自分の犯した恐るべき罪を告白する。近親相姦の場面は描かれていないが、罪の告白は以後、はっきりと述べられるようになる[8]。

『サンティアゴ巡礼案内記』は、簡単にこの問題に触れている[9]。

武勲詩の１つ『トリスタン・ド・ナントゥイユ』では、罪の表明に曖昧な点はない。

> 彼の罪はおぞましいものだった。それが何かはまったく分からない。
> しかしある人々の推測によると、それは実に博識の人々だが、
> 彼が実妹にローランをはらませたときに、
> 犯した罪だったとされる。このように推測されているのは、
> 罪を本当に証明できる人が皆無だからである。
> それでもこのように理解する者が幾人もいる[10]。

3. 史実との突合せによる噂の検討

こうしたすべての事は、文字で書きとめられているという理由から、信じるに値するように思われるだろう。しかし歴史家たちは随分昔から、こうした出来事が歴史的に真実かどうか疑ってきた。叙事文学は決して、史実を忠実に映し出す鏡ではない。叙事文学はフィクションに依拠しているのであり、フィクションで自由に用いられる歴史上の人物や出来事は厳格なクロノロジーに従うわけではない。大帝（シャルルマーニュ）の死後3世紀以上を経て書かれた武勲詩は「シャルルマーニュの詩史」[11]となっているが、史実を自由に脚色したものである。ここでは武勲詩の起源をめぐって長い間行われてきた難しい議論を繰り返すことはしない。それでも今日指摘できるのは、後代になってシャルルマーニュという人物がシャルルマーニュ自身よりもはるかに古い時代の神話図式に属する叙事詩の筋書きへ結びつけられたという点である[12]。クロノロジーの点で明らかに矛盾が生じているのはそのためである。誕生日を検討してみるだけでも、シャルルマーニュとジゼルがローランの両親にはなりえないことははっきりしている。

「論拠1」　歴史家たちは、歴史上の人物としてのローランの存在自体に異議を唱えた。

「論拠2」　歴史家たちは、実在したジゼルがローランという名の息子をもうけることができたという説に異議を唱えた。

「論拠3」　歴史家たちは、実在したシャルルマーニュがローランの父親にはなりえなかったことを証明した。

史実に基づくさまざまな情報源によれば、『ローランの歌』の中核にくるロンスヴォーの戦いは778年に起きた[13]。

「論拠1」の検討　ロンスヴォーの悲劇から50年の間に皇帝の尚書局から出された文書の中で、ローランが話題になったことは一度もない。ローランの名は、エインハルドゥス（エジナール）が『カロルス大帝伝』を著した829年以降になって初めて、ロンスヴォーと結びつけられている。しかしながら、ルイ敬虔王［778～840年、在位814～840年］に仕えた司書の直接の管理下で筆写された『カロルス大帝伝』の諸写本には、ローランへの言及がまったくない。皇帝の尚書局の公式文書にローランの名が見つからないことが、ローラン自身が実在しなかった証明となっている。つまりローランよりもはるかに価値の劣る他の人物への言及が多く見られるのに、シャルルマーニュとの関係がこれほどに近かったローランという人物についてどういうわけで言及されなかったのかが分からないからである[14]。

「論拠2」の検討　小ピピン（714～768年）は744年にベルトを娶り、747年にシャルルマーニュが、757年にジゼルが生まれた。21歳（778年）のジゼルに、戦士としてすでに輝かしい履歴を持つ息子がいたとは考えにくい。

「論拠3」の検討　778年の時点でシャルルマーニュに一人前の戦士として戦うことのできる息子（つまり20歳の男子）がいるためには、20年前の758年に息子をもうける必要があったはずである。ところが758年の時点で、シャルルマーニュは11歳にすぎなかった。

以上3つの論拠に加えてさらにもう1点、史実との齟齬を付け加える必要がある。シャルルマーニュの犯した罪の発見とその赦免についての噂において、聖ジルが重要な役割をしている。ジルがミサを唱えていると、1人の天使が祭壇の上に1枚の文書を置く。そこには王の隠された罪について書かれていた。ジルが王に会いに行くと、王はジルの前に跪く。そして王は自分の犯した罪を認め、すぐさま許される[15]。このことを伝えているのはラテン語で著された『聖アエギディウス伝』であるが、11世紀以前に遡る写本は皆無である［アエギディウスはジルのラテン語名］。重要な点は、ギリシア生まれの聖ジル（6世紀）がシャルルマーニュの同時代人ではありえなかったことである[16]。聖ジルは近親相姦の発覚に手を貸したとされているが、実際にはその役割を演じることはできなかった。また『カルラマグヌス・サガ』に言及が見られるジルは、南フランスのサン＝ジル＝デュ＝ガールで崇敬の対象となっている聖ジルであり、シャルルマーニュの礼拝堂付き司祭に任命された教皇の特使にあたる。しかしこの人物は6世紀の聖ジルとは別人である。

クロノロジーだけに限ってみても、シャルルマーニュの近親相姦をめぐるすべての伝承は、まったく史実とはみなすことができないものばかりである。だからといってこの問題に意味がないわけではない。この問題は逆に、これとの関連から間接的に明らかになる史実を暗示しているためである。

4. シャルルマーニュが犯した近親相姦の解釈

4-1　史実に基づく民族学的な解釈

カロリング朝の宮廷は実際、性的放縦が支配的であった。これはあらゆる《道徳的な》ルールも無視しようとする風潮からだけでは説明がつかないことである。《道徳的な》ルールは、9世紀のキリスト教の枠内ではしっかりと定義されてはいなかった。このように性的放縦が支配的であったことは、実際にはフランク族の一門で当時行われていた族内婚の慣例から説明が可能である。9世紀の数多くの写本が、近親やいとことの姻戚関係の問題、親等関係の範囲、近親結婚の禁止に触れている。小ピピンの定めた法令（752～757年）には、4親等までの近親結婚を禁じたレスティンヌ公会議の決定が認められる。したがって近親相姦の噂はむしろ、古代ゲルマン民族の間にかなり広まっていた族外婚や族内婚の風習から説明できるだろう。族内婚は、世襲財産を守るために、中世の貴族の間でかなり長い間続けられていた。近親相姦という概念が社会によって異なることも指摘しておく必要がある。（ジョルジュ・デュビーの著作[17]が明らかにしたように）キリスト教的な結婚がゆっくりと制定されていくにつれて、カロリング朝の時代やそれ以前に頻繁に見られた近親結婚の習慣は廃れていった（事実、公会議の決議や司教が作成した贖罪規定書によって、こうした習慣が告発される頻度は増えた）。そのため、シャルルマーニュが犯したとされる近親相姦の噂は、教会が断罪していた近親結婚にまつわるすべての慣例を選別し、誇張し、さらに包括的に断罪することに他ならなかった。父親の犯した罪ゆえに落命したローランという虚構の例は、カロリング朝の時代の人々の間で一般的だった近親結婚を止めさせようと、聖職者階級が目論んで考え出したものなのかもしれない。そうだとすれば、見習うべきではない例を作り出すために教会が誇張して広めた、熟慮の上での情報操作の一例だと考えられる。そしてこの情報操作により、シャルルマーニュは近親相姦の罪を犯して地獄で焼かれることになった。この噂を扱う最古のラテン語文献は明らかに僧侶や教会人によって書かれており、宣教や道徳的な警告の範疇に属している。

4-2 イデオロギーに基づく政治的な解釈

ここで問題となるのは、この噂は誰にとって有益だったかということである。シャルルマーニュの威厳に満ちたイメージは、政争の具として使われていた（図6）。近親相姦の噂は、こうしたイメージを壊すために意図的に企てられた計画の一部である。神聖ローマ帝国のドイツの後継者たちは、復活したローマ帝国の政治的主導権を正当化するためにシャルルマーニュを用いた（復活したローマ帝国は、ドイツ皇帝の支配下に入る可能性もあったフランスを含め、ヨーロッパのほぼ全域に及んでいた）。ヴェルダン条約［843年］（シャルルマーニュの帝国の解体）以降、帝国の中の《フランスの》部分と《ゲルマンの》部分は、政治的に別々の運命をたどった。その結果、《フランス王》と《ドイツ皇帝》は敵対し競合することになった。《ドイツ人》は12世紀にシャルルマーニュを聖人の列に加え、典礼上で重要な崇敬を彼に捧げた[18]。これに対し、《フランス人》はまず（武勲詩を通じて）彼ら独自の皇帝像を創り上げた。《フランス人》はシャルルマーニュをフランス化し、カペー朝のプロパガンダに利用しようとしたが、その試みは失敗に終わった。《花咲くひげの皇帝》は、笑いの種になってしまったのである[19]。その反動として、ドイツ人がシャルルマーニュをゲルマン化しようとしたことにより、かなり早い

図6　シャルルマーニュの肖像
（デューラー作、16世紀末）

図7　イスラム教徒を改宗させるシャルルマーニュ（『フランス大年代記』の写本挿絵）

段階でフランスで（さらには教皇領で）近親相姦の噂による中傷の動きが生まれた。その一方で、プランタジネット朝［イングランドの王朝、1154～1399年］の人々がシャルルマーニュに対抗すべき理想的な君主像としてアーサー王を創り出したことは、彼らにとってどちらかというと有利に働いた[20]。このような状況ではむしろ、ヨーロッパでドイツ皇帝の握る主導権に敵対する政治勢力こそが、シャルルマーニュの近親相姦伝説を広めることを得策と考えた可能性が高い。それはローマ帝国統一の大義名分とするためにドイツ皇帝側が振りかざしていた偶像を破壊する方法の1つだった。そして神聖ローマ帝国に敵対するこうした勢力を、どちらかといえば教会や教皇庁の側に探す必要があった。また、ゲルフ（教皇党）とギベリン（ドイツ皇帝とホーエンシュタウフェン王家[21]の支持者たち）との争いが、シャルルマーニュの噂の背景となった可能性もある。神聖ローマ帝国のイメージの評判を悪くするためにこの噂を広めることを得策と考えた可能性があるのは、もちろん教皇支持者であるゲルフの側であろう。なぜならシャルルマーニュは神聖ローマ帝国にとって伝説上の大黒柱だったからである（図7）。

4-3　神話学的な解釈

このテーマの理解には、神話学的な解釈が最も確実な方法だと考えられる。そして文化と政治の想像世界（イマジネール）の観点から見る場合、さまざまな社会や時代に認められる紛れもない《近親相姦の神話》[22]を取り上げるべきだろう。かなり多くの民族において、近親相姦は王権神話に属している。ジョルジュ・デュメジルは古代のケルト神話やゲルマン神話に近親相姦が頻繁に現れることを指摘し、ロルウォ（Rollvo）某の例を挙げている。奇妙にもローランに似た名を持つロルウォは、ウルサ（《雌熊》）という名の女が兄弟と近親相姦の関係をもって産んだ息子だった[23]。これはケルト＝ゲルマン文明の想像世界（イマジネール）で、王族の血を純粋のまま保つことが重要視されたことによる。したがって、こうした風習は人種的偏見から説明が可能である。すなわち、優生と考えられた王族を堕落させたり、王族の血に別の血を混ぜたりすることは絶対に避けなければならないというものである。

エジプトにはファラオが姉妹を娶る物語がある。こうした伝承のモデルは神話に基づくものだった。「ヘリオポリスの９柱神」の中では、シューとテフヌト、ゲブとヌート、オシリスとイシス、セトとネフチュスがみな兄弟姉妹でありながら夫婦である。エジプトの「兄弟姉妹の夫婦」神話はよく知られていた。インド、インカ、ニュージーランドのマオリ族[24]など別の物語でも、同じように君主が姉妹と交わっていたとはっきり書かれている。王族間での近親相姦は、アフリカでは聖なる王権に法的な根拠を与えるものだった[25]。中世文学（その中には年代記も含まれる）でもまた、古い神話図式、すなわち史実の出来事を直接の典拠とするわけではない伝説に基づいた記憶が用いられている。中世文学では、史実に基づく《現実》から物語が創り出されたわけではない。想像世界（イマジネール）のモデルやさらに古い時期の物語（その大半は口頭伝承や神話伝承から汲み取られたもの）から創り出されたのである。

そのため近親相姦のモチーフは、かなり多くの神話に見られる《英雄誕生の神話》に属している。比類なき英雄は、比類なき状況においてのみ誕生しうる[26]。ローランに備わる英雄的な価値は、何よりも彼の懐胎の状況から説明される。実際に中世貴族の想像世界（イマジネール）では、ある人物に備わるすべての特性は、その出生によって説明される。叙事文学の作品では（噂を伝えるラテン語の詩編とは逆に）、シャルルマーニュの近親相姦と英雄ローランの誕生は直接結びついている。（近親相姦を断罪する）キリスト教では、ローランがいまわの際に両親が犯した罪を贖うのであればローランの模範的な価値は疑問視されず、この英雄戦士は呪われた運命を背負った特別な人物として扱われ続けている。

こうした信仰は妖術に残された。妖術師たちもまた貴族階級と同じく、一般大衆とは差別化された独自の社会を作っている。実際、特に評判の高い妖術師は母親とその息子、あるいは父親とその娘との近親相姦から生まれると考えられていた。近親相姦は魔女集会（サバト）で頻繁に行われ、異端審問官たちが常々こうした獣のような振舞いを告発していた。このように近親相姦から生まれた子供たちは[27]、吸血鬼に変身することができると考えられていた。つまり彼らには、普通の人間が手にできない力があった。このことは、近親相姦の禁止に基づいて定められた通常の妊娠に関わる規則に違反することによって比類なき遺伝的体質が受け継がれていくという（純粋に想像世界での）原則を、逆説的に立証している。

5. 神話と聖人伝――シャルルマーニュの妹ジゼルのケース

これまでの考察から、ローランとその両親の話は厳密に言えば史実ではないため、神話物語として読まれるべきである。『ローランの歌』が依拠する《家族》神話の基層を分析すれば、さらに議論を進展させることができるにちがいない。そのためには、虚構の物語の中でローランの母とされているジゼルという人物について検討する必要がある。中世の聖人伝は、隠された神話に由来することがかなり多い。また史実を確定するために使うことはできないが、中世のキリスト教文明に広まっていた前キリスト教時代の神話に関する実に貴重な情報をもたらしてくれる[28]。

752年ピピンとベルトにイスベルグという名の娘が生まれた。イスベルグは教皇ステファヌス2世の特使により、ギスラ（フランス語名ジゼル）という洗礼名を与えられた。また彼女には年代記作者たちによってギスリベルガ、イデュベルグ、イティスベルグという名が与えられている。イスベルグは、北フランスのパ＝ド＝カレ県に今日もなお存在する小さな村の名でもある。この村の誕生は、775年にこの地に庵を建立させた聖女イスベルグと結びつけられている。ボランディスト［聖人たちの事跡を研究するイエズス会士のグループ］の刊行した『聖人伝集』（フランス語版）第5巻の5月21日の項に、イスベルグの伝説が載せられている[29]。イスベルグは、指導司祭であった隠者聖ヴナン[30]を定期的に訪ねていた。イスベルグはすでに数多くの男たちからの求婚を断っていた。求婚者の中でも特にしつこい男から逃れるために、イスベルグは天に頼み、ハンセン病患者にしてもらう。その求婚者は聖ヴナンの存在とヴナンがイスベルグに与えた影響を知り、ヴナンの首を刎ねさせて亡骸をリス川（地元の川）に投げ捨てさせる。イスベルグは夢で、漁師たちがリス川から最初に引き上げる魚を食べれば、ハンセン病が治ることを知る。漁師たちが首の斬られた亡骸を釣り上げると、亡骸の胸の上に1匹のウナギがのっていた。漁師たちはこのウナギを王女イスベルグのもとへ持っていく。イスベルグがウナギを食べると、たちまちハンセン病が治る。釣り上げられた亡骸はもちろんヴナンのものだった。

ヴナン（Venant）の名とガヌロン（Ganelon）の主格形ゲーヌ（Guene）の名が、音声上実によく似ている点を指摘しないまま論を進めることはできない［ゲルマン諸語やケルト諸語に由来するVの音は、フランス語ではGUの音に変化する］。これは、シャルルマーニュの妹ジゼルがガヌロンの妻だったことを意味するのだろうか。確かに『王国年代記』や公式文書には、ジゼルとガヌロンの結婚についての言及がない。しかしながら、シャルルマーニュとヒルデガルドの娘で844年頃に亡くなったアルジャントゥイユの尼僧院長テオドラドの命日表[31)]の7月13日の項に、ジゼルとガヌロンという2つの名前が見つかっている。7月13日の項では、おばのジゼルとおじのガヌロン（ジゼルの夫）のために行われた死者命日のミサ[32)]について言及されている。ガヌロンは813年7月13日に死去したが、一方のジゼルは810年7月30日に亡くなっている。『カルラマグヌス・サガ』には、ジゼルとガヌロンのこの結婚についての記述がある。ところがこの作品が明示するように、4親等の関係にあることが発覚した2人はすぐさま離婚させられてしまったという。

そうだとすれば、シャルルマーニュと妹の近親相姦は、実際にはシャルルマーニュの妹とガヌロンの近親結婚にあたるのかもしれない。『ローランの歌』では、ガヌロンはローランの《義父》として登場しているからである。

結局のところ、聖人伝資料は我々に何を教えてくれるのだろうか。確かに歴史上実在する人物自身については何も教えてはくれないが、『ローランの歌』や特に主人公ローランの《起源神話》が依拠している神話の基層を充分に理解する手助けをしてくれる。実際に聖女イスベルグ（ジゼル）の聖人伝物語には、ローラン誕生の神話が錯綜したかたちで残されている。

この問題を理解するために、今度はイスベルグの話に出てきたある重要なモチーフに戻る必要がある。強制結婚から逃れようとしてイスベルグはハンセン病患者になるが、このモチーフは父親との近親相姦から逃れようとして動物の皮を身にまとって暮らすことを望む少女のモチーフを思い起こさせる。フランスの想像世界（イマジネール）では、「ロバの皮」と呼ばれる（疑いなく神話上の）この少女は広く知られている。ピエール・サンティーヴ［本名エミール・ヌリー、フランスの民俗学者、1870 ～ 1935 年］が指摘したとおり[33]、少女がまとう動物の皮には、狼、熊、馬、豚、鳥など数多くのバリエーションが存在する。中世期では、ひそかに準備されていた強制結婚を免れるために聖女エニミーがハンセン病患者になった話が有名である。ところでエニミー（Enimie）の名には、古フランス語で「アヒル」を指していた「エーヌ」（ene）が含まれている。ベルトラン・ド・マルセイユ[34]が著した俗語版で有名になったこの伝説から、ハンセン病の出現と動物への変身は同一の神話図式を２とおりで表現したものだという点が明らかになる。そしてこの神話図式とは、大女神が処女の身を守るために、動物への変身やハンセン病を策略として用いて結婚を免れるというものである。こうした呪術的な変身は、ケルト神話やゲルマン神話に登場する数多くの鳥女に似た当該の人物に、神話的（かつ神聖な）性質が備わっていることを示している。

図８　死にゆくクー・フリンのブロンズ像（オリヴァー・シェパード作、ダブリン中央郵便局のホール）

しかし一方で、大女神が母神に他ならない点にも注意する必要がある。大女神も子供を産むことができるが、その場合の出産は（性行為によるものではなく）口から摂取して妊娠した後にのみ行われる。ケルト神話［アイルランド神話］では、有名な英雄クー・フリン（図８）がこのケースにあてはまる[35]。クー・フリンの母デヒティレは、

1匹の虫が入った水を飲んだ後に妊娠する。デヒティレは夢枕に立ったルグ神から、彼女が英雄を出産すると教えられる。息子はシェーダンタと名づけられ、その後クー・フリンと呼ばれるようになる。デヒティレの実兄コンホヴァル王は、妹が虫を呑みこんでしまったとき館の中にいた。コンホヴァルは、妹と近親相姦の罪を犯したと非難されるのを恐れ、妹をスアルティウに嫁がせた。

ハンセン病を治すためにイスベルグがウナギを呑みこむという詳しい描写は、聖人伝資料で魔術的な人物が口からの摂取によって生を享けるという物語を覆い隠している。確かに聖人伝資料は、イスベルグに子供がいたかどうかについて何ら言及していない。しかし民話の伝承では、口からの妊娠というモチーフはよく知られていた。数多くの国で流布している民話「魚の王さま」(AT303) では、ある漁師が不可思議な魚の肉を妻に食べさせると、妻が3人の子供を産み、末子は偉大な英雄になる。

デヒティレとイスベルグ(ジゼル)は本質的には母神であり、神聖な肉(蛇のかたちをした存在)を呑みこんだ後に、英雄となる子供を妊娠する運命にある。呑みこまれる神聖な肉は、至高神が相手を妊娠させるために一時的に取るかたちなのである。

6. おわりに

これまで見てきたとおり、シャルルマーニュと妹の近親相姦を扱った文献の解釈には複数の方法が存在する。こうしたさまざまな読み方はもちろん補いあうものであり、決して互いに対立するものではない。なかでも神話学的な読み方は、テクスト伝承の中で一見乱雑かつ非論理的に見える解釈に必要な要素を最大限に結びつけてくれる読み方である。王族の近親相姦というテーマは、さまざまな社会や文化に見られる神聖な遺伝に関する神話的(かつ族内婚の)概念に由来する。このモチーフの考察を、キリスト教やある種の型どおりの批評が行っているように、《道徳的な》角度に限定してはならない。このモチーフは、神話的な古代信仰の枠内に置き直す必要がある。この古代信仰とは、ある人物が比類なき運命を背負うことになった原因をその誕生から説明する決定論的な信仰のことである。王族の近親相姦が、英雄の誕生を説明するのである。絶対的な英雄は、語源的に言えば半神である。英雄の両親の一方の出自は神である。ローランがこのケースにあてはまるのは、母親のジゼルがまさしく「大女神」を具現する存在の１人に他ならないからである。

史実に基づくものとして読まれてきたであろう文献の中に、神話的基層が存在していることは疑問の余地がない。しかし、神話を間違った信仰や不条理な信仰、脈略のない創造物として考えれば、混乱の原因となってしまうだろう。想像世界（イマジネール）の研究が明らかにしたとおり、神話もまた１つの思考形態をなしており、少なくとも合理的思考に劣らず重要なのである。神話の一貫性はいかなる文明においても、類似したモチーフの反復によって示されている。人間のゲノムには、象徴を読み解くコードが記載されている。それはつまり想像世界（イマジネール）の人類学的構造であり、たとえば英雄の誕生神話に認められる。

もっと一般的に言えば、神話は世界中の文化史や文明史の所産である。なぜなら人間は本質的には合理性に支配されてはおらず、常に象徴的なものの中で生きている存在だからである。象徴的なものは、生きている人間にとって不可欠な表現の１つとして考えられている。神話の属する象徴的な次元は、人間の条件にとって必要不可欠である。なぜなら神話がなければ（同じく芸術、夢、フィクションがなければ）、人間はおそらく精神的に死の現実に立ち向かうことができないからである。さまざまな社会に見られる象徴的なディスクールを理解することは、それぞれの社会が人生に与えている隠された意味に接近することに他ならないのである。

注

1）Roques, M. (1932).

2）シャルルマーニュと妹の近親相姦を《紛れもない史実》とみなす説が出されたことがある（Roncaglia, A. (1986)）。虚構上の人物としてのシャルルマーニュについては、「第７回国際叙事詩学会報告集」を参照（*Charlemagne et l'épopée romane* (1978)）。

3) Lejeune, R. (1961).

4) 神話と噂の関連については、ルナールの著作（Renard, J. B. (2006)）を参照。

5) Le Goff, J. (1981), p. 159.

6) *Textes norrois et littérature française du Moyen-Age. T. 2, La Première branche de la Karlamagnus saga.* Traduction complète du texte norrois par Paul Aebischer, Genève : Droz, 1972, chapitre 36, p. 123. Nouvelle traduction: *La Saga de Charlemagne.* Traduction française des dix branches de la *Karlamagnús saga* norroise, traduction, notice, notes et index par Daniel W. Lacroix, Paris, Le livre de poche, 2000.

7) *La vie de saint Gilles,* édition bilingue par F. Laurent, Paris, Champion, 2003（原文は古フランス語）. ラテン語版は『聖人伝集』(*Acta Sanctorum,* Septembre I, pp. 299-303）を参照。ラテン語版は、E・ジョーンズの著作『聖ジル－文学史試論』の「付録」に収められている（Jones, E. (1914), pp. 98-111)。

8) De Gaiffier, B. (1955).『ローランの歌』（ジェラール・モワニェが校訂したオックスフォード本、パリ、ボルダス出版、1969年、第2096～97行）にも聖ジルと《文書》への言及が確かに認められるが、大帝が犯した罪には触れられていない。この詳細は、熟慮の末に削除されたように思われる。

9) *Le Guide du pèlerin de Saint-Jacques de Compostelle, texte latin du XII*[e] *siècle,* édité et traduit en français d'après les manuscrits de Compostelle et de Ripoll par J. Vieillard, Mâcon, Protat, 1969 (4e éd.)［『サンティアゴ巡礼案内記』第8章に、カロルス大帝の犯した罪についての言及が見られる。］.

10) 'Le péché fut orribles, on ne le sot neant;/Mais ly acun espoirent, et tous ly plus sachant,/Que ce fut le péché quant engendra Rolant/En sa sereur germaine; se va on esperant,/Car il n'est nul qu'au vray vous en voit recordant;/Mais ensement le vont pluseurs signiffiant'. 引用はガストン・パリス校訂『聖ジル伝』の「序」による（*La Vie de saint Gilles,* éd. G. Paris, Paris, Firmin Didot, 1881, p. cix)。

11) 中世研究者ガストン・パリス（1839～1903年）の著作のタイトルによる(Paris, G. (1865))。

12) 神話と叙事詩との結びつきは、ジョルジュ・デュメジルによって明快に分析された（Dumézil, G. (1968), Dumézil, G. (1971), Dumézil, G. (1973))。

13) この年代は、『801年に至る王国年代記』、『829年に至る王国年代記』および『サン＝ミラン覚書』から明らかになったものである。モワニェが校訂した『ローランの歌』の「付録」に収められたラテン語文献を参照（*Chanson de*

Roland, éd. G. Moignet, Paris, Bordas, 1969, pp. 289-294)。

14）　ここでの議論は、ルネ・ルイ（René Louis）が『考古学資料』誌（*Dossiers de l'Archéologie*）第 30 号（1978 年）に発表したシャルルマーニュとローランを扱った論考による。

15）　『聖ジル伝』は、ラン（Laon）大聖堂の読唱集の中に収められている。この読唱集を収録する写本には、「ラン市立図書館 261 番写本」（BM Laon, ms 261）という整理番号がつけられており、『聖ジル伝』は第 49 葉から第 54 葉裏までを占めている。

16）　他の聖人ではなく、なぜこの話に聖ジルが登場しているのだろうか。ジル（Gilles）の名がジゼル（Gisèle）の名と音声上近いことを強調しておくべきだと思われる。キリスト教的な観点から見ると、善良な聖人が（罪人）ジゼルの名につきまとう邪悪な側面を消し去らねばならぬかのごとくに、万事が進んでいる。

17）　Duby, G.（1981）.

18）　Folz, R.（1951）.

19）　Morrissey, R. J.（1997）.

20）　Chauou, A.（2001）.

21）　ドイツで皇帝や数多くの王侯を生んだ、神聖ローマ帝国の王朝。ゲルフ党員とギベリン党員との争いが始まった 12 世紀中頃は、シャルルマーニュの近親相姦の噂が過激になった時期にあたる。

22）　Lodéon, J.（1986）.

23）　Dumézil, G.（1970）, pp. 57-66.

24）　Dunis, S.（1984）.

25）　De Heusch, L.（1987）（特に次の章を参照：« Essai sur le symbolisme de l'inceste royal en Afrique. Pour une dialectique de la sacralité du pouvoir. Nouveaux regards sur la royauté sacrée »）.

26）　オイディプスが母との近親相姦からもうけた息子２人、エテオクレスとポリュネイケスもやはり獰猛な英雄になる。『ローランの歌』に見られるオイディプス神話の図式については、ハワード・ブロックの論考（Bloch, H.（1973））を参照。

27）　Mozzani, E.（1995）, p. 896.

28）　Walter, Ph.（2003）.

29）　*Vies des saints,* Paris, Palmé, 1866, t. 5, p. 416.

30）　暦では聖ヴナンの祝日は 10 月 10 日にあたる。現在のパ＝ド＝カレ県には、ヴナンという名の町もある。ベチューヌ北西 14 キロに位置する人口数千人の町である。この町はリス川のほとりにある。

31）「命日表」（obituaire）とは、聖堂ごとに保管されている、死者命日ミサの日を記した帳簿を指す。

32）死者のために唱えられるミサを、フランス語では「オビット（obit）」と呼んでいる。ミサの日取りは通常、死者の誕生日にあたっている。

33）Saintyves, P.（1987a）, p.176.

34）Bertran de Marseille, *La vie de sainte Enimie, poème provençal du XIIIe siècle,* éd. par C. Brunel, Paris, Champion, 1917.

35）« La conception de Cuchulainn », traduction de C. Guyonvarc'h, *Ogam,* 17, 1965, pp. 363-380.

第2章

火による英雄の生成

【鉄の英雄と鋼の筋肉
（インド＝ヨーロッパの英雄の火からの生成）】

図９　ヘパイストスが鍛えた武具をアキレウスに授けるテティス
（アッティカの水瓶。パリ、ルーヴル美術館）

将来英雄となる人物の中には、誕生後に火の試練やその弱められたバージョンである燻煙の試練を経て不死身になる者がいる。本章ではインド＝ヨーロッパの英雄伝承の中の、フィンランド神話のクッレルボ、アファナーシエフが採集したロシア民話の「灰かむりのイワン」、ギリシア神話のアキレウス、カフカス神話のバトラズなどのケースが紹介されている。本論のもとになったフランス語原稿は、篠田知和基編『文化英雄その他』楽瑯書院（2017年）pp. 135-138に掲載されたものである。

ジョルジュ・デュメジルとフランスという国は、吉田敦彦教授［学習院大学名誉教授］の研究生活において重要な役割を果たしてきた。吉田教授は柔軟な精神の持ち主で、我々に今日ユーラシア比較神話学という素晴らしい学問の道を開いて下さった。吉田教授に敬意を表し、このささやかな論考を捧げたい。吉田教授はこの論考に、これまで常に関心を寄せてこられた神話学上の諸問題の反響を認めて下さることだろう（せめてそう願いたい）。

1. はじめに

人は英雄として生まれるのであり、英雄になるのではない。オットー・ランク[1]は英雄の誕生に関する著作の中で、英雄の運命が懐胎と誕生の状況によって定められていることを見事に解明した。古代の諸文明は神々が課す運命論を礎としていたが、こうした運命論は現代の我々の考え方とはまったく異なっている。現代の考え方では、個人は誰であれいかなる運命論の影響も受けずに己を作り上げることができると考えられている（これは現代のセルフ・メイド・マン神話である）。

2. 民話と叙事詩

クッレルボは、フィンランドの国民的大叙事詩『カレワラ』に登場する有名な悲劇の英雄である。フィンランドの音楽家ジャン・シベリウス［1865～1957年］は、『カレワラ』から着想を得て有名な交響詩を作っている[2]。『カレワラ』第31章でウンタモは兄弟カレルボの一族を皆殺しにし、生まれて3ヶ月にすぎない甥クッレルボの命を奪おうとした。ウンタモは子供のクッレルボを樽に押しこんで海へ流すが、クッレルボは何とか樽から出て、《波の面（おもて）に座って》釣りを始める。そこでウンタモは、クッレルボを焼くために木々を集めるよう奴隷に命ずる。

集められ、まとめられた

白樺や固い木が、
枝の茂った松の木が、
頼もしい樹脂の木が、
橇1000台分の樺の皮が、
100尋ばかりのとねりこが。
火が木に点火された、
薪に火がつけられ、
そこへ子供は投げこまれた
燃え立つ火の中へ。

1日燃え、それから2日、
3日目も燃えた。
吟味しにやって来た。
子供は膝の深さの灰の中で、
肘の深さの柔灰(やわばい)の中で、
火掻きを手にして、
それで火を掻き回し、
炭火を集めていた、
髪一筋も害(そこな)われず、
巻き毛も縮れずに！[3]

このときクッレルボはまさしく、父の仇を討つ無敵の英雄にふさわしい器を獲得した。このように火を潜り抜けたことで、クッレルボは類いまれな、いわば超人的な性質を示し、無敵の存在となったのである。

実のところ、クッレルボの運命は、伝承民話の有名な人物「灰かむり」（サンドリヨ）の運命とよく似ている。ヨーロッパでの「灰かむり」の例をいくつか紹介しよう。あるアイルランドの民話[4]に登場する寡婦は、あまりにも貧しく、息子に服を買い与える金がなかった。そこで炉の近くにあった灰の穴の中へ息子を入れ、息子の周りに熱い灰を積み上げげた。息子が成長するにつれ、母はその穴を大きくした。息子が 19 歳になったとき、母は何とか山羊の毛皮を手に入れると息子の腰周りにつけ、自立させるために家から送り出す。息子は驚くべき武勲を成し遂げ、最後には王女と結婚する。

アファナーシエフが採集したウクライナの民話[5]によると、「灰かむりのイワン」（あるいは「イワンの馬鹿」）は 12 年もの間、ペチカの上で灰まみれになったまま寝ていた[6]。そのため彼は《灰かむり》というあだ名で呼ばれていた（《灰かむり》に相当する「ポピャロフ（Popyalof）」は、《灰》を指すスラヴ語「ペペル（pepel）」に対応する方言形「ポピャル（popyal）」に由来する）。イワンがようやく寝床から立ちあがって灰を払い落とすと、100 キロもの灰が地面に飛び散る。イワンは父が作ってくれた棍棒を持って大蛇退治に向かう。最初の棍棒はイワンの頭に当たって折れ、2 つ目の棍棒はイワンの膝に当たって壊れた。しかし 3 つ目の棍棒はイワンの額を打っても折れなかったので、イワンは大蛇を退治するためにこの棍棒を使う。イワンの体は寝床で灰まみれになったことで固くなり、鋼のように強くなった。イワンのために父が作った棍棒でさえ、イワンの体の特定の部分、それが（頭と膝という）最も弱い部分でもぶつかると壊れてしまった。火や熱い灰で何度も熱せられたことで、イワンは融解する鉱石の運命を背負った。これにより、イワンは鋼の筋肉を獲得したのである。こうした作業を行うために、伝統的な技術が用いられた。それは低炉の技術であり、古いかたちによれば地面にあけた穴を木炭や石炭で満たすことだった（「灰かむり（サンドリヨ）」のケースでは灰が登場し、「灰かむり」自身は鉱石になぞらえられていた）。数時間後にこの穴から引き出される白熱した塊は、鉱滓まじりの鉄でできたものである。この雑多な混合物を再度加熱すると鉄から鉱滓を取り除くことができるため、鍛冶師はこの作業後に剣を始めとしたさまざまな武具や道具を作ることができる。「灰かむり」への処置は、実のところ、鉄の鉱石への処置と同じである。こうした古い技術が古代の諸文明で重要だったことは今日では忘れられているが、民話にはこうした古い技術の記憶が残されている。こうした技術は、中世期でもまだ使われていた[7]。後述するように、人間の冶金術は偉大な英雄の誕生のための前提条件である。

3. インド＝ヨーロッパ神話

こうしたモチーフは、民話の中に見つかるためにその神話上の意味が疑われ、語り部たちの想像力だけが生みの親だと考えられがちである。実際にはまったくそうではない。よく知られているように、こうしたモチーフにはまさに神話的な形態、すなわち生まれた英雄に不死を授ける儀礼が含まれている。特に有名な2つの例が、ギリシア神話のアキレウスとカフカス神話のバトラズである。

アキレウスのケースは有名である（図10）。母のテティスはアキレウスを不死身にしようとして火の中に浸した。テティスが踵をつかんで息子を炎の中に入れたため、踵だけは不死にならなかった。そのため戦士アキレウスは自分の体の中で踵だけが弱点になった。文字どおり白くなるまで熱せられた英雄は、生きた金属へと変貌し、鋼と同じほど硬くなった。しばらくはどんな武具でもアキレウスに怪我を負わせることはできなかった。また［ホメロス作］『イリアス』で彼の果たした偉業も知られている。

アキレウスは、こうした処置を受けた唯一のギリシアの英雄ではない。デメテルに捧げられたホメロスの諸神讃歌の1つでは、デメテルが失った娘ペルセポネの代わりに、死すべき人間の子デモポンを育てようとする。デモポンを育てるためには、デメテルはデモポンに不死を授けねばならなかった。夜になるとデメテルは、両親が知らぬうちにデモポンを火の中に埋めておいた。しかし実の母［メタネイラ］がこの行動に気づいてしまう。デメテルがデモポンを火の中に置くのを目撃した実の母は、デメテルに子供を火から遠ざけるように頼ん

図10　アキレウスをステュクス川に浸けるテティス（ルーベンス作、1625年頃）　このようにアキレウスを川の水に浸けたというのは後代の説である。

だ[8)]。

インド＝ヨーロッパ神話には他にも、このように火によって不死を授ける伝統が残されている。ジョルジュ・デュメジルはその著作により、スキタイ人の遠い子孫にあたるオセット人の神話世界を明らかにした。また彼以前の碩学たちにほとんど知られていなかった分野、すなわちカフカス神話にも取り組んだ。

英雄バトラズは奇妙な生まれ方をしている。父のヘミュツが知り合った女は、昼間は蛙の皮をまとい、夜間はその皮を脱いでいた。その女がヘミュツの両肩の間に息を吹きかけると、そこに瘤が1つできた。数ヶ月後、ヘミュツの瘤を切開してみると、そこから《上半分が普通の鋼、下半分がダマスカスの鋼》でできた赤い球が1つ出てくる。その球は小さな少年で、飛び出して海中に落下した。この鉄球の影響で海水は蒸発して雲になり、激しい雨となって降り注ぎ、海を氾濫させた[9)]。

その後、成長したバトラズという名のこの子供は、戦いで無敵になることを望み、体に《焼きを入れてもらう》ために鍛冶師クルダレゴンのもとを訪ねる。バトラズは1ヶ月にわたって炭を焼き、小石を集めた。「そこでクルダレゴンはバトラズを鍛冶場の炉に投げこみ、上からいくつもの籠に入った炭を注ぎかけ、その上に小石を並べて置いた。炉のまわりに12のふいごを据え、1ヶ月の間せっせと風を送り続けた」。クルダレゴンはこの作業を2度行った。2度目には、竜蛇の死骸から造った炭を加えた。1週間後、バトラズはクルダレゴンに、体が十分に熱せられたので海へ投げこんでほしいと述べた。「クルダレゴンは金挟みでバトラズをつかみ、海に放り投げた。すると海は沸騰し始め、海水が蒸発して天に昇ったため、すっかり干上がってしまった」[10)]。

火の試練は、特別に設えられた低炉で行われるにせよ（バトラズのケース）、あるいは炎の中で直接行われるにせよ（アキレウスのケース）、つねに類いまれな英雄を作り出すためのものである。この試練は、英雄に超自然の形態を授ける通過儀礼を表している。英雄はもはや本当に人間の体ではなくなる。そして《生きた金属》[11)] になるのである。

4. 中世文学と民間儀礼

中世のフランス文学では、こうした伝承は大きな脚色を加えられながら保たれてきた。（13 世紀の）複数の中世の物語は、生まれた子供たちに行われた同じような儀礼について触れている[12]。たとえばある妖精は、子供をしばらく炎の上に置いた後で揺り籠の中に入れている。これは将来王妃となるブリュヌオーのケースにも当てはまる。『オーベロンの物語』では、ブリュヌオーはしばらく濃い《煙》の中に入れられた後で、「燻された娘」というあだ名をつけられている[13]。しかしこの中世期の物語では、体を守るための燻煙という古い儀礼を冬のクリスマスに生まれた赤子を温める手段として再解釈している。いずれにしても、火にさらすことと、その弱められたバージョンである燻煙は、将来の英雄（あるいは女傑）の限りなく人間的な体を英雄にふさわしい、かつ不死の状態にするのに役立っているにちがいない。燻煙はこの点で、塩漬けの技法と似ているかもしれない。なぜならいずれも、食用肉に対して昔から行われてきた保存方法だからである。よくあることだが、神話は物語（とりわけ民話）よりもむしろ儀礼の中に長く残されてきた。夏至に行われる火の儀礼は、こうした古い伝承を想起させる。夏の聖ヨハネ祭（6 月 24 日）には、火の上を飛び越し、そこから立ち上る煙を潜り抜けることで数年にわたる幸福と盛運を手にしようとする儀礼が行われている（図 11）。コルシカではかつて、特に年齢の低い子供たちに燻蒸が行われ、それは家畜の群れに行われることもあった。年

図 11　聖ヨハネの火祭り（フランス、ブルターニュ、『ル・プティ・ジュルナル』紙、1893 年 7 月 1 日号）

齢の低い子供たちは、どんな病気にもかかることのないように火の前の煙の中で燻され、「スフマーティ」[「燻された者たち」]となる。親は子供を、炭火から立ち上る煙の上に3度かざす。このように火の煙と接触させることで、低年齢の子供たちを邪眼から守った。こうした行為は親や妖術師に委ねられている。ここに認められる火を潜り抜けることの通過儀礼的な意味は、数多くの文明で報告されている。このように体を守るための燻煙は、いわば予防医療のようなものである。ときには火の中に永久花［ムギワラギクなど］やツルボラン［ユリ科］などのさまざまな草をくべることで、立ち上る煙を濃くすることもある。この儀礼は羊飼いたちによって、当然のように動物にも行われるようになった。キリスト教の典礼は、この儀礼を撒香に移し替えて用いた。いずれにせよ、古代ギリシアのさまざまな証言が明らかにしているように、キリスト教の典礼が羊飼いの行う儀礼の起源だとは考えにくいのである。

注

1） Rank, O. (1983).

2） 『クッレルボ』作品7、「ソプラノ、バリトン、合唱、オーケストラのための交響詩」。1892年に作られたこの曲は、フィンランドで最初の偉大な国民音楽とみなされている。ちなみにフィンランドは1917年に独立を宣言し、1809年以来宗主国だったロシアの支配から1917年に解放された。

3） 現代フランス語訳は *Le Kalevala*, épopée populaire finnoise par Elias Lönnrot, traduction métrique et préface par J. L. Perret, Paris, Stock, 1931, chant XXXI, vv. 145-170 ［邦訳（小泉訳）は『カレワラ』（下）p. 124］。

4） Cosquin, E. (1922a), p. 497.

5） 現代フランス語訳は Conte n° 135 d'Afanassiev, *Contes populaires russes*, trad. par L. Gruel-Apert, Paris, Imago, 2009, t. 1, pp. 246-248［邦訳（金本訳）は『ロシアの民話 1』pp. 259-264］。

6） 現代フランス語訳は、Conte n° 128 d'Afanassiev, *id.*, pp. 198-201［邦訳（金本訳）は『ロシアの民話 1』pp. 220-227（「3つの国〈銅の国、銀の国、金の国〉の物語」)］。この民話はまた、国際話型では300Aに相当する。

7） Leroy, M. (1998).

8） Homère, *Hymnes*, texte établi et traduit par J. Humbert, Paris, Belles Lettres,

1938, vv. 213-274［邦訳（沓掛訳）は pp. 29-33］. Cheyns, A.（1988）を参照。

9) Dumézil, G.（1965）, pp. 178-179（Naissance de Batradz）.

10) *Ibid.*, pp. 188-189（Batradz trempe son corps d'acier）. ジョエル・グリスヴァルドはデュメジルの説に基づき、バトラズ伝説をアーサー王伝説と関連づけた論考を発表している（Grisward, J.（1969））。

11) Vadé, Y.（2003）.

12) Harf-Lancner, L.（1987）.

13) *Le roman d'Aubéron, prologue de Huon de Bordeaux*, éd. par J. Subrénat, Paris-Genève, Droz, 1973, v. 411（Dont l'ont au feu aaisie et chaufee）「彼らは彼女を励まし、火で体を温めた」.

第3章

誕生した英雄を待つ試練

【捨て子神話における海上を漂流する箱舟】

図12　太陽の舟が描かれた壺（デンマーク出土）

生まれたばかりの赤子が箱舟に乗せられて波間を漂うという物語は、ユーラシア全域に見つかる「英雄誕生の神話」の一部である。インド神話のカルナ、旧約聖書のモーセ、ギリシア神話のペルセウスやオイディプス、アーサー王の甥ガウェイン、日本神話のヒルコらが、こうした水の試練を経験している。本章では水域に流される捨て子の伝承を、神明裁判の一形態として解釈するだけでなく、宇宙論的な観点からも検討している。本論のもとになったのは、なら100年会館で2003年7月19日と20日に開催された比較神話学シンポジウム「補陀落渡海――死への船出（東西の説話から）」での報告である。

1. はじめに

海や河川は、捨て子の神話において重要な役割を果たしている[1]。この神話はユーラシア全域で見つかる。注目されるのは、こうした物語の大半で捨て子を閉じこめるのに、漂流する箱などの容器が使われていることである。ここでは沈むことのない箱と試練の場としての水域（大抵は海）という2つのモチーフの意味について考えてみたい。さらに、こうしたすべての伝承に共通する文化上の基層の存在について、すなわち同一の基層神話の根底にあるインド＝ヨーロッパ語族の遺産についても考えてみたい。そもそも同じ伝承が言語学的にも文化的にもインド＝ヨーロッパ世界には属さない諸文化に現れるのであれば、インド＝ヨーロッパの基層よりもっと広いユーラシアの基層について検討すべきではないだろうか？

2. 捨て子の物語群

まずは捨て子の物語群を紹介するところから始めなければならない[2]。この物語群に沿ってユーラシア大陸を東から西へと進み、よく似た語りのシークエンスの反復を確認しよう。

①日本：『古事記』

『古事記』の冒頭では、イザナミとイザナキ（図13）が天の御柱の周りをめぐって出会い、イザナミとイザナキの順で相手に声をかける。イザナキはイザナミに「女のほうが先に声をかけたのはよくなかった」と言った。そして短いエピソード

図13　天の浮橋から矛で下界をかき混ぜて島を作るイザナキとイザナミ（19世紀の木版画）

が続く。「そうは言いながらも、2人は婚姻の場所でことを始め、産んだ子はヒルコだった。2人はこの子を葦舟に乗せて流してやった。次に2人は淡島を産んだ。これもまた2人の子の数には入れない」[3)]。

ここで注目されるのは、葦舟とヒルコの遺棄である。この幼児はおそらく発育が悪くて不具で、海上を蛭（？）のように這っていく。渡邉浩司氏は2002年に発表したフランス語の論考で、ヒルコに関する神話資料を再検討し、ヒルコの遺棄物語についてこれまでに出されてきた主な神話学的解釈を整理している[4)]。渡邉氏のご教示によると、葦には穢れをはらう働きがあるという。そうだとすれば、ヒルコを運ぶ舟はいわば、悪魔ばらいの神道版だと考えられる。

②ジャワ島

エマニュエル・コスカン［フランスの民俗学者、1841〜1919年］が検討したジャワ島の伝説の1つは、ジャワ島にイスラム文化が伝来した経緯に関わるものである[5)]。語られているのはラーデン・パクーという名の伝説上の人物の生涯である。彼は15世紀に、予言者ムハンマドが創唱した宗教［イスラム教］を説いた。この人物の伝説上の生涯を構成する要素は、古代の伝説、おそらくはインドに由来する神話と混ざりあっている。

15世紀のジャワ島の南東に、ヒンドゥー教を奉じる強力なバランガンガン王国が興った。イスラムの導師マウラーナー・イシャクは、山中で苦行者として暮らしていた。この苦行者は王女が病に倒れると、国王がイスラム教を奉じるのであれば王女の病を治してやろうと述べる。国王は改宗を受け入れ、王女はイスラムの宣教師と結婚する。王女がまもなく子供をみごもると、導師はパセイ王国へと帰っていく。王女はとても美しい息子を出産する。ところが同時期に、恐るべき疫病が猛威を振るう。占星学者たちはこの災厄の原因をこの子供の誕生のせいにし、子供を海へ投げ捨てるよう求める。国王は臣下に命じて水を通さない箱を作らせ、子供を海へ遺棄させる。夜の間にジャワ島の海岸からやってきた舟が、海上に一筋の光を見つける。この舟に乗っていた漁師たちはその箱を見つけて女将のもとへ持ち帰り、女将がその子供を育てることにした。後に子供はラーデン・パクーと名づけられた。その名は《王侯、要となる領主》という意味である。

③インド（1）

類話のインド版の１つは、５世紀に書き留められたものである。それはイスラムの最初の宣教師たちの到来よりも800年前にあたる。この話はヴァイシャーリの町の創建を語っており、興味深い異伝を含んでいる。ある若き王女が、産み落とした肉塊を捨てなければならなくなる。そこで漂流する箱の中にこの肉塊を入れる。その後、ある男がその箱を開けると、中から千人の王子が出てくる。後に彼らが父を攻撃するために帰郷すると、その身もとを知った母は彼らを手助けする。母が自分の胸から千もの乳を噴出させると、それぞれの王子の口の中に落ちていく。中国の巡礼が伝えたこの話の異伝には、千人の王子が腰を下ろした千の花びらを持つ蓮の花が登場する。この蓮の花はガンジス川へ投げ捨てられた。しかしある王が黄色い雲に包まれた箱を見つけて開けると、中には千人の王子がいた。

④インド（2）：『マハーバーラタ』

王女クンティーは、太陽神スーリヤとの間にカルナという名の息子をもうける。カルナは生まれながらに父と同じ耳輪を持ち、不死身の鎧を身につけていた。母は赤子を隠し、遺棄せねばならなくなる。そこでイグサを使って蓋つきの籠を作り、蝋で塗り固める。クンティーは籠の中へ子供を入れるとガンジス川へ流す。ある御者が子供を拾い、我が子のように育てる。成人したカルナはアルジュナ（クンティーの別の息子）と対決し、アルジュナが射た矢を受けて死ぬ[6)]。

⑤イラン：フェルドウスィー『王書』

ベーメン［カヤーニー朝の最後の王］が死んでまもなく、その娘であり妃でもあるフーマイは父の子を身ごもっていた。権力に飢えていたフーマイは、父の座を継いで女王となる。権力を揺るぎないものとするため、彼女は王子の出産を隠し、死産だったと思わせる。８ヶ月にわたり、乳母が王子に乳を与える。

フーマイはその後、黄金と宝石をつめた木箱の中に息子を入れ、ティグリス川に流す。フーマイは２人の密偵を送り、その箱を拾う人の名を伝えさせる。箱を拾ったのは粉屋で、子供を自宅へ連れ帰る。粉屋の妻が子供に乳を与える。この粉屋夫婦はちょうど我が子を亡くしたところだったため、拾った赤子を養子とし、ダーラーブと名づける（この名は《木と水》を指す。ペルシア語では「ダール」は《木》、「アーブ」は《水》の意）。数年後、子供は自分の出生の経緯を知ると、母探しの旅に出立し、母との再会を果たす。王となったダーラーブの治世は14年続く[7]。

⑥アッシリア：サルゴン

サルゴンの話は、楔形文字で記された書版によって伝えられている。「私はサルゴン、強大な王、アガデの王である。私の母は高貴な女祭司だった。父のことは知らない。父の兄は山に住んでいた。私の町はユーフラテス河畔にあるアズピラニである。女祭司だった母が、私を身ごもった。母は人目を忍んで私を産み落とした。母は私を葦で編んだ器に入れ、アルファルトで器の口をふさぎ、私を河へ流した」[8]。サルゴンは水の神に拾われ、彼の息子として育てられる。女神イシュタルに愛されたサルゴンは王となり、長年にわたり王権を行使した[9]。

⑦イスラエル：モーセ

以下は『出エジプト記』第２章１～５からの引用である。

「レビの家の出のある男が同じレビ人の娘をめとった。彼女は身ごもり、男の子を産んだが、その子がかわいかったのを見て、３ヶ月の間隠しておいた。しかしもはや隠しきれなくなったので、用意したパピルスの籠をアスファルトとピッチで防水してその中に男の子を入れ、ナイル河畔の葦の茂みの間に置いた。その子の姉が遠くに立ってどうなることかと様子を見ていると、そこへファラオの王女が水浴びをしようと川に下りて来た。その間侍女たちは川岸を行き来していた。王女は、葦の茂みの間に籠を見つけたので、仕え女をやって取って来させた。」[10]［新共同訳『聖書』による。この捨て子がモーセである。］

⑧ギリシア（1）：ペルセウス

すでに高齢のアルゴス王アクリシオスには、男の世継ぎがいなかった。デルポイの神託に伺いを立てると、娘のダナエに息子が１人生まれることになるが、その子の手にかかって命を落とすと告げられる。この神託を阻止するため、アクリシオスは娘を青銅の部屋に閉じこめて厳重に見張らせた。しかしゼウスが黄金の雨（太陽のメタファー）になって部屋の中に入りこみ、ダナエは一児の母になった。その後アクリシオスは娘とその息子を箱の中に閉じこめて海に捨てるが、ディクテュスという名の漁師が母子の命を救う。成長した子供はペルセウスとなり、偶然だが神託のとおりに祖父を殺してしまう。ペルセウスはゴルゴのメドゥーサの首を討ち取った後アルゴス王になり、ミュケナイの都市を建設する。

⑨ギリシア（2）：アポロンの２人息子

アポロンはアテナイのアクロポリス山上の洞窟でクレウサと交わり、イオン（《歩む者》）という名の息子をもうける。イオンはイオニア人の始祖となる[11)]。生まれた子供は、この洞窟の中に捨てられる。母のクレウサは赤子を編み籠の中に入れて捨てるが、アポロンが息子を死なせないようにと願う。アポロンから子供を探しに行くよう頼まれたヘルメスは、子供をデルポイの神殿の入口に置く。女祭司が子供を引き取り、神殿の召使いにする。出自を知らぬまま育てられたイオンは、あやうく実母を殺めそうになるが、アポロンの介入により悲劇は回避される。

アポロンのもう１人の息子アニオス（《心配する者》）も、同じような遺棄を経験する。より正確に言えば、母のロイオー（《大河、小川》を指す「レオス」に由来）が子供を身ごもった時に捨てられる。ロイオーの父は娘を箱に入れて海へ流す。デロス島に流れ着いたロイオーは出産し、子供をアポロンの祭壇に置くと、アポロンに息子として育ててくれるよう頼む。いずれのケースでも、太陽神アポロンの子供たちは海へ流されながらも溺れ死ぬことがないため、父から太陽の性質を受け継いでいるように思われる。

⑩ギリシア（3）：オイディプス

マリー・デルクール［ベルギー生まれの古代ギリシア文学研究者、1891～1979年］が取り上げたオイディプス神話（図14）の別の版によると、子供（オイディプス）はキタイロン山に捨てられる代わりに、小さな籠（ラルナックス）に入れられ、海に捨てられたという。籠はシキュオンかコリントスに流れ着く。この場面が数多くの陶器に描かれていることから、この伝承はおそらく広く流布していたに違いない[12]。

図14　オイディプスとスフィンクス（アングル作。パリ、ルーヴル美術館）

⑪イタリア：ロムルスとレムス

神マルスが聖なる森でウェスタ女神に仕える巫女レアを誘惑した（異伝によると、レアは睡眠中に神に犯された）。叔父アムリウスはレアが妊娠していることを知ると、レアを幽閉する。子供たちが生まれると、アムリウスは彼らを籠の中に入れてティベリス川に流す。ところが河が氾濫していて、籠は海のほうへは進まず、川上に流れていく。籠はゲルマルス（パラティウム丘の北西側）の麓にあったイチジクの近くに漂着する。そこへ雌狼がやってきて、双子の子供に乳を与えた[13]（図15）。

図15　ロムルスとレムス（ブロンズ像、前500年頃。ローマ、カピトリーノ美術館）

⑫フランク族：教皇グレゴリウス伝説

アキテーヌ伯が亡くなり、息子と娘が残される。兄と妹は一緒に暮らすようになり、互いに激しい恋心を抱く。やがてある夏の晩、悪魔の誘惑に負けた兄が無理やり妹の操を奪ってしまい、妹はまもなく妊娠する。すると兄は、亡き父に仕えていた親しい騎士を呼び寄せ、助言を求める。騎士は兄を聖地に送り、妹を引き取る。近親相姦から生まれたその子供は、誕生後に捨てられる。赤子は揺り籠に乗せられて海へ遺棄される。その揺り籠には黄金と、赤子が受洗前であることを示す塩のほか、名を明かさぬまま赤子の出自を記した象牙の書字板が入れられていた。子供は12歳になったとき、己の出生の秘密を知らされる[14)]。

⑬島のケルト：ゴーヴァン

アーサー王の甥ゴーヴァン［英語名ガウェイン］の誕生、幼少年期、青年期については、古フランス語で書かれた552行の2つの断片からなる詩の中で語られ、ポール・メイエルによって分析されている[15)]。

第1断片　アーサーの姉妹モルカデスは、青年ロットと秘かに関係を持った。2人の恋愛から子供が生まれるが、モルカデスとロットは子供を捨てようと決心する。モルカデスから赤子を託されたゴーヴァン・ル・ブランは、赤子に洗礼を受けさせ、乳母に授乳を頼む。その後ゴーヴァン・ル・ブランは赤子を樽の中に入れて、海へ投げ捨てる。樽の中には、子供と一緒に豪華な衣服、かなりの量の金貨、赤子誕生の経緯を記した手紙が入れられた。

第2断片　子供は漁師に拾われ、我が子のように育てられる。成長した子供を漁師から託された教皇は、聖ヨハネ祭の日に子供を騎士に叙任する。その間に、モルカデスの兄弟アーサーは、アイルランドの王女である麗しのギヌマールと結婚する。モルカデスとロットの関係はひそかに続けられるが、最終的にモルカデスはゴーヴァン・ル・ブランと結婚する。

捨て子の神話は聖書だけでなくヨーロッパや極東にも見つかることから、インド＝ヨーロッパ世界を越えたユーラシアの神話とみなすことができる。海上を漂流する箱舟のモチーフは、捨て子の神話に不可欠なモチーフである。これは神話の基盤に属し、明らかに特別な象徴的意味を表している。古代の物語群では、運命が子供の将来を決する場としてのこの容器は、さまざまな言葉を用いて記されている。ここで、語彙とその指向対象の重要性を強調しておかねばならない。なぜなら想像世界（イマジネール）では、名前にさまざまな意味が担わされており、モチーフの解釈の方向性を決めているからである。しかし容器が何であれ、その機能は常に同一であるように思われる。

3. 神明裁判としての神話解釈

漂流する箱の重要性を突き止めるためには、キュプセロス伝説を思い浮かべる必要がある[16]。神託によりコリントスの人々の怒りを招くとされたこの子供は、刺客たちが殺しにやってくると、母のラブダによって櫃の中へ隠される。こうして命拾いした赤子は、彼を守った箱の名で呼ばれるようになる［赤子は「櫃（キュプセレー）」によって難を免れたため、キュプセロスと名づけられた］。マリー・デルクールは、円い「キュプセレー」が四角い「ラルナックス」や「キーボートス」とは異なると指摘している[17]。子供を救うのに一役買い、オリュンピアに奉納されたこの「キュプセロスの箱」という容器は四角だった。事実、神明裁判の役割を果たしたこの箱は、アクシリオスがダナエとその息子を遺棄するのに使った箱と、あらゆる点で似ていたに違いない（図16）。サリオが編纂した『古代ギリシア・ローマ事典』［1877～1919年、全10巻］はさらに、「アルカ」、「ラルナックス」、「キーボートス」を方形の箱と定義している。「アルカ」は普通の箱であり、なかでもエトルリアとポンペイの葬送品の中に見つかる。これは腰掛けや貴重品入れとして使われた可能性があり、通常は蓋がついていた。ギュスターヴ・グロッツ［古代ギリシアが専門のフランスの歴史家、1862～1935年］はさらに、「ラルナックス」が棺として死者を埋葬するのに使われ、こうして閉じこめられた人を地獄の支配者に委ねたと指摘している。遺棄された英雄に「箱」を指す名が与えられたのは、まさしく箱の表象が遺棄の象徴的意味をまるごと担っているからである。

図16　古代ギリシアの箱

遺棄に使われたこうした箱などのすべての容器は言語学的に注解され、その両価的な性格に注目が集まった。

デウカリオンの舟は箱であり、ギリシア語の「ラルナックス」に相当する。実際には奇妙な箱である。なぜならアポロドロスの伝える版によれば、その箱はデウカリオンとその妻ピュッラのほか、食糧を入れられるほど大きいからである（中略）。したがってこの箱はむしろ、おそらくはバビロニアの箱舟にかなり近い小舟のようなものだろう。コントノー[18]によれば、バビロニアの箱舟とは「柳を編んで作り、ピッチやアスファルトで防水を施した丸い籠のようなもの」である（中略）。ルキアノスは『ティモン』の中で、デウカリオンの舟を「キーボーティオン」と呼んでいる。これは《小箱》を意味する言葉で、《箱》を指す「キーボートス」の派生語である。ところで「キーボートス」は聖パウロによって「契約の櫃」を表すのに使われ、なかでも『七十人訳聖書』では「ノアの方舟」を指すのに使われている。さらに注目すべきはヘブライ語の「テバ」が聖書の中で、「契約の櫃」、「ノアの方舟」、モーセを乗せた漂流する揺り籠、籠や箱を指すのに使われている点である。ここにはギリシア語文献に見られるのと同じ両価性が認められる。

両価性というよりも、多価性なのだろうか？　ギリシア語の「ラルナックス」は特に多義的な言葉である。ヘパイストスが仕事道具を片づけるのに使う銀の箱は「ラルナックス」である。生まれたばかりのキュプセロスを殺害しようとバッキアダイ（「バッキスの一族」）が追ってきたとき、母が赤子を隠したヒマラヤスギの箱も「ラルナックス」である。パトロクロスの白い骨が収められる黄金の骨壺も「ラルナックス」である。ペロポネソス戦争の初期に殺害されたアテナイの人々の遺骨を収めた糸杉の棺も「ラルナックス」である。さらにヘブライ語の「テバ」と同じく、「ラルナックス」は新生児が入れられる揺り籠、籠や箱を指す。なかでも「ラルナックス」に乗せられたペルセウスやオイディプスが海へ遺棄される話は、オイディプスがキタイロン山中に遺棄される話よりもよく知られている。このように「ラルナックス」が誕生と同じく死とも関係があることから、通過儀礼という文脈をふまえて考える必要がある[19]。

伝説では箱のかたちではなくても、代わりに（モーセのケースのようにアスファルトとピッチで防水が施された）編み籠、（ローマ神話の双子ロムルスとレムスを運んだ）籠や、アスファルトで防水を施された籠が出てきている。デュメジルは盾や樽のかたちで出てくる北欧の諸例を挙げている[20]。また、ゴーヴァンは小さな樽に入れられて母と祖国から離れた場所へ運ばれている。

ネレウスとペリアスは「スカペー」（「軽舟」）に入れられて、海に流されている。実際には多様なかたちで語られているが、箱に入れられたペルセウスのイメージがどうやら雛形として使われているようである。

箱は何よりも神明裁判の道具である。箱を介して神は己の意志を示し、捨て子の運命に介入することができる。マリー・デルクールは、箱に備わる神明裁判的な性質を次のように力説している。「アクリシオスが使った箱のように、誰もが箱の中に試練の道具ではなくて処罰の手段を認めた。神々はそれを救出と選出の道具に変えた」[21]。古代に箱が処罰の道具として使われたことは、「ラルナックス」と等価である「アルカ」という語が、逃亡奴隷や犯罪者を閉じこめる確実な監禁場所である狭い独房を指すのに使われたことから分かる。箱詰めとは、神々の意のままに任せることである。神々にはお供えとして素焼きの壺が何個か捧げられたが、それは２つの取っ手がついた鍋のようなもので「クトライ」と呼ばれていた。またアリストパネスは遺棄のことを指すのに、イメージ豊かな「壺詰め」という表現を用いている。それは捨て子を神々の加護のもとにおき、神々に捧げる方法だったのだろうか？　同じように、ディオニュソスへのお供えに使われた神秘的な箕（み）は、揺り籠に変えられることが多かった。神々はみずからの管轄下にある箱に入れられた子供たちのほうへ喜んで身を乗り出した。これこそが、遺棄神話に現れる箱の象徴的意味の土台であるように思われる。こうした容器が神話で担っていた重要な性格は、少なくともギリシアの家庭で行う日常的な儀礼で用いられたことからよりよく理解できる。

しかし漂流する箱や（その別形だと考えられる）舟が、別の神話的意味を持っている可能性もある。小舟のかたちでは、神を運ぶために使われている。ドイツの神話学者ヘルマン・ウーゼナー［1834～1905年］は漂流する箱を、神を運ぶ舟や魚と関連づけた。彼がそこに認めたのは、海を通過して異国へたどり着く太陽神の顕現である。同じように英雄を運ぶ漂流する箱を、死者を導いたり、聖人を異国へ着岸させたりする舟と関連づけることもできるだろう。しかしマリー・デルクールはこうした等価性に異議を申し立て、漂流する箱には神明裁判の機能しかないとしている。しかしこれら2つの解釈はおそらく両立可能だと考えられる。なぜなら水がまさしく、神々の領域と人間の領域、生者と死者を媒介する元素だと思われるからである。古代人が人身御供を海へ捧げたのは、神々の怒りを鎮めることが目的だった。ギリシアの大洪水神話では、漂流する箱は救済手段だった。ゼウスが人類を滅亡させようと決意したとき、彼に命を助けられたデウカリオンとその妻は大洪水が続いた9日と9晩の間、大きな箱の中に身を潜めていた。箱はまさしく、選ばれし者を救う「ラルナックス」なのである。

マリー・デルクールによると[22]、箱にはほかにも重視すべき神話的意味があるという。「ラルナックス」には貴重で禁じられたものを守るための蓋がついており、この神的な中身を明らかにする話がエウリュピュロス伝説に登場する。それによると、トロイア陥落後にエウリュピュロスは不思議な箱を手に入れた。その中には［ヘパイストスが作った］ディオニュソスの像があり、エウリュピュロスはこれを見て理性を失った。アドニス神話も同じ図式に属している。アドニスは、木に変身したミュラが彼を産んだとき、アプロディテに救われる。アプロディテはアドニスを小箱の中に入れ、ペルセポネに養育を委ねる。ところがペルセポネは子供の美しさに魅了されて、子供をアプロディテに返すのをためらう。「ラルナックス」を開ければ神の啓示があるが、それには程度の差はあれタブーが課されている。そして閉じこめられた神の子を選び、箱を開けて子供を救う者を選ぶという、選出のテーマが強調されている。おそらくこれは、聖櫃を開ける祭儀、不思議なオブジェを厳かに開陳する儀礼を移し替えたものである。なぜなら箱から外へ出た英雄はその神的性質により、彼にひどい仕打ちをした母方の一族に敵対し、勝利を収めることができるからである。箱の中で試練を経た幼児は、神明裁判により清められて外へ出る。幼児がいわば神格化されているのは、「ラルナックス」が沈まなかったことが示すように、神の審判を経て潔白が証明されたからなのである。

水域に流された子供を結果的に守ることになるため、水という元素は重要である。こうした海上の旅が持つ意味はもちろん、誕生、あるいはむしろ再生を隠喩的に表したものによって明らかになる。遺棄された子供は２度生まれることで再生を果たす。そのため、このモチーフを通過儀礼から解釈することができる。オイディプスは遺棄された後、葬送の箱や聖なる箱に入れられたすべての子供と同じく、新たな生を約束されている。捨て子は不吉な存在とみなされ、共同体の代理となって排除される。しかし、海上で子供が救われることにより、もともと海水に認められていた否定的意味は反転して肯定的になる。

漂流する箱は、母胎の表象だと考えられる。オットー・ランクは精神分析学的な観点からこの説を詳しく展開し、その象徴的意味が普遍的だと考えた。つまり箱に入れて赤子を遺棄することが、《他でもなく赤子の誕生を象徴的に表している》と分析したのである。ランクはさらに、誕生に関する重要な神話資料を引用している。子供が引き上げられる井戸と、子供を運ぶ漂流する箱を関係づける資料である（p. 111）。そこでは箱が《保護する母胎》の代わりになっている。ランクはこの説を裏づけるため、特に水が現れる出産の夢についての研究を援用している。

注目すべきは、箱などの容器から外へ出てくる子供たちが、彼らを運んできた容器の息子とされていることである。桃太郎は、彼を中に入れて運んだ桃の息子である。［デネ（デンマーク）の始祖王］シュルド・シェーヴィング（「シェーフの息子」）は、小舟の息子である［父の名「シェーフ」が「穀物束」を指すことから穀物霊の化身であるシュルドは、幼少時に小舟に乗せられて海原を漂い、海岸に漂着した］。テセウスの父アイゲウスはアイガイオン海［エーゲ海］の名祖だとされるが、本来はアイゲウス自身が海神の分身かもしれない。このように古代の伝承では根強く、英雄の父が河川や海神だと説明されている。こうした子供は文字どおり水から生まれている。

しかも、こうした子供たちはある意味で水を制御しており、水中に沈むことがない。私自身が［2003年にレンヌで開催された「アーサー王物語の幼少年期」をテーマにした研究集会での］ゴーヴァンの幼少年期に関する発表で、水中に沈まない性質は水域に遺棄された子供たちが「夏の土用」の時期に生まれたことに由来すると指摘したとおりである。キケロが触れている占星術的な格言によると、事実、シリウスが太陽と同時期に昇没する頃に生まれた人はみな溺死することがないという。太陽の火は他の火とは性質を異にしている。そのため、みずからのうちに太陽の火の性質を生まれながらに持っている人は、水のせいで死ぬことはない。このことから、捨て子は水に対して神話的な特権のようなものを持っていると考えられる。デュメジルの指摘によると、ハディングという名の遺棄された英雄には、航海術を操り、水を制御する力があるという［ハディングの誕生から死までの話は、サクソ・グラマティクス著『デンマーク人の事績』第1の書5～8に記されている］。ウェールズの英雄にも同じ特性を持つ者がおり、［中世ウェールズの『マビノギの4つの枝』の第四の枝「マソヌウィの息子マース」に登場する］ディランは箱の底に隠されて流されている。洗礼を受けたこの子供はすぐに海へ向かう。「海へ入るとたちまち海の持つ性質を身につけ、海中を泳ぐ最も速い魚と同じくらいたくみに泳げるようになった。そのためこの子はディラン・エイル・トン（「海の波の息子」）と呼ばれたのである」。彼の体の下では、どんな波も砕け散ることがなかったという。このモチーフは繰り返し出てくる。捨て子の中には他にも、水を制御できることで有名な子供がいる。それはモーセである。成長したモーセは、エジプト人たちが予告していた虐殺からヘブライ人を救うため、紅海の流れを2つに分けた（『出エジプト記』14）。このように水域に流された子供を運ぶ箱のモチーフには、別の解釈、すなわち神話的解釈の可能性も考えられる。

4. 舟のモチーフの宇宙論的解釈

注目せずにいられないのは、いくつもの神話の中で捨て子が太陽英雄となっている点である。太陽神アポロンの息子たちのケースは言うまでもないが、ゴーヴァンのケースも興味深い。ゴーヴァンに備わる太陽の性質は、数多くのアーサー王物語に実にはっきりと記されている。戦闘中のゴーヴァンの力は正午に最強になり、彼の力は日暮れに近づくにつれて弱くなると言われている。つまり、ゴーヴァンは太陽の力を帯びている。また、樽に入れられて遺棄されたことにより、ゴーヴァンには天と雷雨を司る至高神の属性が授けられた。発掘された多くの出土品が証明しているように、小さな樽はガリアの神ディス・パテルの主要な持ち物である[23]。フランス語では、「雷」と「樽」を指す言葉は似ている（それぞれ「トネール（tonnere）」と「トノー（tonneau）」）[24]。「トノー」のもとになったガリア語「トンナ」（tonna）はもともと《皮》を指していたが、その後《袋》や《壺》となり、最後に《樽》を指すようになった。さらに、子供が文字どおり皮袋の中に縫いつけられて波間を漂うという遺棄物語が存在することにも注目したい。後に歌人（バルド）となる［ウェールズ神話の］タリエシンのケースがこれにあてはまる。タリエシンは生まれてすぐに、母にあたる魔女ケリドウェンによって海へ流される[25]。タリエシンの名は《輝く額》を意味しており、おそらく彼自身に太陽の属性がある。これはタリエシンが、ケルト人にとって夏の始まりにあたる5月1日の前夜に、人間の姿で生まれ変わったからである。

『マハーバーラタ』のカルナは、太陽神スーリヤの息子である。ジョルジュ・デュメジルは『神話と叙事詩』第1巻第1部第4章で[26]カルナに備わる太陽の性格を説明し、カルナの遺棄神話を宇宙論的に解釈している。事実、デュメジルの説明のとおりに、太陽神スーリヤの息子カルナは生まれながらにきらめく黄金の耳輪と光り輝く鎧を身につけている。『マハーバーラタ』で使われている表現によれば、カルナは《若き太陽に似ている》。実母に捨てられて別の母（養母）に拾われたカルナの神話は、《「曙」が姉妹にあたる「夜」の子供を引き取り、子供をなめるように育てることで昼の成熟へと導く》[27] と語られている。デュメジルが指摘するように、インド＝ヨーロッパ語族には《太陽を「夜」の子供とし、その養育を「曙」が引き受けるという、夜と太陽と曙の神話》がある[28]。

オイディプス神話にも、英雄が太陽の息子として登場する異伝があったことが注目される[29]。いずれにしても、考古学者たちの知る古い信仰に、太陽が夜間に舟に乗って北方の大海を旅するというものがある。ジョゼフ・デシュレットが指摘したとおり、（夜間に）太陽が世界の北方の海を旅するという神話は、太陽を載せた舟を描いた数多くの表象から図像学的にも証明されている（図 17、図 18）。こうした表象は、スカンディナヴィアだけでなく、その他の場所の洞窟壁画にも見つかる[30]。つまりそこには、太陽が毎日行う旅という古代信仰が認められるのである。

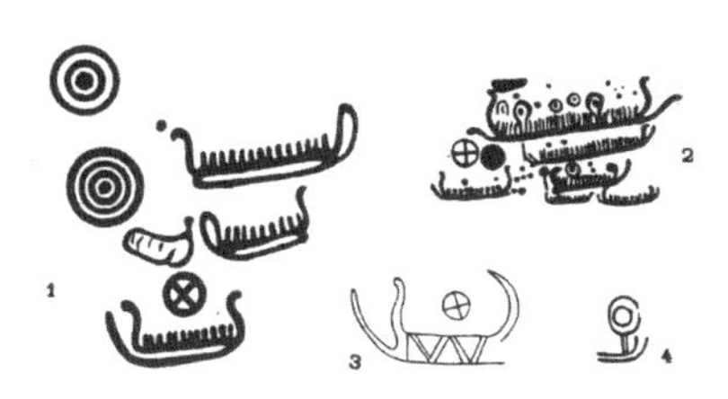

図 17　スカンディナヴィアの岸壁に描かれた太陽の舟（1 はノルウェー、2 ～ 4 はスウェーデン）

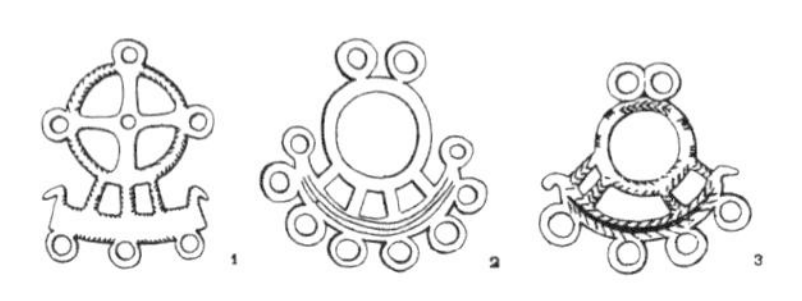

図 18　太陽の舟を象ったブロンズ製の護符（出土地はフランス国内。 1 はシャルー、2 はアルデッシュ地方ヴァロンの洞窟、3 はヴェゾン）

日本神話に登場する海上に遺棄されたヒルコも、若き太陽の化身として読むことができる。『日本書紀』の一書が伝える神話によると、ヒルコの両親（イザナキとイザナミ）は楠で作られた天の舟（アマノイワクスブネ）にヒルコを乗せている。この異伝が示唆しているのは、ヒルコが若き太陽として、海上のみならず天空とも往来を繰り返していることである。『日本書紀』に出てくるアマノイワクスブネは普通、楠のように堅固で鳥のように速い舟だと理解されている。そのためこの舟はおそらく、葦の小舟を改変したものだと考えられる。さ

図 19　福岡県うきは市の珍敷塚古墳　古墳時代後期に造られた円墳。左下に描かれたゴンドラ形の舟の舳先には鳥が止まっている。

らに考古学的証言により、日本の古代神話に太陽の舟神話が存在したことが裏づけられているという。その好例が、福岡県うきは市にある珍敷（めずらし）塚（づか）古墳の壁に描かれた舟である（図19）。著名な神話学者であった松本信廣（1897 ～ 1981 年）は、この舟を太陽の舟と解釈している[31]。

基本方位（東西南北）の象徴的意味により、捨て子を乗せた小舟の旅がどのような進路を取るのかが明らかになるだろう。こうした小舟は、少なくとも古代のいくつかの証言によれば、太陽の舟と関連していると考えられる。太陽の舟は西から東へ進み、世界の北方を通過していく。つまり、太陽が夜間に行う旅を踏襲しているのである。事実、太陽は夜になると西で死を迎え、東で生まれ変わる。太陽は神話的な乗り物によって、西から東へと運ばれていく。多くの場合その乗り物は、舟としていくつもの洞窟壁画に描かれている。夜が産んだ太陽の子供は世界の暗い地帯を通過していくが、太陽の本当の母は（東にいる）「曙」なのである。

以上の仮説は、次に検討する諸例から立証することができる。いくつかのインドの伝説と比較することで、箱に閉じこめられ海上へ遺棄された太陽の子供に備わる古風な性格を明らかにすることができる。

1）インドの民話（グジャラート半島、インド西部、ボンベイの北西部）

変装した王（ラージャ）さまがある日、3 人の若い娘の会話を耳にする。それぞれが自分のできることを自慢する。三女はこう言った。「私は太陽と月を産む定めなの」。王は三女と結婚し、相手が妊娠すると旅に出る。三女が息子と娘を産むと、恋敵である王の他の３人の妃は、赤子たちを箱に入れて海へ流す。旅から戻った王は、子供たちに会うことができず激怒する。箱は太陽の崇拝者によって拾い上げられた。子供たちの空腹を満たそうと彼が子供たちの口の中に指を入れてしゃぶらせると、すぐに空腹が満たされたことを知って嬉しく思う。赤子たちがどこから来たかを知った彼は、少年をスーリヤ（太陽）、娘をチャンドラ（月）と名づける。

2）マレーシア版『ラーマーヤナ』独自のエピソード[32)]

マハーラージャ・ラーヴァナの妻でマンドゥ・デレイという名の若き王妃が、魅力的な娘を産む。娘の顔色はこの上なく純度の高い黄金の色に似ていた。王に仕える占星術者たちは、この若き王女にまれに見る幸せな運命を予言する。王女と結婚する男は、地上すべての支配権を手にすることになるというのである。権力の座を奪われることを恐れた王は、娘を捨てる決意を固める。鉄製の箱か棺を作らせ、その中に赤子の王女を入れて海へ流す。ところが箱は沈むことなく、波間を漂流する。

マハーリシー・カラという名の王さま（ラージャ）には、毎朝、腰まで海につかり、朝日を拝む苦行をする習慣があった。真昼になると、この王は海から出て、自分の宮殿へ戻るのだった。ある朝、いつもの礼拝をしていると、箱が自分のほうへ流れてきた。王さまは箱を海から引き上げ、宮殿へ持ち帰った。箱を開けたとたん中から一筋の光が出てきて、宮殿全体を照らし出した。そして箱の中に小さな娘を見つけた。娘の《顔色は磨かれた黄金に似ており、顔は満月のように輝いていた》。王さまはこの赤子を引き取り、プートリー・シタ・デーヴィーと名づけた[33)]。

5. おわりに

これらの明白な証言によって、神話上の子供たちの遺棄に関する資料全体を見直すことができる。つまり、主要なエピソード群の再読を、一方で（おそらくは太陽の方角にある）聖なる空間に、他方で聖なる時間に関連づけて行うよう促されるのである（慣例でさまざまな儀礼を伴っていたはずの、宇宙論的な時間と関連した神話が問題となっているからである）。

19世紀に、フリードリヒ・マックス・ミュラー［1823～1900年］は比較神話学を極端に推し進めた。その教訓から、自然現象（季節のサイクル、昼と夜の交替）を暗示する神話群の宇宙論的解釈は警戒されるようになった。しかしおそらく、古代には宇宙論的な諸現象を宗教的に解釈したものが存在したはずである。そうした神話群がやがて文学に取りこまれると、その原初的意味は変更され、新たなイデオロギーや教理の文脈に適合させられた。今後必要なのは補足的な検討である。つまり1年の決まった時期に水域へ流される大小の舟に関連した、さまざまな儀礼を調査する必要がある。河川や海とのつながりがあるこうした儀礼の分析を行えば、太陽の属性を備えた子供たちを遺棄する神話を宇宙論的に解釈することが正当であるかどうかが明らかになる。ここでもまた、民族学とフォークロアが神話学的研究に力を貸してくれるはずである。

注

1） 古代の伝承については、Glotz, G.（1906）を参照。同じ著者による以下の事典項目も参照（« Exposition » dans Daremberg et Saglio, *Dictionnaire des antiquités*）。

2） Rank, O.（1983）に、一連の重要な捨て子神話が見つかる。

3） この箇所に対応する『古事記』のフランス語訳は、Masumi et Maryse Shibata（trad.）, *Le Kojiki. Chronique des choses anciennes*, Paris, Maisonneuve et Larose, 1997, p. 66 を参照。

4） Watanabe, K.（2002）.

5） Cosquin, E.（1922b）, pp.199-264（« Le lait de la mère et le coffre flottant. Légendes, contes et mythes comparés à propos d'une légende historique musulmane de Java », *Revue des questions historiques*, avril 1908）.

6） カルナについては、ジョルジュ・デュメジル『神話と叙事詩』第1巻の一節を参照（Dumézil, G.（1968）, pp. 138-139）。

7）フェルドウスィー『王書』の当該箇所を読み直し、その要約を作成してくれたハミッド・ネジャット氏に感謝したい。同じ箇所のフランス語訳については、別の研究者が試みている（*Histoire légendaire des rois de Perse d'après le Livre des Rois de Ferdowsi*, trad. de F. Brélian-Djahanshahi, Paris, Imago, 2001, pp. 421-423）。

8）Cosquin, E.（1922b）, p. 216.

9）Frazer, J. G.（1924）, p. 233（「葦の籠に乗せられ川に流されたサルゴンのこの遺棄物語は、ナイル川に流されたモーセの物語と酷似している。サルゴンの話のほうがどう見てもヘブライの伝承よりはるかに古いことから、おそらく『出エジプト記』の作者たちはサルゴンの話を知っていたか、あるいはバビロニアの原版のエピソードに基づいてモーセの話を作ったと考えられる。しかし２つの物語が独自の起源を持ち、民衆の想像力によって共通の土壌から生まれた可能性もある」）.

10）*Ibid.*, pp. 231-235（「葦の籠に乗せられたモーセ」）.

11）エウリピデスの悲劇の１つ［『イオン』］がこの神話に基づいている。この神話については、Hirata, F. Y.（1995）を参照。

12）Delcourt, M.（1944）, p. 23.

13）Grimal, P.（1951）, p. 411.

14）Guerreau-Jalabert, A.（1986）.

15）P. Meyer, « Les Enfances Gauvain, fragments d'un poème perdu », *Romania*, 39, 1909, pp.1-32. ゴーヴァンの幼少年期を伝える（遺棄の仕方が大きく異なるシークエンスを含む）さらに詳細な物語は、大英博物館所蔵の写本が収録する 14 世紀のラテン語散文作品である。作者不詳のこの作品は『アルトゥールスの甥ワルウアニウスの成長期』（*De ortu Walwanii nepotis Arturi*）である。ゴーヴァンの幼少年期については、2003 年にレンヌで開催された研究集会の報告集に収められた拙稿を参照（Walter, Ph.（2006b））。

16）Roux, G.（1963）.

17）Delcourt, M.（1944）, *op. cit.,* p. 45 et suiv.

18）Conteneau, G.（1952）.

19）Moreau, A.（1999）.

20）この他にも、樽の中に入れて子供を遺棄する話のルーマニア版については、Vernant, J. P. et Vidal-Naquet, P.（1988）, pp. 79-86 を参照。

21）Delcourt, M.（1944）, p. 21.

22) *Ibid.*, p. 55 et suiv.

23) Chassaing, M. (1986).

24) 天空の樽が転がることで雷鳴が起こると考える民間信仰もある。

25) 『タリエシン物語』によると、「ケリドウェンは妊娠して９ヶ月を迎えた。そして子供を出産したが、とても殺める気にはなれなかった。それほど子供が美しかったからである。そのため彼女は子供を皮袋の中に入れ、夫が望んだとおりに、４月29日に海へ投げこんだ」(*Histoire de Taliesin* (*Hanes Taliesin*), traduction de C. Guyonvarc'h, *Ogam,* 19, 1967, p. 349)。

26) Dumézil, G. (1968), 1986 (5e éd.), pp. 125-144.

27) *Ibid.*, p.129.

28) *Ibid.*, p.129.

29) Delcourt, M. (1944), p. 65.

30) Déchelette, J. (1910), p. 418 以降を参照。

31) 日本神話に関する以上の情報を提供して下さった渡邉浩司氏に、心より感謝の意を表したい。

32) Cosquin, E. (1922b), *op. cit.,* pp. 229-230 からの引用。

33) このエピソードは、ヴァールミーキの『ラーマーヤナ』には含まれていない、マレーシア版独自のものである。

第4章

英雄の通過儀礼

【ドラゴンの血（ジークフリート、フィン、タリエシン、テイレシアス）——古ヨーロッパの神話を求めて】

図20　シグルズによるファーヴニル退治
（ノルウェー、ハイスタッドの教会扉口、1200年頃）

英雄となる定めを負った者は、普通の人間には不可能な通過儀礼を経験する。本章では、インド＝ヨーロッパの伝承に属する若き英雄が、何らかのかたちで魔術的な物質を摂取して予見能力を獲得する例が紹介されている。ドラゴンの血を口にして鳥の言葉を解せるようになった北欧神話のジークフリート、鮭や薬草の煮汁との接触によって至高の知恵を手にしたケルトの英雄（フィンとタリエシン）が典型例であり、同じ神話モチーフを共有している。本論の初出は、ルーマニア国立バベシュ＝ボーヤイ大学のイマジネール研究所「ファンタスマ」の機関誌『カイエ・ド・レキノクス』第10号（2006年）pp. 325-334である。

1. はじめに

ヨーロッパの文化的アイデンティティーには、古くから支えとなってきたようなものが存在するのだろうか？　この問いに対して、言語学と神話学はそれぞれ肯定的に答えてきた。《インド＝ヨーロッパ》諸語は確かに実在し、19世紀からその存在が認められている。ヨーロッパの言語の大半は、（失われた）唯一の祖語に遡る[1)]。サンスクリット語は、この祖語に近いモデルを提供してくれる。こうした母型となる言語を想定することで、ヨーロッパの言語の大半に共通する、語彙や統辞の多くの特徴が説明可能となる。このことは古代の神話にも当てはまる。なぜなら神話は（数学的な意味で）言語の変数だからである。はるか遠い時代に存在したインド＝ヨーロッパ神話は、（ケルト、ゲルマン、ギリシア、スラヴなど）インド＝ヨーロッパ語族が伝える神話の大半に、その痕跡を残している。そのため、神話的なモチーフを分析する際には、比較研究の枠から外れてはならないだろう。比較研究では、こうしたさまざまな言語が伝える神話物語群が並置される。これにより、古代の信仰や概念という共通の遺産によってしか説明できない、類似のモチーフ群や同類のモチーフ群が明らかになる。

ヨーロッパの4つの地域（スカンディナヴィア、アイルランド、ウェールズ、ギリシア）で成立した4つのテクストを検討すれば、魔術的な物質が登場する神話的な通過儀礼（イニシエーション）の物語を絞りこむことができる。魔術的な物質とは、（ドラゴンの焼けた心臓から流れ出た血や、植物から流れ出る汁や煮汁のように）英雄に優れた知性を授けることができるものである。これらの4つのテクストはさらに、そのモチーフ群が特殊で繰り返し現れるという性質から、何よりも有意味な可変性という特徴を持つ神話的思考の機能を明らかにしてくれる。その意味では、それぞれの神話に《原初的》形態はない。クロード・レヴィ＝ストロース［フランスの文化人類学者、1908～2009年］が力説したように、1つの神話はすべての異本の総体である。

2. 4つのテクスト

①ジークフリート（スカンディナヴィア）（図21、図22）

それからシグルズ［ジークフリートの古アイスランド語名］は、リジルという名の剣で、蛇の姿のファーヴニルから心臓を切り取った。レギンはファーヴニルの血を飲み、シグルズにこう言った。「お前にとっては大したことじゃないが、願いを1つ聞いてほしい。この心臓をかまどへ持っていって炙り、わしに食べさせてほしいのだ。」

シグルズは出かけていき、蛇の心臓を焼串で炙った。心臓が泡立ち始めると、シグルズは指でそれに触り、焼けたかどうか確かめた。シグルズはその指を口に持っていった。蛇の心臓の血が舌に触れたとき、シグルズは鳥の言葉が分かるようになった[2)]。

②フィン（アイルランド）

デウネ（「鹿」の意）は、ボイン川の岸辺で暮らす詩人フィネガスのもとへ詩を学びに行った。フィネガスはフェック池の鮭を待ちながら、7年前からそこで暮らしていた。その鮭を食べた者は全知の存在になれるという予言を聞いたからである。その鮭が捕まり、デウネは鮭を焼くように言いつけられた。ただし詩人は、鮭の肉をひとかけらたりとも口にしないようデウネに命じた。鮭を焼き終えた少年は、詩人に届けた。「ひと口も食べていないだろうな、少年よ？」と、詩人が尋ねた。「もちろんです」と、少年は答えた。「でも鮭に触って親指を火傷したので、思わず親指を口に入

図21　レギンとシグルズ（ノルウェー、ハイスタッドの教会扉口、1200年頃）

図22　シグルズによるファーヴニル退治（スウェーデン南部セーデルマンランド地方、ラムスンド彫刻画）

れました。」「名前はなんというのか、少年よ？」とフィネガスに聞かれ、少年は「デウネです」と答えた。「お前の名は、これからはフィンだ、少年よ。この鮭は、お前に食べられる定めだったのだ。お前こそ、真のフィンだ」。少年はそこで鮭を食べた。こうしてフィンは知恵を手に入れた。つまり、親指を口に入れて「テニウ・ライダ」（予言の呪文）を唱えれば、知らなかったことが何でも分かるようになったのである[3)]。

③タリエシン（ウェールズ）

むかしペンシンにテギド・ヴォエルという名の貴族がいた。彼が父から受け継いだ遺産はテギド湖の真ん中にあった。彼の妻はケリドウェンという名だった。ケリドウェンが産んだ息子はテギドの息子モルヴラン、娘はクレイルヴィウと名づけられた。この娘はこの世で最も美しかった。その兄弟にあたるモルヴランはこの世で最も醜かったので、アヴァグズ［「黒い怪物」の意］と呼ばれていた。そのため母ケリドウェンは、モルヴランがその醜さのせいで貴族たちに受け入れてもらえないだろうと考えた。ただし、アーサー王宮廷の「円卓」で何よりも重視される、尊敬に値するような技や知恵をいくらか見せることができれば話は別である。

ケリドウェンはそこで、ペラスト（ウェルギリウス）の書物に記された魔術を使って、息子のために霊感と知恵の釜を沸かすよう命じた。息子が将来、その知恵と技を買われて人々に堂々と迎え入れてもらうためだった。そこでまず釜の水を沸かし、釜が沸いてからは、精霊の加護により祝福された3滴が手に入る1年と1日後まで、絶えず沸かし続けた。ケリドウェンは少年グウィオン・バッハ［後に生まれ変わってタリエシンとなる人物］に釜を見張らせ、モルダという名の盲目の男に釜の下の火を焚き続けさせた（図23）。ケリドウェンは1年と1日の間、

図23　ケリドウェンに命じられて釜の番をするグウィオン・バッハ（後のタリエシン）

沸騰を中断しないよう命じた。天文学の書物や惑星の運行を確認しながら、彼女は毎日、あらゆる種類の不思議な薬草を摘み取った。ケリドウェンはほぼ1年にわたり、いつも薬草の採集に追われていた。そのため、薬液の魔力を持つ3滴が釜から飛び出し、グウィオン・バッハの指に落ちてしまう。それが熱かったため、少年は指を口に入れてなめた。口の中でこの貴重な3滴をなめるとすぐに、少年はこれから起こるはずのことがすべて分かるようになった。またケリドウェンの狡知から身を守るために一番必要なことをはっきりと悟った。彼女の知恵は大変なものだったからである[4]。

④テイレシアス（ギリシア）

テーバイにテイレシアスという名の予言者がいた。父はエウエレス、母はニンフのカリクロで、スパルトイ［カドモスが撒いたドラゴンの牙から生え出た戦士たち］の1人ウダイオスの子孫だった。テイレシアスは視力を奪われていた。彼が盲目で予言の才があったことについては、さまざまな話が残されている。テイレシアスが盲目になったのは、神々が人間に隠しておきたかったことを明らかにしてしまったためだと主張する人たちが実際にいる。しかしペレキュデス［紀元前6世紀の神話学者］は、彼の視力を奪ったのは女神アテナだという説を唱えている。カリクロはアテナととても親しい間柄にあった（中略）。テイレシアスは女神の全裸を見てしまった。女神は両手で彼の両目を覆って視力を奪った。カリクロは息子の目を元どおりにするようアテナに頼みこんだ。アテナはテイレシアスの目を元どおりにすることができなかったので、彼の両耳を清めて、鳥の言葉が何もかも理解できるようにした。さらにアテナは彼に、持っていれば目の見える人と同じように歩くことのできるミズキの棒を授けた[5]。

アテナがどうやってテイレシアスの両耳を清めることができたかを知るためには、もう1人のギリシアの予言者、メラムプスをめぐる神話を参照すべきだろう。「幼い頃、メラムプスが予見能力を身につけた経緯は次のとおりである。蛇（それは雌だった）が死んでいるのを見つけた彼は、薪の山で火葬してやった。子蛇たちは、メラムプスが自分たちを養ってくれたことに感謝し、メラムプスの両耳を舌でなめて清めた。すると、メラムプスは鳥の言葉だけでなく、すべての動物の言葉も普通に分かるようになった。メラムプスは予言者だっただけでなく医者でもあった。医者というよりも病人を清めて健康にする力を持つ祭司だった。さらに魔術的な薬草にも造詣が深かった。」[6)]

このように、テイレシアスの神話とメラムプスの神話をつなぎ合わせてみると、アテナは自分の神盾についていた蛇を使って、テイレシアスの耳を清めたと考えられる。この点については、以下の詳細な情報を提供して下さったジャン・アロー氏に感謝申し上げたい。

リュック・ブリッソン著『テイレシアスの神話——構造分析試論』（ライデン、1976年）が収録するテクストおよび、ジャン＝クロード・カリエールとベルトラン・マソニーが校訂と注釈を行ったアポロドロス作『ビブリオテケ』（ブザンソンとパリ、1991年）には、この問題の解決につながるようなテクストの異本は明らかに引用されていない。しかしアポロドロス作『ビブリオテケ』第3巻4, 67が伝える2つの詳細な説明から、いくつかの接点を証明することが可能である。⑴テイレシアスが鳥の言葉を理解できるようにするため、アテナは彼の両耳を《清めた》とはっきり書かれている。⑵その直後に、アテナがテイレシアスの歩行を助けるための棒を授けたという言及がある（ちなみにカッリマコス『讃歌』第5歌「パッラスの水浴」127には、《彼の歩みを導くため、大きな棒を授けよう》という一節がある）。これは「ミズキの」（「クラネイオン」）棒だとされるが、修正が必要である。なぜなら諸写本では、「ダークブルー」や「ミッドナイトブルー」を意味する「キュアネオン」が使われているからである（カリエール＋マソニー版、p. 224を参照。この色はホメロス作『イリアス』第24歌、93～94では、テティスの喪のベールの色である。プラトン作『ティマイオス』68Cも参照）。しかしリュック・ブリッソンみずからが指摘するように、この言葉は蛇の色を指すのによく使われている（pp. 54-55）。リュック・ブリッソンはAタイプの神話の諸版（テイレシアスが棒を使って蛇を叩く）と、Bタイプの諸版（本章で取り上げている版）とを対比させている。そして両タイプの諸版に登場する棒を、蛇と棒が絡み合って一体となったヘルメスの杖が象徴する仲介者としての役割と関連づけている（アポロドロスとカッリマコスの記述に反して、ブリッソンはp. 73でこう述べている。「この棒は、盲目を補うためテイレシアスに与えられたわけではないように思われる。むしろ、彼の仲介者としての役割を象徴するものだと考えるべきではないだろうか」。しかしブリッソンが重視していない明らかな棒の機能と、彼が示唆する隠された棒の機能とを対立させるのは正当なことなのだろうか？）　また、同じアポロドロス作『ビブリオテケ』の第1巻9, 11には、メラムプスへの言及がある。それによるとメラムプスが育てた蛇たちが彼の耳をしっかりと清めたため、鳥の言葉が分かるようになったとされている。ブリッソン（pp. 49–50）は、ヘレノスとカッサンドラについて、その耳が蛇たちによって《清め》られたという、テッサロニケのエウスタティウス［ホメロスの注釈を集成した12世紀の碩学］の一節と、ポルピュリオス作『節制論』第3巻4の一節も引用している。ポルピュリオス［テュロス出身のネオプラトニズムの哲学者、234～310年頃］によれば、「もし蛇が我々の耳を清めてくれたなら」、我々は動物の言葉が理解できるようになっていたかもしれないという。

以上の注釈から、ドラゴンの焼けた心臓から流れ出る血の摂取（ジークフリート）と、蛇たちによる耳の清め（メラムプス、テイレシアス）という2つのモチーフの類似を明らかにすることができる。実際に神話の構造においてこれら2つの体験は、英雄が予見の才を獲得するという同じ結果を招くからである。

3. モチーフの形態論

ここで紹介した4つのテクストを読み比べてみると、まずは次の点が認められる。4つのテクストはそれぞれ大きく異なっていて、互いに模倣しあったとは言えない。つまり、あるテクストが別のテクストを意識的に模倣したはずがないと結論づけることができるほど、それぞれのテクストが伝える話には相違点が多いのである。しかし同時に、これら4つのテクストには、単なる偶然では片づけられないほど共通点も多い。そのため、こうした共通点の解釈には、2つの可能性が考えられるだろう。

3-1　精神分析学（ユング）的解釈

いくつかの《伝説のテーマ群やいくつかのフォークロアのモチーフ群は、全地球上で同一の形式で繰り返されている》。なぜなら、それは《人間の表象作用の遺伝的な諸可能性》をなす《昔からの原像》[7] だからである。すなわち、人間の精神が起源物語と呼べるものを自発的に新たに創り出すことができるのは、そのようにプログラミングされているからなのである。

3-2　神話学的（デュメジル）的解釈

あるテクストが別のテクストによりそのまま意識的に模倣されたという説を却下するならば、2つのテクスト間に認められる類似は、双方がその母体であるより古い文化に属するテクストから派生したことによると説明できるのではないだろうか。2つのテクストはいずれも、ジョルジュ・デュメジルが（暫定的に）インド＝ヨーロッパ語族に由来すると考えた共通の文化遺産に属している[8]。このことは言語と同じく神話にもあてはまる。「父」を表すラテン語（「パテル（pater）」）とドイツ語（「ファーター（Vater）」）の類似は、おそらくイメージとしてはサンスクリット語に示されるような、失われた祖語のようなものを想定しないと説明ができない。

本論ではデュメジルの神話学的解釈に則り、4つのテクストに認められる類似したモチーフ群を対照させ、神話的思考の様相（モダリテ）の理解に努めることにしよう。そして4つのテクストに繰り返し現れる同形の神話的なモチーフを探し出すため、比較神話学に基づいて検討を進めたい。同形（イゾモルフ）のモチーフというのは、たとえ重要な異本が構成要素の中に入りこんできたとしても、その組み合わせによって意味をなす構成のしっかり取れたモチーフのシークエンスのことである。実際、神話的なモチーフの意味は常に、それが全体の中で他のモチーフ群と織りなす諸関係の体系から引き出される[9]。そのため、比較研究という単純な規則が求められる。比較可能なのは、孤立したモチーフ群ではなく、最も高いレベルで可能なつながりを見せてくれるモチーフの束（または房）のみである。

4人の人物（ジークフリート、タリエシン、フィン、テイレシアス）は通過儀礼(イニシエーション)を経験している。2つのケース（ジークフリートとテイレシアス）では、この通過儀礼の眼目は、2人が魔術的な体験を経て、《鳥の言葉》が分かるようになるところにある。ケルトの英雄たち（フィンとタリエシン）のケースでは、ただ2人が物知りになったと伝えられるだけである[10]。

しかしながら、最初の系列に属するメンバーの1人（ジークフリート）と2番目の系列のメンバーたち（タリエシンとフィン）にとって、予見能力の獲得は指が特別なものに触れたことによるものである（ジークフリートはドラゴンの心臓、フィンは鮭、タリエシンは知恵の滴に触れている）。以上から、こうした通過儀礼神話の深層構造を際立たせる、類似した一連のモチーフが浮かび上がってくる。特に、ケルトの2つの話は驚くほど類似している。

ジークフリート
⑴　ドラゴン（ファーヴニル）の心臓を焼く
⑵　ドラゴンの心臓から流れ出る血に指で触れる
⑶　その指を口の中に入れる
⑷　鳥の言葉が分かるようになる

フィン
⑴　鮭の調理の見張りをする
⑵　調理中に鮭に触れて親指を火傷する
⑶　その親指を口の中に入れる
⑷　物知りになる

タリエシン
⑴　薬草の入った釜の煮炊きの見張りをする
⑵　釜から飛び出した3滴が親指の上に落ちる
⑶　その親指をなめる
⑷　予言者になる

必然的な配列でありながらも意義深いこのシークエンスの中で、⑴から⑷の順で並ぶモチーフ群（ウラジーミル・プロップ［ソビエト連邦の民話研究者、1895～1970年］の用語を使えば「機能」と呼ぶこともできるだろう）は、同形とみなすことができる。これらのモチーフは、神話的思考によれば、機能の上で等価である。たとえば、薬草が煮こまれる魔法の釜は、まさしく血の滴るドラゴンの心臓に対応している。いずれも、英雄に通過儀礼を授ける魔法の物質である。神話学ではこうした類比に思いをめぐらせ、そこから一連の帰結を引き出すことが求められる。

まず留意すべきなのは、象徴に基づく初歩的な解釈とは異なり、ドラゴンがいつも悪役なわけではないことである。ドラゴンは英雄に予見能力を授ける力を持っているからである。つまり、ドラゴンは両価的な存在なのである。実はドラゴンはいわば、人間に対して生殺与奪の力を行使できる神的存在が取る姿ではないだろうか？　薬草にも同じ両価性がある。タリエシンのケースでは、至高の知恵をドルイド僧の見習い［後に生まれ変わってタリエシンとなるグウィオン・バッハ］に授けることができたのは3滴だけである。この3滴以外は猛毒であり、タリエシンが貴重な3滴を受け止めるとすぐに、鍋を破裂させてしまう。

神話的思考では、ファーヴニルという名のドラゴンの血と、女魔法使いケリドウェンの鍋で煮詰められた魔法の薬草は等価である。通常の思考では、当然ながらドラゴンと薬草にははっきりとした関係は認められない。つまり合理的思考では、これほど特殊な神話の言語に入りこみ、そこから類比に基づく象徴の秘密を引き出すことがまったくできないことが分かる。これに対して神話は、合理的思考が課す枠組みに背く複雑な思考に属している。こうした神話的思考が作り出すモチーフ群の類比は、ヒエログリフ的と呼ぶことのできる言語の礎であり、解釈に取り組む者を神話の象徴的な様式の中心へ招いてくれる。

たとえば、蛇、ドラゴン、薬草の類似についての、ガストン・バシュラール［フランスの哲学者、1884～1962年］の指摘が思い出される。「ラングロワが刊行した『シドラック物語』（第3巻、226頁）には、《偶然にも殺されなかった蛇はどれも、千年生き長らえるとドラゴンに変わる》という一節が出てくる」。このように、バシュラールは蛇とドラゴンを神話の上で等価だと考えている。フランス語の「ドラゴン」(dragon) のもとになったラテン語「ドラコー」(draco) が「蛇」を指すことから、蛇とドラゴンの等価性はさらにたやすく認められる。この蛇＝ドラゴンが薬草のような混合物の中に入れられることが多いため、バシュラールはこう付言している。「蝮のブイヨン料理や蝮の粉末を口にするといったいくつかの治療行為も、こうしたことからよりいっそう理解できるものとなる。蝮の塩分に関するシャラスの唯一の著作を読めば、この素材にそれなりの伝説があることが十分に証明されるだろう。蛇という素材は、伝説上の物質なのである」[11)]。

ドラゴンと鮭もまた、神話の上では等価である。こうした神話上の等価性は、音声の類似に基づいている。ドイツ語で「ドラゴン」は「ドラッヘ」(Drache) という。ラテン語の「ドラコー」(フランス語では「ドラック drac」) は「ドラゴン」を指すが、この言葉は詩では「蛇」を指すのにも使われる (ギリシア語では「蛇」は「ドラコス (drakos)」)[12)]。アイルランド語では、「鮭」は「オルク」(orc) という[13)]。独自の子音体系から、これらの言葉は、元来通過儀礼を授ける動物を指すと思われる同じ語義へと結びつけてくれるような、同系のインド＝ヨーロッパの語基に由来すると考えられなくもない。このように鮭の神話は、意外にも実に意義深いかたちでドラゴンの神話とつながっている。そのため、《知恵の鮭》の肉を食べてもドラゴンの血を飲み干しても、同じ結果に至るのである。

キリスト教は古代の異教を取りこんでうまく利用した総合的な宗教であり、同様に聖なる肉 (キリストはギリシア語の「イクチュス」、すなわち「魚」と定義される) と神の血の摂取を基礎としている。このように神としてのキリストの身体と血を口にすることは、「良き言葉」(福音書) つまり神の知恵で満たされた言葉を自分のものとすることに等しい。聖体の秘跡と言葉の典礼 (聖書の朗読) はこうして、キリスト教のミサを支える2つの柱となっている。この2つは儀礼と教義において、インド＝ヨーロッパ社会の通過儀礼と関連した古代信仰を表している。

ドラゴンの血の神話は時代の経過とともに消え去り、その象徴的な意味がすべて失われてしまったと思われるかもしれない。しかし19世紀のオート＝ブルターニュ地方では事情はまったく異なり、ポール・セビヨ［フランスの民族学者、1843 ～ 1918 年］が「動物の言葉を教える蛇の肉」[14] という国際話型 AT673 番［ハンス＝イェルク・ウター著『国際昔話話型カタログ』では ATU673「白へビの肉」］に相当する民話を採集している。

> むかし、魔女だと思われていた老女の家に、渡り職人（土工職人）がいた。ある日、その男が蛇を 1 匹殺して持ち帰った。老女はそれを受け取って焼き始め、食べられるように準備した。朝になって老女が家を留守にすると、男はほんのひと口、蛇の肉を食べた。それから外へ出てみると、鳥の言葉が分かるようになっていてひどく驚いた。家に戻った老女は男からその話を聞き、男が蛇の肉を口にしたことに気づいた。そこで老女が男の口の中に息を吹きかけると、その時から男にはもう鳥の言葉が分からなくなった [15]。

この民話は、古い神話物語群からまるごと創り出されたわけではない。どちらかと言えば、おそらくは古代ケルト神話から分化した形態に近い。またこの民話は、通過儀礼としての意味を担った古代神話から妖精（または魔女）の民話が生まれたという説を証明しているのかもしれない。「民話は典型的な神話のシナリオを、別の次元で別の手段を使って繰り返している。民話は想像世界（イマジネール）のレベルで通過儀礼を取り上げ、継続させているのである」[16] と、ミルチャ・エリアーデ［ルーマニアの宗教史家、1907 ～ 1986 年］は述べている。19 世紀にもこうした民話が生き長らえ、類似する神話群が古代に存在することから、その過渡期（中世および 17 世紀の古典主義時代）全体にも似たような話が存在したことが分かる。もちろんこうした話は、より文学的な形態に翻案された可能性がある。

4. 竜血樹（リュウケツジュ）

ドラゴンの血（または鮭の肉）に認められる通過儀礼のテーマは、中世期の図像や、さらにはクロード・レヴィ＝ストロースが「野生の思考」と呼んだ範疇に属する植物の名称のいくつかにも見つかる。

図24　ヒエロニムス・ボス作『快楽の園』（マドリッド、プラド美術館）　竜血樹は左側のパネルに描かれている。

実際に、ドラゴンと関連のある植物や樹木が存在する。最も注目すべきは「ドラゴンの血」という名の木で、今日では竜血樹（フランス語では「ドラゴニエ」）と呼ばれている。これは枝分かれした茎から「ドラゴンの血」と呼ばれる赤色の樹脂を分泌する木である。この樹木名は13世紀から中世フランス語に登場している。今日では、「ドラゴンの血」はもはや樹木そのものではなく、竜血樹が主として分泌する赤黒い樹脂のみを指している。その樹脂はかつて収斂剤や止血剤として使われたが、今日では着色剤としてワニスに赤みを加えるのに使われている。

図25　『快楽の園』細部（左下に竜血樹）

また竜血樹は、ヒエロニムス・ボス［ルネサンス期のネーデルラントの画家、1450頃～1516年］が手掛けた三連祭壇画（トリプティック）『快楽の園』に描かれている[17]（図24）。1510年頃に制作されたこの作品は、スペインのプラド美術館に所蔵されている。左側のパネルでは、神がアダムとイヴを創っている。彼らの背後には「善悪の知恵の木」があるが、この作品では竜血樹で表されている（図25）。

『創世記』2, 9に記されているように、ハヤウェはエデンの園に「見るからに好ましく、食べるに良いものをもたらすあらゆる木を地に生えいでさせ、また園の中央には、命の木と善悪の知恵の木を生えいでさせられた」。アダムとイヴは園のすべての木から果物を取って食べてもよかったが、園の中央にある木から果物を取ってはならず、それを食べると必ず死ぬと言われた（『創世記』3, 2～3）。この「知恵の木」には名前がない。それはリンゴの木でも、他の種類の木でもない。ヒエロニムス・ボスは一連の信仰をすべてふまえた上で、「知恵の木」を竜血樹としたのである。ドラゴンの血と関連した通過儀礼の象徴的意味を思い起こせば、「楽園」に生える通過儀礼の木の役割を果たすのがまさしく竜血樹なのだとしても、驚くにはあたらない。聖書が「知恵の木」の性質について多くを語らないのに対し、ヒエロニムス・ボスは聖書の木と同じ象徴的意味を持つ木を描いたのである。

この樹木が「ドラゴンの血」と呼ばれるようになった経緯については、実は由来譚がある。『博物誌』第8巻の冒頭で、プリニウス〔古代ローマの博物学者、23～79年〕は象とドラゴンの戦いについて触れている。

> 伝えられるところによると、象はひどく冷血な動物である。そのため大変暑い季節には特にドラゴンに狙われる。ドラゴンは川の中へ潜りこみ、象が水を飲みに来るところを待ち伏せ、その鼻に巻きついて動けなくし、耳に噛みつく。なぜなら、耳は唯一象が自分の鼻で守ることのできる場所だからである。またドラゴンは非常に大柄なので、象の血液をすべて飲み干すことができる。こうしてドラゴンに血を飲まれて干からびた象は崩れ落ち、ドラゴンを押し潰してしまう。そして、血に酔っていたドラゴンは、象と一緒に死ぬのである[18]。

16世紀のニコラス・モナルデス作『薬草論』(1565年)には、象から採取されたドラゴンの血と竜血樹とのつながりについて記されている。以下の引用は、エミール・リトレ〔フランスの辞書編纂者、1801～1881年〕が『フランス語辞典』で挙げている一節である。

> ドラゴンは象の血管から吸い取った血の冷たさで、己の体内を焦がしている熱を冷まそうとした。そしてドラゴンがこの血を吐き出すと、象がドラゴンの上に倒れかかり、押し潰してしまう。それはプリニウス(第8巻、12)が述べているとおりである。テヴェと医師モナルデス(C・38)によると、「幸運の島」と呼ばれるカナリア諸島では、「ドラゴンの血」と呼ばれ

る樹脂を分泌する木が生え出てきたという。その名のとおり、果実にドラゴンの姿がかなりはっきりとついているので、画家がそれを貼り付けたかのようである[19]。

プリニウス作『博物誌』の一節と竜血樹の神話伝説はこのように、吸血鬼を予告する神話や、おそらくはマンドラゴラと関連した伝承にも光を当ててくれるはずである。マンドラゴラ（mandragore）の名には、ドラゴン（dragon）が含まれているからである。

5. おわりに

以上の考察から、ジークフリート、フィン、テイレシアスをめぐる古い神話物語は、ルネサンス期の図像の象徴的意味のみならず、ヨーロッパの諸伝承が伝える無数のモチーフや言葉についても、そのいくつかの側面を明らかにしてくれる。ヨーロッパの伝承には、ヨーロッパを作り上げている数多くの民族が共有する、はるか昔から受け継がれてきた古代の知恵が存在する。ヨーロッパ諸語の語彙が、それを証明してくれている。確かにこうした諸伝承はその内容がまったく安定してはいないが、神話の複雑な思考と呼ぶことのできる範疇に属している。神話の複雑な思考とはイメージによる思考であり、西欧では合理的思考と並んで常に存在してきた。

イメージと神話は、複雑なものを読み解くための暗号である。いずれも言葉や概念よりも内容が豊かである。また神話は新たなかたちの思考、レヴィ＝ストロースなら「野生の」と形容し、普通の思想家なら「象徴的」と形容する思考を授けてくれる。ジャン＝ピエール・ヴェルナン［フランスの歴史学者・人類学者、1914～2007年］によれば、「神話は、哲学者たちが用いる非矛盾の論理との対比で、曖昧さ、多義性、極性の論理と呼ぶことのできる形態の論理を働かせている」。ヴェルナンは「イエスかノーかという二項対立の論理とは異なる論理、ロゴスの論理とは別の論理を構成するモデル」[20]の認識に基づいている。こうした論理に従えば、ドラゴンの血や植物の汁は、神や予言者が握るすべての秘密を内包する同じ神話的物質だと考えられるのである。

注

1） Martinet, A.（1994）.
2） *La Saga des Völsungar*, d'après la trad. de Boyer, R.（1989）, p. 229, ch. 19.
3） *Macghnimhartha Fhinn* cité d'après Sterckx, C.（1994）, p. 11.
4） Version de la *Myfyrian Archaiology of Wales,* 2e éd., Denbigh, 1870, traduit par C. Guyonvarc'h dans : *Textes mythologiques irlandais*, I, Rennes, Ogam-Celticum, 1980, p. 151.
5） Apollodore, *Bibliothèque* III, VI, 7 d'après Schubert, P.（2003）, p.148.
6） Grimal, P.（1951）, p. 282.
7） Jung, C. G.（1993）, p. 119.
8） ジョルジュ・デュメジルが提唱した主要な諸説を手早く参照したければ、Dumézil, G.（1992）を参照。
9） この問題については、レヴィ＝ストロースが『野生の思考』で定義した構造主義の原則を参照（Lévi-Strauss, C.（1962））。
10） こうした通過儀礼の様式については、ル・ルーとギュイヨンヴァルフの指摘を参照（Le Roux, F. et Guyonvarc'h , C.（1986）, pp. 322–329）。
11） Bachelard, G.（1948）, pp. 281–282.
12） Ernout, A. et Meillet, A.（1967）, p. 184.
13） Vendryès, J.（1959-）, s.v. orc. Walter, Ph.（2004）, pp. 187–200 も参照。
14） グリム兄弟『子供と家庭の童話集』第 17 番「白い蛇」も参照。
15） Delarue, P. et Tenèze, M. L.（2000）, p. 583.
16） Eliade, M.（1963）.
17） このように「知恵の木」を竜血樹とみなす解釈については、クロード・ゲニュベの論考を参照（Gaignebet, C.（1990））。
18） Pline l'Ancien, *Histoire naturelle*, t. VIII, édition et traduction d'A. Ernout, Paris, Les Belles Lettres, 1952, livre 8, ch.12, p. 35.
19） Laurens Catelan, *Rare et curieux discours de la plante appelée mandragore*, Paris, 1634, p. 7.
20） Vernant, J. P.（1974）, p. 250（Raisons du mythe）.

第5章

英雄の武勇伝

【伝ネンニウス『ブリトン人史』(9世紀)が伝えるアーサーの12の戦い——神話伝承とケルトの固有名をめぐって】

図26　山羊のような獣にまたがったアーサー王
(イタリア、オトラント大聖堂の床モザイク)

一連の偉業を通じて「宇宙の時間」の安定に貢献する英雄の代表は、ギリシア神話のヘラクレスである。本章では、9世紀にネンニウスが編纂した『ブリトン人史』の中で描かれる12回に及ぶサクソン軍とアーサーの戦いの時期が、ヘラクレスの12功業と同じように1年の12ヶ月あるいは黄道12宮と対応し、一連の戦いを通じてアーサーが「時の征服者」となる過程が示されている。12の戦いを締めくくるバドニス山での戦いは世界終末の戦いであり、それにより時のサイクルが完結する。本論のもとになったのは、2012年8月30日に中央大学駿河台記念館で開催された中央大学人文科学研究所主催の公開研究会での報告であり、その仏文原稿はこれまで未発表のものである。

1. はじめに

アーサーの史実性とケルト性という2つの問題は、ブリタニアの名だたる王としてのアーサーをめぐる最初期の証言に照らして検討すべき重要なものである（図27)。ジョルジュ・デュメジルが特に力説したように、インド＝ヨーロッパ語族の間で神話は物語（＝歴史）として語り直されることが多い。そのため史実に基づく古い資料だと考えられているものは、実際には神話から生まれたものにすぎない。ネンニウスという人が（9世紀に）アーサーに関する短い証言を残したが、これは（推定される）アーサーの死後3世紀以上経ってからのものである[1]。ネンニウスは、（カバルという犬が登場する）複数の不可思議な話の他に、アーサーが参戦した12の神話上の戦いの話を伝えている（さらにネンニウスはアーサーを《王》ではなく、《戦闘隊長（ドゥクス・ベロールム)》と呼んでいる)。アーサーに率いられたブリトン軍が侵略者サクソン軍を迎え撃ったこの戦いは、イギリス史の中でも重要な一齣だと考えられている。なぜならこの対決はブリテン島で行われたが、最終的にこの島はアングロ＝サクソンの地になってしまうからである。

図27　アーサー王と30の王国（『ピーター・オヴ・ラングトフトの年代記』）

ネンニウスの証言の重要性はなかでも、間違いなくケルト起源の固有名にある。明らかに、ネンニウスはアーサーをケルトの古い記憶の中につなぎとめている。ネンニウスの証言を検討することは、解読という賭けに挑むことである。つまり、まずは地名、すなわち山名や河川名を現実の場所と対応させ、次に名前と結びついている神話的記憶を見つけることなのである。ここで明らかにしておきたいのは、ネンニウスの伝える名前が単に史実を伝えるだけではなく、神話的記憶を凝縮したものだということである。

2. 現存する写本群

『ブリトン人史』を伝える写本群はどのようなものだろうか。レオン・フルリヨ［フランスの言語学者・歴史家、1923～1987年］は、『ブリトン人史』の写本群を3つの系統に分類した[2)]。その大半は12世紀に筆写されたものである。例外は、（第二次世界大戦中に被害にあった）900年頃に筆写されたシャルトル本と、944年に筆写されたヴァティカン本（校訂本はデイヴィッド・ダンヴィルによる）である[3)]。ヴァティカン本には、考慮すべき重要な異本が含まれている。『ブリトン人史』そのものの成立は630年まで遡ることができる。ネンニウスは明らかにこの史書の著者ではなく、9世紀にウェールズで活躍した写字生で、その執筆時期（829年から830年）は大陸ではカロリング朝の最盛期にあたっている[4)]。ネンニウスが編纂したと考えられるブリタニアの歴史に関するかなりの数の物語の中に、『ブリトン人史』が含まれていたと考えられる。編纂されたものは実際には、項目別に伝承（ときには単なる注記）を雑然とまとめたものである[5)]。このようにさまざまな情報を集めていけば、おそらくは正式なかたちで整えられた《年代記》ができあがったに違いない。しかしネンニウスはこうした作業を行わなかった。こうしたブリタニアの大年代記が執筆されたのは、ネンニウスから3世紀後のジェフリー・オヴ・モンマスによってである。またジェフリーは、ネンニウスの証言をすべて利用することはなく、ネンニウスとは別の典拠にも依拠している。ジェフリー作『ブリタニア列王史』の145章から147章には、アーサーとサクソン軍との戦いが描かれている[6)]。ネンニウスが伝えるのとは異なり、ジェフリーによると戦いの数は12回ではないが、ケリドンの森での戦い（145章）とバドニス山での戦い（146章）ははっきりと見つかり、ネンニウスにはない細部とともに描かれている。

アーサーについてネンニウスが特に触れているのは、サクソン人との一連の戦いである。アーサー伝承の研究者たち（もちろんアングロ＝サクソン系の人たち）は、アーサーの挑んだ戦いが起きたとされるネンニウスが挙げたすべての地名と対応する現実の地名を、歴史と地理の両面から必死になって探した[7]。エドモン・ファラル［フランスの中世研究者、1882 ～ 1958 年］は部分的にはこうした試みに追随した[8]が、その後まもなく懐疑的な見方をとるようになり、ネンニウスを《アーサーの 12 の戦いの物語(ロマン)を創作した人》[9]とみなすに至った。つまりファラルは、アーサーの手柄とされているこれらの偉業を単なる虚構の産物とみなしたのである。ファラルはおそらく、史実と純然たる文学作品との間に、第 3 の道が存在することに思い至らなかったのだろう。第 3 の道とは、世界を認識するための特別な方法としての神話である。ここではこの方向性を援用したい。

アーサーは神話的な存在である。神話の分析に、歴史の方法論や文学の方法論を用いることはできない。管見の限り、伝ネンニウスの年代記は歴史の論理ではなく、（ジルベール・デュラン［フランスの哲学者・文化人類学者、1921 ～ 2012 年］の定義による[10]）神話の論理に従っている。『ブリトン人史』を、純粋に史料編纂の論理に当てはめて考えるのは間違いである。確かにネンニウスが実際に起きたとされる戦いを列挙しているため、そのまま考えれば（文書のかたちで報告されている以上）これらの出来事は史実であり、考古学の助けを借りて古戦場跡を見つけるだけで充分だと考えられる。しかしこのようなかたちで調査を進めても、大抵は何の解決にも至らない[11]。なぜなら、9 世紀の歴史記述は 21 世紀とは違うからである！　ミルチャ・エリアーデは、こうした問題について適切にもこう指摘している。「歴史性は神話化という動きに長く抵抗できない。史実それ自体は、どれほど重要であろうとも、民衆の記憶にとどまることはない。その史実が神話上のモデルに最も近づくのであれば、史実の記憶によってはじめて詩的想像力がかきたてられるのである。（中略）集団的な記憶は非歴史的なのである」[12]。つまりアーサーは集団的な記憶に属している。したがってここで立てるべき問いは、「アーサーは実在していて、ネンニウスが列挙しているすべての戦いに勝利したのか？」ではなく、「偽ネンニウスが列挙しているアーサーの偉業は、いかなる神話上のモデルに依拠しているのか？それはどんな型の神話的想像世界(イマジネール)に従っているのか？」である。

伝ネンニウスの年代記は、歴史資料をはるかに超えたものであり、解読が必要な神話的証言である。そこには先祖代々の神話的な記憶が凝縮されている。純然たる神話的な起源を持つ人物に偽歴史的な枠組みを与えているか、あるいは（アルトリウスやその他の名で呼ばれている）実在したと思われる人物に神話的な図式をまとわせている。『ブリトン人史』は、１つのパラドックスの上に作られている。（ジェフリー・オヴ・モンマスの著作において）（アーサーが率いた）ブリトン軍がサクソン軍によって壊滅させられたことは誰もが知っているが、伝ネンニウスの『ブリトン人史』はブリトン軍がサクソン軍に勝利したと伝えている。このように「歴史」を真っ向から否定する態度は、実はブリタニアの神話が大きな成功を収めたことを表している。

3. ネンニウス『ブリトン人史』第56章

その頃のブリタニアでは、サクソン人の数が増えて強力になった。ヘンギストの死後、その子オクタがブリタニアの北部からケント王国にやってきた。ケントの諸王の祖先は彼である。アーサーはこの時代にブリトン人の諸王とともに彼ら（サクソン人）を相手に戦ったが、彼自身は戦闘隊長（ドゥクス・ベロールム）であった。

第１の戦いは、グレインと呼ばれる川の河口で起きた。

第２、第３、第４、第５は、ドゥブグラスと称される別の川のほとりで起きた。それはリヌイス地方にある。

第６の戦いは、バッサスと呼ばれる川で起きた。

第７の戦いは、ケリドンの森の戦い、すなわちコイト＝ケリドンの戦いだった。

第８の戦いは、グウィニオンの砦の戦いで、そこでアーサーは永遠の処女である聖母マリアの像を肩に担ぎ、主イエス＝キリストとその母である聖母マリアの力によってその日異教徒たちは蹴散らされ、彼らへの非情な殺戮が行われた。

第９の戦いは、レギオンの町で行われた。

第10の戦いは、トリブルイトと呼ばれる川の岸で行われた。

第11の戦いは、アグネードと称される丘で起きた。

第12はバドニスの丘で、そこでは1日に960人がアーサー1人によって殺され、彼1人の他は誰も（敵を）殺さなかった。これらすべての戦いにおいて、彼が勝利者であった。その後これらすべての戦いで敗北を喫したサクソン人がゲルマン人に助けを求めたため、勢力を増強し続けた。そしてゲルマニアの王たちを連れてきて、ブリタニアを支配させた。それはエオバの息子イダの支配まで続いた。それはベルニシア（バーニシア）の最初の王だった[13]。

4. 神話的な固有名

ブリテン島の軍事史からでは、この記述を理解することはできない。アングロ＝サクソン系の数多くの歴史家がそうした試みを行ったが、得られた結果は常に不確かで矛盾するものだった。ここではむしろ言語学と比較神話学の力を結集しながら、神話学的なタイプの検討を行わねばならない。アーサーに関するネンニウスの証言を検討することは、明らかにケルト起源のおよそ10の固有名を解読することに等しい（図28）。その次に、こうした固有名と神話的記憶とのつながりについて検討すべきである。特に検討すべきは、固有名に形式と意味を与えてくれる1つかもしくは複数の神話物語である。別の言い方をするなら、繰り返し出てくる要素（場所や人物、類似した事件を伝える別の物語や別の文脈）と固有名を関連づけることで、固有名に備わる神話的性格を明らかにしなければならないということである。神話が記憶術であるなら、神話的な固有名は、繰り返し現れては収束していくさまざまな神話の証言を突き合わせることで

図28　アーサーの12の戦い（1はグレイン、2～5はドゥブグラス、7はケリドン、8はグウィニオン、9はカーリオン、10はトリブルイト、12はバドニス）

輪郭が定まってくる時間と空間の記憶に従っている。ケルトの文学作品の中に、ネンニウスが列挙している固有名と関連のある（繰り返し出てくる）1編あるいは複数の伝承物語は見つかるだろうか？　もちろん、すべての要素を結びつけてくれるような単独の作品が見つかれば理想的である。そうなれば、雑然としたもろもろの証言を用いた比較を行う際につきものの、恣意的な面を取り除くことができるだろう。しかしそれは夢の話である。参照可能なケルトの神話資料の数が限られているため、こうした条件の揃った典拠となる文献は見つけられない。

4-1　4つの河川名

(1)　グレイン Glein（第1の戦場）《宝石》を指すウェールズ語「グライン」(glain) に対応する、《ガラス、水晶》を指すアイルランド語「グラン」(glain)（ピエール＝イヴ・ランベール著『ガリア語』p.88「グラヌム（Glanum)」を参照）を思いつくだろう。［中世アイルランドの神話物語群に属する］『マグ・トゥレドの戦い』に登場する泉の名「グラン」(Glan、《純粋な》）や、トゥアタ・デー・ダナン族の「健康の泉」の名も想起される（この泉の水は戦死した武者を生き返らせる)。しかしながら比較対象としてふさわしく思われるのは、古アイルランド語「グレン」(glenn) とウェールズ語「グリン」(glyn) である。ベーダ［イギリスの歴史家・神学者、673頃～735年］の『アングル人教会史』第2巻第14章には、司教パウリヌスが民衆に《グリン川で》(in fluvio Gleni) 贖罪の洗礼を施したと記されている。『キルフーフとオルウェン』［中世ウェールズの散文物語］にはグリン・ナヴェール（Glynn Nyver）への言及がある。ダルボワ・ド・ジュヴァンヴィル［フランスのケルト学者、1827～1910年］はこの渓谷について次のように指摘している。「グリン（Glynn）は木々に覆われた狭い谷である。水の流れが横切る狭くて深い谷のことを指すことも多い。中期ブルトン語の「グレーン」(Glen) は、空との対比で「大地、世界」を指す（《涙の谷》という聖書の表現を参照)」[14]。そのため「グレイン」(Glein) には宇宙論的な意味が含まれている可能性がある。

(2)　ドゥブグラス Dubglas（第2から第5までの戦場）　ジョゼフ・ヴァンドリ

エス［フランスのケルト学者、1875～1960年］の『古アイルランド語語源事典』（D 210-211）によると、この地名は《ダークブルー》や《黒い小川》を指すとされ、頻出する地名（マン島の首都ダグラスDouglasを参照）である。しかも、河川名でもあると記されている（フランスにはドゥーDoubs川や、マリー・ド・フランス［12世紀中頃に活躍したフランス生まれの女流詩人］（図29）がウェールズの河川名として挙げたドゥエラスDuelasがある）[15]。「ミース・デュー」（mis du）という表現は《黒い月》（つまり11月）、「ミース・ケルジュ」（mis kerzu）という表現は《やはり黒い月》（つまり12月）を指している［「ミース・ケルジュ」の語義はル・ゴデニック『ケルト・ブルトン語辞典』（第2版、1850年）による］。ネンニウスによればダグラス川はリンヌイス（Linnuis）地方を流れる川だとされている。そしてまた、ヴァティカン本にはイニイス（Iniis）という異本もある[16]。古アイルランド語の「イニス」（Ynis）は「島」を指し、ウェールズにはアニス・ディラス（Ynys Dulas）がある。それはアングルシー島の北東に位置する小島のことである。アングルシー島に考古学的な遺跡が数多いのは、ドルイド僧ゆかりの地だからである。28点の環状列石（クロムレク）も、この島が古代には聖地だったことを証明している。この地域はウェールズの《母》であり、クラース・マルジン（《マーリンの地》）と呼ばれている。さらにまた、島（Ynis）およびアーサーと関連づけられたこのドゥブ＝グラス（Dub-**glas**）によって、12世紀末の時点でアーサーとグラストンベリー（***Glas***tonbury）（図30）とアヴァロン島が結びつけられていたことが説明可能だろう。クロー

図29　執筆中のマリー・ド・フランス（パリ、アルスナル図書館蔵フランス語写本3142番第256葉）

図30　グラストンベリー修道院（ジョージ・アルナルド作、個人蔵）

ド・ゲニュベ［フランスの民俗学者、1938～2012年］が指摘したとおり、「タイセイ（大青）から採られた染料（アイルランド語では「グラス（glas）」）のような青緑色の染料と、ケルトの伝承に出てくるガラスや「幸福の島々」との間にみられる曖昧な関係は、アヴァロン島やグラストンベリーを描く作品の大半において中核にある」[17]。

(3)　バッサス Bassas（第6の戦場）　ジョゼフ・ヴァンドリエスの『古アイルランド語語源事典』B 22によると「バッサス」は《赤》という意味であり、《濃い緋色》を指す古英語「バズ」（basu）や「バゾ」（baso）、《赤い果物や漿果》（漿果の結実期）を指すドイツ語「ベーレ」（Beere）と比較して考える必要がある。この地名は実際の地理からは説明できない。神話物語を援用すべきだろうか？『マイル・ドゥーンの航海』［中世アイルランドの航海譚］が伝える神話伝承によれば、川や泉を彩る漿果は異界の果物の実であり、このように《聖化された》水に治癒力を授けている[18]。しかしアイルランド語では、「バス」（bas）や「ベス」（beth）は《死》も指す[19]。そうだとすれば、戦いの物語によってこの地名は説明がつくかもしれない。つまりこの川は、戦さで落命した男たちの血で赤く染まっているということになる[20]。

(4)　トリブルイト Tribruit（第10の戦場）　この地名は9世紀の古ウェールズ語による詩編（『何者が門番か』）では、「トラブルウィド」（Tryfrwyd）のかたちで現れる[21]。この詩編では、アーサーとその臣下たちがエディンバラ（Eidyn）の山で「カンビン」（cynbin、犬頭人たち）と戦っている。戦士ベドウィール（フランス語名ベドワイエ、ウェールズの古い詩編やヴァース作『ブリュット物語』に登場するアーサーの酌係）はたった1人で犬頭人を100人近く倒している。この同じウェールズの詩編に現れるグールギー・ガルールウィド（Gwrgi Garwlwyd）という名の人物は、『ブリテン島三題歌』［歴史・伝説を扱った中世ウェールズの三題歌の集成］に登場する人狼と同一視されている[22]。マリー・ド・フランスは『ビスクラヴレットの短詩』の中でガールワーフ（Garwaf）という名を挙げているが、これは人狼を指すサクソン語である[23]。このように犬頭の戦士たちは最初は奇妙にみえるが、仮面をつけたメンバーからなる《宗教戦士団》の存在が分かれば、犬頭という細部はもはや驚くにはあたらない[24]。これは明らかに、野獣戦士（ベルセルク）[25] 伝承の延長線上にある（図31)。ゲルマン＝スカンディナビア神話が、不意にケルトの地に入りこんできたのである。

図31　ベルセルク（熊や狼に変装した人々）（スウェーデン、トルスランダで出土した兜の板、6世紀の作）

7つの戦いのうち、4つが川辺で行われている。「浅瀬」の近く（または浅瀬の中）での戦いは、ケルトの神話や信仰に頻繁に出てくる。かつてこの問題を検討したルネ・ルイの先駆的な雑誌論文[26] の価値は、今もなお損なわれていない。浅瀬は支配権をめぐる戦いが行われる典型的な場所である。こうした慣例は、ケルト起源の神話文献で見つかるだけではなく、考古学的発掘や図像によっても証明されている。この儀礼は中世期にも存続した。神聖ローマ皇帝ハインリッヒ4世は1106年にライン川の浅瀬で、反乱を起こした息子［次男］ハインリッヒ5世と馬上の戦いを行った[27]。ルネ・ルイはかつて、浅瀬が信仰対象となることが多いと指摘していた。ガリア征服の折にローマ人はローマ皇帝に、征服した数の町だけでなく（クレルモン＝フェランはアウグストネメトゥム Augustonemetum、《アウグストゥスの聖域》)、浅瀬も捧げていた（リモージュはかつてアウグストリトゥム Augustoritum《アウグストゥスに捧げられた浅瀬》と呼ばれていた）[28]。ルノー・ド・ボージュー作『名無しの美丈夫』では、主人公は浅瀬の番人騎士（ビリヨブリエリス）と戦わなければならない。浅瀬の女神の名プリトナ（Pritona）を刻んだ碑銘も見つかっている[29]。ヴァース作『ブリュット物語』や他の物語で、アーサーはリトン（Riton）（またはリヨン Rion）という名の（浅瀬の）巨人と戦っているが、この名はプリトナの名と同一だと考えられる。

川辺での戦いはケルト人の古い聖なる儀礼に属しており、文学がその記憶をとどめてきた。ケルト人によれば、戦いには神明裁判の側面があった。ケルト人は神々の裁きを信じていて、そうした神々の住まいは河川にあった[30]。ケルト人にとって水域は神聖な場所であり、神々の名がつけられていた。セクアナ（セーヌ川）のケースは特に有名である（図32)。水域は「マトレス」（母神）

なのである（マルヌ川は「マトロナ」に由来する）。アイルランドのボイン川のケース（《白い雌牛》を指すボアンドの名と関連を持つ）、ダニューブ川やドン川（大女神ダナやダヌの名を思わせる）のケースも挙げることができるだろう。中世アイルランドの人々は彼らの神族すべてをトゥアタ・デー・ダナン、つまり《大女神（ダナ）の民》と呼んでいる。水域はポール＝マリー・デュヴァル［フランスの歴史家、1912～1997年］が説明したように[31]、《「大地」もしくは「自然」であり、あらゆる生命を創り出す力》である。水域は、生命を守ってくれることから礼拝や奉納の対象となっていた。ケルト人が川辺で戦うのは、水域に住む神々の力の保護下にいて、神々に自分たちを守ってもらうためなのである。

図32　鷲鳥の形をした小舟に立つセクアナ（ブロンズ像、ディジョン考古学博物館蔵）

4-2　森の名

ケリドン Celidon（第7の戦場）　カレドニアの森は、ここで登場する唯一の森の名である。森の中で戦いを行うのは、当然ながら奇妙なことである。しかしケルト（ウェールズ）神話では、木々の戦いはよく知られている。戦う木々と戦う森という神話的なテーマについては、ピエール・ルルーが検討している[32]。ウェールズの詩編『カド・ゴザイ』つまり『木々の戦い』は、シェイクスピアの『マクベス』に登場する動く森の着想源である[33]。この『カド・ゴザイ』は2部構成を取っている。木々の戦いを伝える本編（25～149行）と、詩人のとるさまざまな姿の列挙とさまざまな植物への変身（1～24行、150行から最後まで）である[34]。この詩編との比較は決して無意味なものではない。なぜなら『ブリトン人史』と『カド・ゴザイ』が、1つの固有名で直接つながっているからである。『ブリトン人史』ではアーサーの活躍した戦場の1つとしてカレドニアの名が挙げられているが、カレドニアとはスコットランドの古名である。(『カド・ゴザイ』というタイトルの) ゴザイはクライド川近郊にあるスコットランドのある地域を指す古名である[35]。またクライド川とは、グラスゴーの中心部を流れアイルランド海に注ぐスコットランドの川である。最後に特記すべきは、『カド・ゴザイ』にアーサーの名が直接登場し (236 ~ 239 行)、「賢者のドルイドよ、アーサーに予言を語るべし」という一節が見つかることである。ケリドンの森への言及にはまさしく暗示が詰まっており、そしてそれはアーサーを中心に展開する最古のウェールズ神話まで遡るものである。この戦いはまさしく、通過儀礼に関わる物語なのである。

このカレドニアの森は、魔術師マーリンの祖型にあたるウェールズのマルジンが、《発狂》後に住処とした森としてもよく知られている。ジェフリー・オヴ・モンマスは『メルリヌス伝』の中で、このエピソードについて語っている[36]。カレドニアが北部に位置しているため、アーサーの時間上の動きを地理上の動きと結びつけて考える必要がある。ケルト人の考えでは、王都は太陽の運行にあわせて移動していた。さらに北という方角は、ケルト文化圏では常に通過儀礼が行われる土地を指している[37]。ケルト人にとって、森は決して中立的な場所ではない。森にいくつもの聖域が作られたのは、森が知恵とも結びついた聖地だからである。クリスティアン・ギュイヨンヴァルフ［フランスのケルト学者、1926 ~ 2012 年］は、ケルト諸語全体で「森」と「知識」を指す語が同形異義語だと指摘した。古アイルランド語「フィズ」(fid)、ウェールズ語「グウィズ」(gwydd)、ブルトン語「グウェース」(gwez) は《木》と《知恵》を同時に指しており、その推定祖語は°vidu- である[38]。

アーサーがカレドニアの森で行った戦いについては、ジェフリー・オヴ・モンマスが『ブリタニア列王史』(第 145 章) でさらに詳しく伝えている。それによると、サクソン人は木々の後ろに身を隠し、ブリトン軍の攻撃をかわしていた。アーサーは部下に命じて木々を切り倒させ、木の幹を円形状に配置させて敵軍の動きを阻止した。それから森を包囲するよう命じ、3 日間にわたって敵軍を兵糧攻めにする。疲労困憊したサクソン軍は投降し、命と引き換えに金銀をすべて引き渡し、ゲルマニアへ戻っていった。サクソン軍は人質も残した。しかしサクソン軍は船で海上に出た途端に翻意して引き返し、バドニス山でアーサーを攻撃したという。後に検討するように、これまで一度も注目されることのなかったタキトゥスの証言に依拠すれば、これら2つのエピソードを結ぶ神話上のつながりが明らかになる。

4-3　2つの要塞名と2つの山の名

要塞都市はローマ＝ブリテン起源であり、いにしえの軍事拠点が町となったものである。レギオンの町（「カストルム・レギオーヌム」、カーリオン）とグウィニオン（ウィンチェスター）のケースがこれにあてはまる。アーサー王文学の後期の作品では、この2つの町はアーサー王が宮廷を開く場所となっている。

(1)　グウィニオン Guinnion（第8の戦場）　この地名についてはほとんど疑義がなく、「アントニヌスの旅行ガイド」［ローマ軍が征服したブリタニアの町を記した地図］には「ウィノウィウム」や「ウィノウィア」のかたちで記されている[39]。この町は、『ブリトン人史』が伝えるブリタニアの町のリストでは、「グウィントグウィック」の名で見つかる[40]。この町はダラム司教区にあるウィンチェスターに相当する。アーサーの活躍が見られる町は12の戦いの中でもここだけであるが、聖母マリア像を肩に担ぐというおよそ戦士にはそぐわない姿を見せている。この彫像はマリア像というよりも、母神を象ったものである。母神は聖処女であり、支配権を具現する（色の類型では[41]、白は常に支配権を表す第1機能と結びついている）。「グウィニオン」は《白》を指す「グウィン」(guinn-) に由来する。ウィンチェスターでは、母神信仰をはっきりと示す「イタリア人、ゲルマン人、ガリア人、ブリトン人の母神（マトレス）に（捧ぐ）」という碑文が見つかっている[42]。これは碑文に刻まれているさまざまな地方出身の人々がともに母神へ寄せた崇敬の証であり、この町には複数の民族が混在していたことを証明している。キリスト教神話から分かるように、早くも中世初期から、母神信仰は聖母マリアへと移されていた。礼拝は行列行進へと姿を変え、木製のマリア像が引き回された。ケルト人の間では、戦いの神が女神であることも忘れてはならない。この女神はモリーガン、ボドヴあるいはマハと呼ばれている。聖母マリアがケルトの母神信仰を取りこんだとしても驚くにはあたらない。行列行進で彫像を引き回す慣例も、古代後期から知られていた（この慣例は異教起源だった）[43]。

⑵　レギオン（Legion）の町（第9の戦場）は、「カストゥルム・レギオーヌム」（Castrum Legionum）が縮約してできたカーリオン（Carlion）に他ならない。この町の名は、『ブリトン人史』の別の章で挙げられているブリタニアの町の中に見つかる[44]。アーサーの居城となるこの町は、12世紀および13世紀にフランス語で書かれた物語にもよく出てくる。アーサーはこの町で宮廷を開くことが多く[45]、ヴァース作『ブリュット物語』によれば、アーサーはこの町で2度目の戴冠式を行った。ヴァースによれば、カーリオン（フランス語名カルリヨン）には「とても権威ある教会が2つあった。1つは殉教者聖ジュールに捧げられており、修道女たちが神に仕えていた。もう1つの教会は、ジュールとともにいた聖アアロンに捧げられていた。司教はこの教会を拠点としていた。そこには天文学の知識のある有能な教会参事会員たちがいた。彼らは天体を観測して、アーサー王が思いめぐらしていた計画がどのような結果になるか、王に伝えていた」。[46] カーリオンはウェールズの南東ウスク河畔にあり、モンマスに近い。そこでは円形劇場などの古代ローマの重要な遺跡が発掘されている。7月1日が祝日の聖ジュール（Jules、ラテン語名ユリウスJulius）は7月の名とのつながりが自明であるが、アアロン（Aaron）の名の由来は何だろうか？　アアロンの名はアヌーヴン（異界）の王アラウン（Arawn）というケルトの神名と類似しており、ウェールズ神話のスレイ（Lleu、「光」の意。アイルランド神話のルグ神に相当）や、ジェフリー・オヴ・モンマス作『ブリタニア列王史』に登場するウリアヌス（Urianus、フランス語名ユリアンUrien）とつながりを持った名前である[47]。『ブリタニア列王史』に並んで名前があがるロット（Loth）、ウリアヌス、アングセルス（Anguselus）という3者1組の固有名（それぞれルグ、ユリアン、アラウンに相当）に照らしてみれば、ジュールとアアロンのペアが持つ意味もより明瞭になるだろう。ベーダ作『アングル人教会史』（第1巻第7章）によれば、ジュール（ユリウス）とアアロンは4世紀に、他の多くのキリスト教徒たちとともに「さまざまな拷問にかけられ、聞いたこともないような残酷な方法で昏を引き裂かれて」殉教した。ジュールとアアロンは町の守護聖人である。2人はおそらく、神託となる言葉とのつながりが深い（ドルイドの属性を

備えた）異教の神々の後継者なのである（だからこそ2人は唇を引き裂かれたのであろう）[48]。

(3) アグネード Agnoed ［アグネド（Agned）は異本］（第11の戦場）『ブリトン人史』のこの言及以前には、現実の地理上にアグネードに対応する地名はなかった。しかし、この地名はジェフリー・オヴ・モンマス作『ブリタニア列王史』に再び出てくる。『ブリタニア列王史』第27節には、（ヨークを創建した）エブラウクスが「さらにはるかアルバニアの地にアルクルッド市と山岳の城塞アグネドを建造したが、今ではこれは《乙女の城》とか《悲しみの山》と呼ばれている」と記されている。『ドーンの短詩』によればこの「乙女の城」はダヌボールの近郊に位置しており、ダヌボールは12世紀には慣例でアルバニアと呼ばれていたスコットランドのエディンバラに相当する。ここで想起されるのはアイルランドの女神アヌ（Anu）の名である。マンスター地方にある2つの対になる丘はアヌの両乳房とみなされている（図33）。アヌとは《神々をしっかりと養う》母神である（『コルマクの語彙集』31番）[49]。『名字義（コール・アンマン）』［アイルランドの人名や氏族名の語源的注解］によると、（アイルランドの）マンスター地方では「繁栄を司る女神が称えられていて、ルアハルの上にある《アナの両乳房》という名前はこの女神に由来する」[50]と記されている。この女神への献辞は、ヴァティカン写本に収録された『ブリトン人史』に登場する名前アグネードの異本によって確認される。それによると山の名は「ブレグイオン」（Breguion）、「ブレウオイン」（Breuoin）、「ブレギロイン」（Bregiloin）と呼ばれている[51]。これらの名のもとがアイルランドの女神ブリギッド（Brigit）だということは明らかであるように思われる。特に（まさしく山のように）《高い》あるいは《輝く》を意味する語基「ブリグ」（*brig）がもとになっている。ブリテン島で出土した碑文に「ブリガンティア」（Brigantia）[52]を含む一連の名が見つかっているが、そのう

図33　アヌの両乳房（アイルランド、ケリー州）

ちの１つウィクトリア・ブリガンティア（Victoria Brigantia）はマルスとの結びつきが強い勝利の女神であり、単独の戦闘女神である。ここではブリテン島の神話上の地名を説明するためにアイルランドに傍証を求めたが、ロジャー・シャーマン・ルーミス［アメリカのアーサー王物語研究者、1887～1966年］の次の指摘に思い至れば、この方法が正当だと分かる。ルーミスによれば、「『ブリトン人史』を編纂した南西出身の人は、ネンニウスという名のもとで、３種類のアイルランドの文献を用いた」[53]とされている。

(4) バドニス Badonis（第12の戦場）（図34）［この山の英語名はベイドン（Badon)、フランス語名はバドン（Badon)］ジェフリー・オヴ・モンマスによると、バドニスはバース（Bath、サマセット州）の古名である[54]。サクソン人はこの町を「バーゾン」(Baþon および Baðon)、バーザンチェアステル（Baðanceaster）と呼んでいた[55]。『ブリトン人史』第67章には、フイッチ（フウィッチェ）地方の「バドニスの温泉が位置する」「熱い湖」についての言及がある[56]。バースは温泉地として、ローマ＝ブリテン時代（1世紀）からよく知られていた。この町からは、太陽の仮面を象った（ローマ＝ブリテン期の）有名な石碑が発掘されている。バースのローマ名アクアエ・スリス（Aquae Sulis）により、この温泉地に太陽（アポロン）信仰が定着していたことが証明されている（周知のとおりアポロンが医術と占術の守護神だったことから、同じ役割を担うケルトの神に取って代わったに違いない)。フランソワーズ・ルルー［フランスのケルト学者、1927～2004年］は、スリスという名前が刻まれた碑文のほとんどすべてがブリテン島で見つかっていることを明らかにした[57]。ヴァース作『ブリュット物語』では、バース［古フランス語ではバード(Bade)］はユルジャン伯の町である。この伯爵の名前には複数の別名があり、その中にはトリスタン物語群に登場する「毛むくじゃらのユルガン」が

図34　バドニス山での戦い（大英図書館蔵の図版）

含まれている。バースで発見された1世紀のものとされる太陽の頭は、毛むくじゃらの太陽を表していることが分かる（図35）。

図35　太陽の頭部を象ったローマ＝ブリテン期の石碑（バース出土）

要塞化した場所の特殊性についても強調しておかなければならない。封建時代に、小山は外壁に囲まれた城郭となった。もともと山や丘は常に特別な信仰が根づいた聖地であり、そこが後にキリスト教化された。『アイルランド来寇の書』［11世紀に創作された虚構のアイルランド史書］では、フォウォレ族は地下世界の危険な闇の神々である（フォウォレは、《下に》を指す「フォ（fo-）」と、「幽霊、幻」を指すドイツ語「マール（Mahr）」や「悪夢」を指すフランス語「コシュマール（cauchemar）」の「マール」（mar）、ロシア語や東欧の民間伝承に登場する女の家の精「キキモラ（kikimora）」の「モラ」（mora）に対応する語根との組み合わせである）。したがって、フォウォレは《地下の幽霊たち》である。フォウォレ族の攻撃から身を守るため、ネウェド［アイルランド入植者集団の指導者］はフォウォレ族の4人兄弟に丸い塔を2つ建立させてから、その4人を殺害する。ヒンドゥーの伝承になじみの《大きな壁》は、宇宙（「ローカ（loka）」）を外側の闇（「アローカ（aloka）」）から分け隔てる環状の山（ローカローカ lokaloka）である。換言すれば、この山は宇宙を地下の支配者から守っている[58]。要塞は1つの仕切りであり、入口は上側にしかない。天の支配者はこの上側の入口を通って中へ入り、攻囲されている人たちを助けることができる。魔法を使うときに用いる（悪魔よけの働きがある）《保護円》（あるいは周回儀礼）にも同じ意味がある。ジェフリー・オヴ・モンマスによれば、アーサーがコリドン（ケリドン）の森で行ったのは、このように周りを囲む魔法だった。両肩に聖母マリア像を担いでアーサーが作り出したのも、魔法の円である。

結局のところ、アーサーの一連の戦いが展開する神話上の舞台は、君主が支配権を確立しなければならない3つの世界に対応している。それは水界（川）、地界（森）、天界（山、丘）である。アーサーの王権はもちろん戦いと不可分の関係にあり、しかも宇宙全体に及ぶ必要があった。以上のことから、アーサーの戦場は（現代の戦争におけるように）経済の上で戦略的な場所ではなく、とてつもなく大きな聖なる力を帯びた場所だと考えられる。

5. 12という神話図式

ここからは物語の神話的枠組みに注目しなければならない。まず記述形態としては、構造が実にはっきりしており、リストの論理に従って軍事行動の展開まで踏みこまず、河川名と地名の列挙にとどめられている。例外は、アーサーが聖母マリアの像を担いだことについての（とても軍事的とは言えない）詳細な描写である。

次に目を引くのは戦いの数である。全体で12回であり、それ以上でもそれ以下でもなく、数字が象徴的であることがまず注目される。12回とされる戦いは、実際には9回にすぎない（2回目から5回目までの戦いは同じ場所で行われているからである）。つまり戦いの数は3の2乗（3×3）か、あるいは4×3ということになる。土地や河川の固有名は全部で9つだけであり、3者1組の3乗の数が伝えられている。また『ブリテン島三題歌』を参照すれば、3つの要素からなる図式がケルト世界でよく知られた思考図式であることが分かる。こうした3者1組は、もともと記憶を助けるためのものだったかもしれないが、分類にも使われるようになった。人物や物語を3つの要素からなる神学上の図式へと帰着させたのである（この図式はインド＝ヨーロッパ語族のイデオロギーの土台である3機能構造を再利用したものである）。アーサーが挑んだ戦いのリストは記憶と関連しており、当然のように戦いを起きた順に並べたわけでも叙述的でもない。このリストは、テクストに備わる意味上の（かつ神話的な）重要性を凝縮した地名の列挙にとどめられている。固有名により、ケルトの記憶が暗号化されていると言えるかもしれない。

ケルトの伝承に固有の物語図式は、侵略戦争の図式である。『アイルランド来寇の書』が神話的な文章で語るのは、数世代にわたって続く神々や人々のアイルランドへの入植である。あらかじめ定められた神話の時間に一連の戦いを位置づける必要があるかのごとく、ケルトの大祭が行われる儀礼の日付はこうした一連の戦いの節目にある。レオン・フルリヨは次のような興味深い指摘をしている。「さまざまな事実を総合すると、『アイルランド来寇の書』と呼ばれるアイルランドの文献と類似したブルトン語による歴史文献が存在したと考えられる」[59]。アーサーの12の戦いを伝える短い話がまさしく、こうした侵略戦争の神話図式を踏襲したものなのではないか、さらにはそのウェールズ版なのではないかと考えられる。『ブリトン人史』の編纂者が『アイルランド来寇の書』の中に収められる古い諸伝承を知っていたことは間違いない。なぜなら『ブリトン人史』第13節ではアイルランドへのスコット人（アイルランド人）の到着が語られ、相次いで何度も来寇した者たちの波（パルトロムス、ニメトなど）について記されているからである[60]。こうした記述は、『アイルランド来寇の書』の中にそのまま見つかる。これは重要な点である。なぜならアーサー伝承の素材はブリテン島の世界と結びつけられることが多く、そうした素材へのアイルランドの遺産の影響が随分昔から議論されているからである。しかしネンニウスの証言は、さらに古い時期のアイルランド（ゲール）の基層に由来する可能性がある。

さらにアイルランド語を手掛かりにすると、アーサーの名にアイルランド（ゲール）語で熊を指す名が含まれていることも忘れてはならない。アイルランド（ゲール）語の「アルト」（Art）は、中世フランス語では「アルテュ（ス）」（Artu(s)）となり、「アルテュール」（Arthur）とはならない。また熊の神話は、（冬眠のサイクルのため）一貫して1年の季節の交替を作り上げている動物の神話である。したがってウェールズの著作家が、神話上の熊戦士としてのアーサーの運命を、1年のサイクルという枠組みの中に位置づけたのは当然である。このように考えれば、冬眠の時期は冬に相当すると思われる最初のいくつかの戦いに対応していることが分かる。

6. 神話の時間――宇宙的なサイクル

12という数は、［長い年月を1年に縮約した］「大いなる年」、あるいはむしろ黄道12宮のサイクルと関連している。これは太陽の運行サイクルのことなのだろうか？　ネンニウスの記述は、暦から読み解くことができるのだろうか？　エミリア・マッソン［フランスの神話学者、1940～2017年］はヒッタイト神話に見られる《不死のための戦い》を検討し、これをインド＝ヨーロッパ語族の重要な神話テーマと関連づけている。彼女が明らかにしたのは、不死と関連する12神のグループが存在し、12日のサイクル（「ドデカメラ」）という枠内で行われる不死のための戦いが重要だということである。12日は、12ヶ月からなる1年を縮約したものである。この「12日」のサイクルは、夏の土用の戦士が水と太陽を引きとどめる3重の怪物と戦うというテーマを中心に構成されている（この3重の戦いを考慮に入れれば、ネンニウスの記述に登場する12という数は、3番目から5番目の戦いが2番目の戦いと相殺されることで、実際には9という数に落ち着くだろう）。アーサーは実際には3重の戦いを3回行っている。マッソンが《インド＝ヨーロッパの図式》と呼ぶこの12日は、《「時」の変化という宇宙的なモチーフ》に対応している。なぜなら《宇宙、自然、人間をあまねく蘇らせるこの象徴的な期間は、実際に毎年「天地創造」とその連続性を想起させる。つまり、まず太陽が死んで混沌が広がるが、太陽の帰還とともに新たな秩序が戻ってくるのである》[61]。インド＝ヨーロッパのこうした古い図式には、数多くの類例がある。

図36　ヘラクレスとオムパレー、ヘラクレスの12功業（1世紀の作、ナポリ国立博物館蔵）

まずはヘラクレスの12功業（図36）とアーサーの12の戦いとの類似に注目すべきだろう。いずれのケースでも、英雄は一連の戦いに挑んでいる。アーサーのケースでは（グウィニオンとバドニス山と）2度にわたり、戦いがまさしくアーサーの個人的な偉業として描かれている。ヘラクレスとアーサーが同じ誕生の神話を共有していることからも、両者の比較は不可欠である[62]。ヘラクレスの誕生では、アルクメネに恋をしたゼウスが彼女の夫アムピトリュオンの姿になって彼女のもとを訪ね、臥所をともにした。アルクメネはそのときの交わりでヘラクレスを身ごもった。アーサーの誕生では、ティンタジェル公の妻イグレーンに恋をしたユーサー・ペンドラゴンが（マーリンの助けを借りて）ティンタジェル公の姿になり、イグレーンと臥所をともにした。イグレーンはそのときの交わりでアーサーを身ごもった。このことは、戦士としてのアーサーの運命が神話と時間の枠内に刻まれていることを証明している。

ヘラクレスの「12功業」とアーサーの12の戦いの間に、より正確な対応関係を見出すことができるだろうか？　アーサーが担いでいた聖母マリア像は、ヘラクレスがアマゾンの女王ヒッポリュテから奪った帯と対応しているのだろうか？　この帯はかつて軍神アレスが女王ヒッポリュテに与えたものであり、女王が臣民に及ぼす権力の象徴だった[63]。聖母の帯（またはベール）（7～8世紀）は、東方正教世界では聖遺物として重要である。さらに（今日は亡失している）コンスタンティノープルのカルコプラテイア（聖母の帯）には、侵略をはねかえす力があった。東方正教会で8月31日に歌われる聖歌（トロパリ）には、次の詩句が見つかる。「おお、聖なる帯よ、そなたの町を囲んで守りたまえ、異教徒が攻撃でしかけてくるさまざまな罠から町を救いたまえ。」アーサーが担ぐ聖母マリア像に侵略をはねかえす力を与えることで、ネンニウスは保護機能を備えた処女の帯という古い神話的モチーフの存在を証明している。

ネンニウスの記述の鍵は、アーサーの英雄的勝利と関連づけられた12という数字にある。なかでもジャン・オードリー［フランスの言語学者、1934年生まれ］が解説しているインド＝ヨーロッパ語族の考え方によれば、英雄は《時の征服者》[64]である。1年のそれぞれの月に象徴的な勝利を収めることで、英雄の勝利は絶対的なものとなる。《ヘラの栄光》を意味するヘラクレスの名が「12」功業と関連づけられているように、英雄（ギリシア語では「ヘロス（heros）」、フランス語では「エロ（héros）」）という言葉も女神ヘラ［ゼウスの正妻］の名と関

図 37　大人のヘラクレスに授乳するヘラ（エトルリアのブロンズ鏡の背面の図柄、フィレンツェ考古学博物館蔵）天に昇ってきたヘラクレスを受け入れるためにヘラが行った儀礼なのかもしれない。

連づけられている可能性が高い[65]（図 37）。ヘラ（Hera）の名は、「年」を表す古いインド＝ヨーロッパ語に由来し、現代でもドイツ語の「ヤール」（Jahr）や英語の「イアー」（year）に残されている[66]。同じ発想から、英雄は宇宙的な規模で 1 年を経巡り、その過程で起こりうるすべての危機に勝利する者ということになるだろう。1 年中勝ち続けた者はすべての時を征服したことになり、不死を獲得する。アーサーの 12 の戦いは、実のところ 3 重の戦いを 4 回行ったことに等しい。またジョルジュ・デュメジルが指摘したとおり、英雄ならば誰であれ、必ず 3 重の敵と戦って、己の正当性を証明しなければならない（ここではサクソン軍が 4 回、3 重の敵になっている）。

アレクサンダー・ハガティー・クラップ［アメリカの民俗学者、1894 ～ 1947 年］の表現を使うなら、アーサーは「コスモクラートル」、つまり「世界の支配者」である[67]。アーサーは（ベルール作『トリスタン物語』第 3379 行によれば）《この世界みたいにぐるぐる回る》「円卓」（図 38）の所有者にして主宰者である。（アーサーと関連した）「円卓」に備わるこうした宇宙的な性格は、ペルスヴァルのおばがペルスヴァルに「円卓」の秘密を説明する、『聖杯の探索』の次の一節からも明らかである。《これが「円卓」と呼ばれているのは、この世界の円さ、そして天空での惑星やさまざまな星の運行を表しているからです。天空の動きのうちに、星々や、多くのものが見出されるのです。このことから、「円卓」のうちに、世界が正しく表されていると言うことができます》[68]。

図 38　ガラアドを迎えるアーサー王宮廷の「円卓」騎士団（パリ、フランス国立図書館フランス語写本 343 番第 3 葉）

7. 暦上の流れ

12は1年の月の総数でもある。したがって『ブリトン人史』がそれぞれの地名を1年の流れにあわせて配置したと考えることもできるだろう。その場合、慣例に従って（ケルトの新年にあたる）サウィンから始まることになる。

1・グレイン	11月（サウィン）
2・ドゥブグラス（ダグラス）	12月
3・同上	1月
4・同上	2月（インボルク）
5・同上	3月
6・バッサス	4月
7・ケリドン	5月（ベルティネ）
8・グウィニオン	6月
9・レギオンの町	7月
10・トリブルイト	8月（ルグナサド）
11・アグネード	9月
12・バドニス山	10月

1年の流れの中心、すなわち9項目を含む列挙の中で5番目に相当する部分は、《処女》女神像への言及である（全体では9回行われる最初の4つの戦いの後、最後の4つの戦いの前に来る）。（ここでは「勝利の聖母（ノートルダム）」に変えられているが）このように大女神への言及が中央にあるため、女神は紛れもなく「支配権」を握る存在である。『アーサー王の最初の武勲』[69] の中でアーサー王が8月半ばに開く荘厳な祭りは、「聖母被昇天」に対応している。

ドゥブグラス（ダグラス）が「黒い月」に対応するなら、冬に対応する2番目から5番目までの戦いは12月から3月まで行われたことになる（冬は戦いが控えられる時期である）。ドゥブ＝グラスでのアーサーは、神話の次元では「暗い季節」にグラス＝トンベリー、つまりアヴァロンで《冬眠中の》アーサーに他ならない[70]。事実、3番目、4番目、5番目の戦いが2番目の戦いと区別されないのは、この期間のアーサーが《冬眠中》だからである。

先に復元した1年の流れの中でケリドンは5月（フェイユー［葉や木の枝を全身にまとった人物］や野人の月）に対応するが、5月は「動く森」あるいは「戦う森」の月である。こうした5月のフェイユーの伝承は、ヨーロッパのフォークロア儀礼から消え去ってはいない。トリブルイトには犬頭人（「カンビン」）との戦いが見られる。こうした犬頭の男たちは、「夏の土用」の人物である。犬頭人は暦の上では、（獅子座に相当する）「夏の土用」にのみ関連づけることができる。

しかしながら、終末論的な意味で神話的な一連の要素はすべて、バドニス山周辺に集中している。アーサーの最後の戦いはバドニス山で行われているが、それはなぜだろうか？　スカンディナヴィア神話は『ブリトン人史』の類例を提示してくれる。その類例もまた12という数字の象徴的意味に基づいており、12の解釈上の鍵をもたらしてくれる。『グリームニルの歌』は、「詩のエッダ」［または「古エッダ」］に属する神話的な詩編の1つである[71]。グリームニル（《仮面をつけたもの》）は、オーディンの異名の1つである。この物語には194もの神話的な名前が登場する（これはオーディンに帰属する聖なる王権を獲得するために、賢者たちが決まったテーマとつながりのある名前をできるだけ多く挙げて勝者を選ぶ試合の名残だと考えられている）。散文の短い物語に続く韻文の部分には、神々の12の住処が列挙されている。最後の住処（12番目の住処）は、アーサーの12番目の戦いと比較することで特別な意味を持つようになる。ネンニウスによれば、バドニス山でのアーサーは1日で960人のサクソン人を殺めた。この聖なる数字は、ゲルマン神話の楽園

図39　ヴァルハラ（左）とミドガルズオルム（右）（『詩のエッダ』の写本挿絵、1680年頃）

ヴァルハラ（図39）に住む戦士の一群を思わせる（『グリームニルの歌』では、ヴァルハラが12番目の住処とされる）。ヴァルハラの戦士は日常的に戦っている。彼らはエインヘリャル（《単独で戦う人たち》）と呼ばれている。エッダには戦士の数が明示されている。（「約100」がゲルマン的な数え方で120という単位を指していることを考慮に入れれば）実際に戦士の数は、さまざまなサガや『グリームニルの歌』の次の一節の解釈から知ることができる。

> ヴァルハラにはあるように思う、
> 約100の5倍の扉と、
> その他にも約40の扉が[72]。
> 狼と戦うために出撃するときは、
> それぞれの扉から同時にうって出るのだ、
> 約100の8倍の選ばれた勇士（エインヘリャル）が[73]。

約100人の8倍の選ばれた勇士（エインヘリャル）は、実際には（大きな単位が表す）120人の8倍、つまり960人に相当し、戦士たちはそれぞれの扉から出撃する。ネンニウスは、960人というアーサーが殺害した戦士の数を最後に記すことで、（12番目の）最後の戦いに同じ終末論的な意味を与えている。『グリームニルの歌』と同じように、バドニスの戦いは世界終末の戦いである。この戦いによってアーサーの運命は完結し、時のサイクルが閉じられる。

別のラテン語文献は、1日で犠牲になる900人あるいは960人という敵兵の数の背後に、戦いの支配権の神話が潜んでいることを明らかにしてくれる。それはタキトゥス作『年代記』であり、巻4、73によると、ゲルマニアの地にあったバドゥヘンナ（Baduhenna）という名の聖林で1日に900人のローマ兵が殺害されたと伝えられている[74]。タキトゥスが挙げるバドゥヘンナという名は、現代の『年代記』の校訂者たちの間でも謎のまま残されている。語頭の「バドゥ」（Badu-）に対応するゲルマン語は複数存在する。たとえば古アイスランド語「ベズ」（böð）、古英語「ベアドゥ」（beadu）、古サクソン語「バドゥ」（badu）、古高ドイツ語「バトゥ」（batu）などがある（最後の2つは、人名としても使われている)。これらの単語はいずれも《戦い》を意味している。ユリウス・ポコルニー［プラハ生まれの言語学者・ケルト学者、1887 ～ 1970 年］は、「ボドゥオ」(boduo) および「バドゥオ」(baduo) というケルト＝ゲルマン語の語幹を想定している。ケルト語「ボドヴ」(bodb) が指すのは、戦いの支配権を象徴する鳥ハシボソガラスに他ならない[75]。またクリスティアン・ギュイヨンヴァルフによれば、よく似たケルト語が消失したためにゲルマン語が持っていた（《戦い》という）古い意味が（《ハシボソガラス》という）メタファーに置き換えられたと推察する必要があるという。こうしたことから、タキトゥスが名を挙げたのはおそらくゲルマン人の土着の神で、ケルト人が称えた戦いの至高女神（ボドヴ）と無関係ではないと思われるのである。戦いが聖なる森で行われたことと、さらに戦死したローマ兵の数がタキトゥスによると 900 人だったことは、戦いの支配権をめぐる終末論的神話が存在したという説の裏づけになる。「ボドゥオ」(boduo) および「バドゥオ」(baduo) という同じ語幹は、ケルトとゲルマンの双方の文化圏からバドニス（《戦い》）の名を説明するのに役立つ。つまり、ネンニウスの『ブリトン人史』における 12 番目の（最後の）戦いは、（定義上「戦いの山」を指す）バドニス山で起きたと考えられるのである[76]。

8. おわりに

結論に入ろう。象徴的な 12 の戦いを通じて、アーサーは不死の英雄となる。またこのように不死の域に到達することで、アーサーは宇宙的な時間の支配者として神話的地位を確立する。『ブリトン人史』は、この宇宙的な英雄についてのケルト独自の証言である。この文献には神話的な特徴がちりばめられており、記述の中の固有名には象徴的な意味がこめられている。こうした文献の本当の目的は何だろうか？　次のカエサル作『ガリア戦記』第 6 巻 13 の一節を読めば、答えが分かるだろう。「ドゥルイデス（ドルイド僧）の教義はまずブリタニアで発見され、そしてそこからガリアに導入されたと考えられている。そのため今日でも、この教義をいっそう深く研究しようと志す者は、大抵ブリタニアに渡って修行を積むのである」[77]。カエサルの証言は、プルタルコスの証言によって裏づけられている。プルタルコスによると、ブリタニア近隣の島々の中には《神聖にして不可侵とされる人々》が住む孤島が散在しているという[78]。このように、ネンニウスのテクストはブリトン島で起きた戦争を伝える些細な年代記ではなく、雑然としたかたちではあるがブリテン島にある複数の重要な霊的中心の地図なのである。この文献にはブリトン人にとっての（通過儀礼と関連した）聖地の名前がいくつか登場する。そしてこうした聖地に戦いの支配権という概念が結びつけられている。なぜなら、ケルト人にとってはいかなる戦いの勝利も、聖なるものと必然的に深く結びついているからである。

注

1) この文献はフェルディナン・ロットにより校訂がなされた（F. Lot, *Nennius et l'*Historia Brittonum, Paris, 1934）。同じ文献の校訂は、ロットよりも少し前にエドモン・ファラルが行っている（Faral, E.（1929）, t. 3）。『ブリトン人史』の創作年代については、デイヴィッド・ダンヴィルの論考を参照（Dumville, D.（1977））。ロットによる校訂本に代わって今ではモリスによる校訂本が使われている（J. Morris, *Nennius. British History and the Welsh Annals,* ed. and translated by J. Morris, London and Chichester, Phillimore, 1980）。さらに新しい英語版としてダンヴィルによる校訂本が出ている（*The Historia Brittonum. The Vatican recension,* éd. D. Dumville, Cambridge, Brewer, 1985）。
2) Fleuriot, L.（1980）, pp. 247–251.
3) この版と（後代の）別の諸版との比較については、ダンヴィル版（前掲書）pp. 3–54 を参照。
4) ダンヴィル版（1985年）による。ネンニウスの名前自体（《首領、保護者》）については、レオン・フルリヨの事典を参照（Fleuriot, L.（1964）, p. 268）。
5) 「世界の6つの時代区分について」「ブリトン人史」「聖パトリック伝」「アーサーにまつわる逸話」「サクソン王の系譜」「ブリタニアの諸都市」「ブリタニアの驚異について」。
6) Geoffrey of Monmouth, *Historia Regum Britanniae,* ed. by Neil Wright, a single-manuscript edition from Bern, Bürgerbibliothek, MS 568, D.S. Brewer, Cambridge, 1985.
7) しかしながら、この問題をめぐる最新の説は、アングロ＝サクソンの歴史編纂という伝統的なアプローチから距離を置いている（Bromwich, R., Jarman,

A. O. H., Roberts, B.（1991）、なかでもチャールズ＝エドワーズの論考「歴史のアーサー」（Th. Charles-Edwards, “The Arthur of History”））を参照。

8） Faral, E.（1929）, t, 1, pp. 138–154.

9） *Ibid.*, p. 147.

10） 「（シンボル、エンブレム、アレゴリーなどとは異なる）物語であり、その構成要素の大半は想像上のもの（場所、人物、武勇など）で、含蓄に富むことを意図しており（説得的であり、民話や長編小説のように娯楽だけのためではありません）、論証に訴えかける必要がないのです（そのため《寓話》やたとえ話の対極にあります）。つまり、テーマ、人物、状況、構造が反復されるという、本質的な特徴を示しています。このように反復される要素を《神話素》と呼んでいます」（雑誌『アルテュス』のインタビューでのジルベール・デュランの発言）（G. Durand, Entretien paru dans la revue *Artus,* 14, 1983, p. 44）。

11） このあたりの事情を知るには、この問題を取り上げたイギリスの数多くのサイトを参照すれば充分である。

12） Eliade, M.（1969）, p. 68.

13） J. Morris（éd）, *Nennius, op. cit.,* pp. 35–36 et p. 76［現代英語訳とラテン語原文］.

14） D'Arbois de Jubainville, H.（1889）, p. 276, n. 3.

15） 「町はドゥエラス川に臨み」（'La cité siet sur Düelas'）（マリー・ド・フランス『短詩集』所収「ヨネック」*Yonec* 第 15 行）（Marie de France, *Les Lais,* éd. et trad. Ph. Walter, Paris, Gallimard, 2000, p. 222）

16） *The Historia Brittonum*（The Vatican Recension）, ed. de D. Dumville, p. 103.

17） Gaignebet, C.（2011）.

18） Le Roux, F. et Guyonvarc'h , C.（1986）, p. 145.

19） 『古アイルランド語語源辞典』（Vendryès, J.（1959–））（A 98）によると、「アルバス」（albath）は《彼が死んだ》の意。また注意してほしいのだが、スコットランドの東海岸にバス（Bass）という島があり、この島はシロカツオドリ（fous de Bassan）という有名な鳥の群れの棲息地となっている。

20） 固有名の意味がウェールズ語から明らかにならない場合に、ゲール語からその意味が明らかなことがよくある。それはおそらく『アイルランド来寇の書』の記憶と関連づけて考えるべきもので、古いゲールの基層がネンニウスの文献に残っている証である。

21） ヴァティカン本に見られる異本（traht treuroit）から何かを引き出すことは難

しいだろう（ダンヴィル版 p. 104）。

22）R. Bromwich, *Trioedd Ynys Prydein,* University of Wales Press, 1961, p. 391.

23）「ノルマン人にはガールワーフと呼ばれる」（'Garwaf l'appelent li Norman'）（マリー・ド・フランス『短詩集』所収「ビスクラヴレット」*Bisclavret* 第4行、Marie de France, *Lais,* éd. Ph. Walter, Paris, Gallimard, 2000, p. 146）。

24）Lecouteux, C.（1981）.

25）Samson, V.（2011）, pp. 318–336.

26）Louis, R.（1954）.

27）ドイツのイエナ図書館所蔵 Bos 9 写本が収録する、オットー・フォン・フライジングによる年代記（アルザスで12世紀に筆写され、挿絵が施されたもの）を参照。

28）文学において、浅瀬は法に関わる行為の舞台となる。ベルール作『トリスタン物語』では、法的に価値のある公の行為は浅瀬の近くで展開される。トリスタンは「冒険の浅瀬」の近くでイズーをマルク王に引き渡し、イズーは「難所の渡場（マル・パ）の浅瀬」で宮廷の人々全員の前で申し開きをしている。

29）Article « Pritona », *Real-Enzyklopädie* de Pauly et Wissowa, XXIII, 1, 1957 et « Ritona »（2e série, 1, 1914）. Article « Ritona », Bonnefoy,Y. éd.,（1999）, t. 2, pp. 1761–1762.

30）複数の河川名が「神の」を意味するガリアの形容語（Deva, Divona）から説明できる（Duval, P. M.（1993）, p. 60）。

31）Duval, P. M.（1993）, p. 55.

32）Le Roux, P.（1959）.

33）Le Roux, F. et Guyonvarc'h , C.（1986）, *op. cit.*, pp.150–151.

34）ギュイヨンヴァルフによるフランス語訳を参照（Polet, J. C., éd.（1992）, pp. 310–316）。

35）この問題については、ギュイヨンヴァルフの論考を参照（C. Guyonvarc'h, dans *Ogam*, 27, 1953, p. 119）。

36）*Le devin maudit. Merlin, Lailoken, Suibhne.* Textes et étude（sous la direction de Ph. Walter）, Grenoble, ELLUG, 1999, p. 64, p. 72 などの部分を参照。

37）Guyonvarc'h, C.（1993）.

38）Guyonvarc'h, C.（1990）; Guyonvarc'h, C.（1960）.

39）Bromwich, R., Jarman, A. O. H., Roberts, B.（1991）, p. 27.

40）J. Morris（éd.）, *op. cit.,* p.80, § 66a.

41) Dumézil, G. (1954).

42) De Vries, J. (1963), p. 46.

43) Duval, P. M. (1993), p. 118（『聖サンフォリアン伝』とトゥールのグレゴリウスの著作に出てくるベレキュンティアの彫像を参照。アーサーの武装を描いたジェフリー・オヴ・モンマス『ブリタニア列王史』147節によると、アーサーのかけていたプリドウェン（ウェールズ語で「ブリテン」の意）と呼ばれる盾には、神の母・聖なるマリアの姿が描かれていた。ジェフリーはネンニウスから借用したのかもしれないが、同じ詳細が異なるかたちで『カンブリア年代記』の580年の項にも見つかる（「バドニスの戦い、そこにてアーサーは我らの主イエス＝キリストの十字架を3日3晩肩に背負い、ブリトン人は勝利した」）(J. Morris (éd.), *op. cit.*, p. 85)。

44) J. Morris (éd.), *op. cit.*, p.80, § 66a.

45) Delbouille, M. (1965).

46) *La geste du roi Arthur*, présentation, édition et traduction par E. Baumgartner et I. Short, Union générale d'Editions, 1993, p. 101.

47) R. Bromwich, *Trioedd Ynys Prydein*, *op. cit.*, p. 273.

48) 聖アアロンの祝日への言及は、［マリー・ド・フランス作『短詩集』所収］「ヨネックの短詩」(*Yonec*) の中に見つかる。アアロンの祝日に、ヨネックは父に死をもたらした義理の父の首を刎ねている。

49) 「アナはアイルランドの神々の母である。神々を養っていたのはアナであり（女神の名「アナ (Ana)」は豊穣を指す）、語り継がれているように、女神の名がルアハルの西にある「アナの両乳房」のもとになっている。あるいは「アナ」(ana) は、ギリシア語で「アニオ」(annio) や「アヌイド」(aniud) と言われるものであり、「ダペース」(dapes) という語［「(神事の) 饗宴」「食物・料理」を指すラテン語「ダプス (daps)」の複数形］で表される」。

50) *Ogam*, 22–25, 1970–1973, p. 229.

51) *The Historia Brittonum* (The Vatican Recension), ed. de D. Dumville, p. 104.

52) *Ogam*, 22–25, 1970–1973, pp. 226–227 を参照。

53) Loomis, R. S. (1926) (réédition : London, Constable, 1993), p. 25（C. O'Rahilly, *Ireland and Wales* への言及を含む）。

54) 先学たちはすでに、ネンニウスの証言と（『カンブリア年代記』を始めとした）他の典拠の証言との矛盾点を指摘している。そのためこの戦いを《史実》とみなすことはできない。

55) Bromwich, R., Jarman, A. O. H., Roberts, B. (1991), *op. cit.*, p. 2, pp. 13–14, p.

22, pp. 25–27.

56）J. Morris（éd.）, *Nennius, op. cit.*, p. 81.

57）Le Roux, F.（1970–1973）.

58）Samelios（1952）.

59）Fleuriot, L.（1980）, *op. cit.*, p. 248.

60）J. Morris（éd.）, *Nennius*, p. 61.

61）Masson, E.（1991）, p. 84.

62）Walter, Ph.（2002）.

63）Grimal, P.（1951）, p. 193.

64）Haudry, J.（1987）, p. 240.

65）Bader, F.（1985）.

66）Haudry, J.（1983–1984）.「英雄を指すギリシア語（heros）は、《1年の美しい季節》を指すヘラ（Hera）の名に由来する。こうした関係は、《年を獲得する》を指す「サンヴァトサラム　アープ（samvatsaram ap-)」というブラフマンの定式が《不死を獲得する》を指すことから分かる。英雄とは、死すべき存在として生まれながら、太陽の属性としての不死を獲得する存在である。英雄は1年の美しい季節を征服することで、他の死すべき存在に運命づけられた永遠の冬の夜から逃れる。英雄の典型ヘラクレスの名の意味［「ヘラの栄光（クレオス）」］も、このことから説明できる」（Haudry, J.（1987）, p. 183）。

67）*Speculum*, 20, 1945, pp. 405–414.

68）*La Quête du saint Graal*, éd. A. Pauphilet, Paris, Champion, 1923, pp. 74–76.

69）*Le Livre du Graal*, éd. sous la direction de Ph. Walter, Paris, Gallimard, 2001, tome 1, § 505, p.1302.

70）熊およびアーサー王と関連した熊の冬眠の神話については、Walter, Ph.（2002）を参照。

71）Boyer, R.（1992）, pp. 634–647.

72）ほかにも640の出口があり、それぞれの出口から960人のエインヘリャルが出て行くことから、戦士の数は全部で614,400人にのぼる。

73）『グリームニルの歌』（*Grimnismal*）第23節、レジス・ボワイエによるフランス語訳（Boyer, R.（1992）, p. 640）を参照。

74）「まもなく、逃亡兵によって、次のような情報がもたらされる。《バドゥヘンナの森と呼ぶ聖林で、2日間にわたる激戦がおこなわれ、900人ものローマ兵が倒れた。そのうえに、400人の守備兵が、かつてローマ軍に奉仕したクルプトリックスの領地で、その部民の謀反を恐れて、お互いに刺し違えて死んだ》と。」（タキトゥス『年代記』第4巻第68章）（Tacite, *Annales. Livres IV-VI,* éd. et trad. de P. Wuilleumier et H. Le Bonniec, Paris, Belles Lettres, 1990, p. 68） クルプトリックス（Cruptorix）というケルト名が出ていることから、タキトゥスがここではケルト神話の断片を書きとめたと考えられる。

75） Le Roux, F. et Guyonvarc'h, C. (1983), pp. 102-111.

76） ここでは、13世紀以降のアーサー王物語群に描かれているアーサー王の最後の戦いを想起せずにはいられない（それはソールズベリーの合戦であり、この戦いの後で王は姿を消す）。この合戦もまた10月から11月の時期に行われている。

77） カエサル『ガリア戦記』第6巻13（J. César, *La Guerre des Gaules,* VI, 13, éd. de L. A. Constans, Paris, Belles Lettres, 2008）。

78） プルタルコス『モラリア』第6巻、「神託の衰微について」第18章（Plutarque, *Œuvres morales. Tome 6, Dialogues pythiques,* éd. et trad. par R. Flacelière, Paris, Belles Lettres, 1974, p. 123 : *De la disparition des oracles,* ch. 18）.

第6章

ヨーロッパの3人の英雄の挑戦

【ローラン、トリスタン、ペルスヴァル
——中世ヨーロッパの英雄の3つの顔】

図40　トリスタンによるドラゴン退治
（イタリア、ロンコロ城内の壁画、14世紀）

中世ヨーロッパの英雄には3つのモデルがある。本章ではそれぞれのモデルの代表者として、武勲詩の英雄ローラン、悲恋物語の英雄トリスタン、不可思議な物体「グラアル」と出会った英雄ペルスヴァルが紹介されている。3人ともいずれ劣らぬ優秀な戦士であるが、ローランが叙事詩的な英雄であるのに対し、トリスタンは「情熱恋愛」の神話を生み出し、ペルスヴァルは霊的な世界への扉を開いている。本論のもとになったのは、2008年10月30日と31日に、ニース（フランス）のルイ・ニュセラ図書館内の公会堂で開催された「ヨーロッパのアイデンティティーをめぐる第3回会談——ヨーロッパのアイデンティティーにおける英雄」での報告であり、その仏文原稿は篠田知和基編『神話・象徴・言語II』楽瑯書院（2009年）pp. 21-36に掲載された。

1 はじめに

中世期の英雄に、「ヨーロッパ」モデルというものは存在するのだろうか？この問いに対して網羅的に答えるためには、中世ヨーロッパの英雄モデルを、たとえばアジアの英雄モデルと比較してみる必要がある（同じ中世期にヨーロッパと同じような文学伝承を持っていた文明が、比較対象として適当だろう）。しかしこうした作業は、始めてすぐに本論の限られた枠からはみ出てしまうと思われる。だが、中世ヨーロッパのかなり根源的な文化的傾向がいくつか想定可能なことから、英雄的精神（ヒロイズム）の1つのモデルが見つかる。それは比較的安定し整合性のとれたモデルであり、ヨーロッパの想像世界（イマジネール）に定着していくことになる。その例証として、フランス、ドイツ、イタリア、大ブリテン、スペインといったヨーロッパ諸国に属しているという特徴を持つ、3人の英雄について検討してみたい。

ローランがその名前だけでゲルマン起源だと分かるのに対し、トリスタンとペルスヴァルはイギリス諸島の出身である。トリスタンとペルスヴァルの物語は、ケルト文化圏（ウェールズやアイルランド）での長きにわたる口頭伝承を経て、12世紀後半にフランス語で書き留められたものである[1]。

『トリスタン物語』[2]は、1160年頃にベルールによってフランス語で著された。この作品は、ドイツの物語作家アイルハルト・フォン・オーベルクにより（1170年頃、ザクセン州のブラウンシュヴァイクの宮廷で）翻案されている。またフランス語による同じ作品の別バージョンにあたるトマ作『トリスタン物語』は、ゴットフリート・フォン・シュトラースブルクにより（1200年から1210年頃に）ドイツ語に翻案された。『トリスタン物語』にはアイスランド語版（修道士ローベルトが1226年に著した『トリストラムとイーセンドのサガ』）や13世紀の英語版（『サー・トリストレム』）も存在する。13世紀末のイタリア語版（リッカルディアーノ版『トリスタン』）、スペイン語版（『レオニスのトリスタン』）、15世紀の英語版（トマス・マロリー作『アーサーの死』の中の「サー・トリストラムの物語」）は、トリスタンのヨーロッパでの経歴を補う物語群である[3]。

ペルスヴァルは、クレティアン・ド・トロワの遺作（『グラアルの物語』、1180年頃）[4]に初めて登場する。この作品からすぐにドイツ語の翻案（ヴォルフラム・フォン・エッシェンバハ『パルチヴァール』、1201～1205年頃）、中期ネーデルランド語の翻案（『ペルシェファエル』、13世紀前半）、アイスランド語の翻案（『パルセヴァルのサガ』、13世紀）、英語の翻案（『ガレスのサー・ペルシヴェル』、14世紀前半）が生まれ、その後イタリア語、スペイン語、ポルトガル語にも翻案された。

ローランは1100年頃に成立したフランスの武勲詩の１つ（『ローランの歌』）に登場する[5]。それはオックスフォード本と呼ばれる有名な版である（オックスフォードの図書館が所蔵する写本に収録されているため、この名で呼ばれている）。またイタリアにも『ローランの歌』の別バージョンがいくつか見つかり、いずれも純然たるフランス語で書かれている。ドイツ語版（1230年頃にデア・シュトリッカーが著した『カール』と、14世紀冒頭に著された『カールマイネット』）や、スペイン語版（14世紀の『ロンセスバーリェス』）[6]、イタリア語版（『ロッタ・ディ・ロンチスヴァッレ』）も存在する。

まず、以上の概観から指摘できるのは、ローラン、トリスタン、ペルスヴァルの３人が、ヨーロッパ全域でよく知られている人物だということである。この３人の物語をヨーロッパ大陸の主要言語で読むことができるのは、ヨーロッパという枠内にあてはめることで初めて中世文学の本当の理解が可能となるからである。この時代の文学の流行はフランスが発信地となっていたことが多く、そこからヨーロッパ全域に広がっていった[7]。しかしフランスでもまた、その多くは別の地域（たとえば大ブリテン）に由来する伝説と神話の素材を受け継いだものであった。クレティアン・ド・トロワ（図41）はある物語のプロローグ[8]で、ギリシアやローマを経て今では《フランス》が普遍的な文化の継承地であり、フランスの英雄モデルを世界中に知らしめてい

図41　クレティアン・ド・トロワを描いた版画（1918年にパリのパイヨ書店から刊行された『ペルスヴァル』の挿絵）

ると述べている。こうした英雄モデルを、やがてトリスタンやランスロが代表するようになる。想像世界（イマジネール）の次元で特に中世期に特徴的なのは、地中海の英雄モデルが凋落したことと、北方（スカンディナヴィア、ケルト、ゲルマン）の英雄モデルが確立したことである。

ここでまず注意すべきは、（たとえば叙事詩のような）虚構作品が作り出した虚構の英雄と、日常の悲劇が生み出した現実の英雄を混同してはならないということである[9]。想像世界（イマジネール）の英雄（ローラン、ペルスヴァル、トリスタン）は、歴史そのものが生み出した英雄（たとえばレジスタンス運動の英雄たち）とまったく同じタイプというわけではない。前者は紙の上の存在（したがって神話）[10]であり、後者は血と肉を備えた人間である。しかし、果たして後者が前者なしに存在できるかどうか、自問してみてもよいかもしれない。ミルチャ・エリアーデがうまく指摘したとおり、ある出来事やある人物が集団の記憶に残るのは、それが元型の中に溶けこむことができた場合に限られる[11]（ここでは元型を、誰もが認めることのできる価値や理想を備えた、文化上のモデルとして理解する必要がある）。このように、想像上の英雄が現実の英雄よりも先に存在することも多い。想像世界（イマジネール）の英雄が、現実の英雄を呼び寄せて生み出している。英雄とはまさしく、想像世界とイデオロギーが常に共働する、神話的な作業の賜物なのである[12]。

2. 英雄の叙事詩的な鋳型

中世ヨーロッパの歴史と文化における最初の偉大な政治的表現は、カロリング朝［フランク王国の第2王朝、751～987年］に認められる。すでに当時からシャルルマーニュ［カール大帝、742～814年］は、ある伝記作家によって《ヨーロッパの父》と呼ばれていた。後にローマ条約［欧州連合設立のため1957年に調印］によって定められたヨーロッパは、かつてシャルルマーニュが支配した王国に対応している。（ブリュッセル、ルクセンブルク、ストラスブールという）ヨーロッパの主要都市は3つとも、ロマンス語文化圏とゲルマン語文化圏の中間地帯に位置している。周知のとおりこの地帯はカロリング朝の揺籃地であり、ヨーロッパの複数の大国の坩堝（るつぼ）であった。

シャルルマーニュが登場する『ローランの歌』は、いわば起源物語の役割をしている。この歌が《フランス》という国家[13]の起源物語とみなされるのは、国の伝説的な起源の語り方がいささか西部劇を思わせるからである。作中のローランは《うるわしのフランス》の英雄の１人として登場し、《フランス人たち》はローランのうちに己の姿を認めようとした。だがこうしたフランスのアイデンティティーの出現に、なんら自発的なものはない。中世期にローランが典型的な《フランスの》英雄とみなされていたことを示す手掛かりが何１つないからである。《フランス》という名称も、12 世紀にはイル＝ド＝フランス地方［パリ盆地を中心とする地方］を指し[14]、今日我々が知っている六角形のフランス本土を指してはいなかった。事実、『ローランの歌』の《民族主義的》解釈は（19 世紀以降の）近現代の注釈の産物であり、この作品に含まれると考えられる民族的な諸要素は、時代錯誤的に大げさに解釈されることが多かった[15]。現代批評は、文学作品の解釈が時代や環境によってどれほど異なっているかを明らかにした。つまり過去の作品群の解釈には、我々の現在の関心事が投影されることが多いのである。我々は過去の作品群の意味を（客観的に作品群から掘り起こす代わりに）「遡及的に（ア・ポステリオリ）」作り出している。我々はこのように「遡及的に」、こうした作品群を支える英雄たちのイメージを作り上げている。

あらゆる文明の起源には（もちろんヨーロッパもこの規則の例外ではなく）、このように起源物語や起源神話が認められる。そこでは、あるとき混沌から秩序が生じ、混沌とした世界の瓦礫の上に文明が築き上げられていく経緯が語られている。つまり『ローランの歌』で描かれているのは、英雄の死と変容、凋落と再生という原初的なドラマが繰り広げられる、始原の世界なのである。諸文明はいくつかの基本的なイメージを使って、その礎となった神話的な偉業を表現している。これに相当するのは、超人的な武勇譚、宇宙の諸力を具現する英雄とその敵の対決［たとえば「嵐」を招く英雄と「泉」の番人との対決］、神の起こす奇跡、炎の嵐［のような天変地異］である。初めに「歴史」がある。そしてこの「歴史」は神話の顔を持っていることが多い。こうした物語群のうちに、それらが実際に伝えているわけではないものを探し求めてはならない。そこで語られているのは、記憶の中で再構成されてはいるものの、歴史以上に真実味のある想像上の世界である。戦闘への熱狂、戦士の狂乱の影、魔剣などを描く『ローランの歌』は、千もの武勲を成し遂げる勇士を、壮大な死の宴の中で称えている。このように、中世ヨーロッパの英雄の鋳型は、武勲詩とともに作られていったのである。

『ローランの歌』が、ピレネー山脈の境［ロンスヴォー］で起きた歴史上の出来事を伝えるものだと信じている人もいる。しかしまったく事実ではないと今日では判明している[16)]。この物語は、時代錯誤的な要素、創出された人物、わざとらしい状況や不可思議な状況（たとえば太陽がその運行を中断する奇跡）から作られている。傑作の本領は、虚構に過ぎないとはいえその審美的な真理を歴史に認めさせ、それが歴史を具現するものだと我々に信じこませるところにある（だからといって「虚構」が《嘘》というわけではない。なぜならこうした同じ作品群は、過去の出来事を映し出すのとは別のかたちで歴史を語っているからである）。

図 42　シャルルマーニュとガヌロン（『サン・ドニ年代記』（1275 年頃）の写本挿絵、サント＝ジュヌヴィエーヴ図書館 782 番写本）

叙事詩的な伝説は神話の法則に従って、目立たない歴史上の真実を再構成し、永遠に変わることのないイメージ群に固定する。武勲詩はイメージを好むため、こうした英雄についてのイメージ群を読みとらなければならない。武勲詩は好んで創り出したイメージ群に、驚くべき魅惑的な力を与えている。『ローランの歌』でこうしたイメージ群に相当するのは、仲間たちをサラセン軍に買収するガヌロンの裏切り（図 42）、フランク軍を制圧するためにサラセン軍が行うことで悲劇を招く奇襲、助けを呼ぶために角笛を吹くローラン（しかしすでに手遅れだった）（図 43）、瀕死のローラン、破壊することのできない

図 43　角笛を吹くローラン（左）、デュランダルを壊そうとするローラン（右）（シャルトル大聖堂のステンドグランス）

剣デュランダル、ローランの亡骸を前にシャルルマーニュが流す涙（図44）である。ここには、永遠の刻印をとどめた神話の運命的な瞬間を象った、多くの場面が連なっている。武勲詩は紛れもなく、英雄を創り出す鋳型である[17]。

図44　ロンスヴォーで戦死したローラン（パリ、フランス国立図書館フランス語写本6465番第113葉、1460年頃）

3. ローランと戦争の試練

中世期、ローランはヨーロッパ（ギリシア、ラテン、ケルト、スラヴ、スカンディナヴィア）の古い理想的な英雄像であり、選ばれた戦士像でもあり続けた。しかしそれは、スカンディナヴィアの神話物語群で描かれるような野獣戦士としての姿である。情け容赦のない戦士で、「犬や狼のように粗暴で、熊や雄牛のように強い。人間たちを虐殺し、鉄や鋼を物ともしない。この状態は《熊の皮をまとった戦士（ベルセルク）の狂乱》と呼ばれる」と、この崇高な戦士の理想像をスカンディナヴィアの神話物語は端的に述べている[18]。周知のとおり、ヨーロッパの英雄は何よりもまず、集団や個人での戦いで己の存在を見せつける。戦士の狂乱が表しているのは、度を過ぎた暴力、執拗なまでの殺戮、戦闘機械と化した姿である[19]。

しかしながら、ローランは単なる《うるわしのフランス》の英雄ではない。ローランが最初に登場するのは確かにフランス語で書かれた作品であるが、数多くの中世研究者が力説してきたように、ローランの名はむしろゲルマン起源である。ローラン（Roland）という名は、「名誉」（hruot）の「国土」（land）を指しているに違いない[20]。ここで理解すべきなのは、防御や征服の対象となる土地の重要性である。ローランの名誉の称号は、彼が征服した国々の数に相当する（『ローランの歌』の第172レース[21]）。ローランがいまわの際に見せるしぐさは意味深長である。緑なす草の上にうつぶせになり、スペインのほうへ頭を向ける。ローランはシャルルとその臣下たち全員に、自分が戦いの勝者として亡くなったと言ってくれるよう望む（第174レース）。これこそがまさに彼の名の意味するところである。この所作は、英雄の死のみならず、こうした英雄的精神（ヒロイズム）の拠り所となるさまざまな価値をも象徴している。エミール・バンヴェニスト［フランスの言語学者、1902～1976年］は、その重要な特徴を次のように復元してみせた。

> 祖先信仰によって結びつき、耕作と牧畜で生計を立てる《大家族》の家父長的構造。聖職者、戦士、農夫からなる社会の貴族的スタイル。征服欲と所有者のいない場所への関心（中略）。侵略者はいつも居住者のいるところへ攻めてくるものだが、全員出自を同じくする侵略者が土地を専有することにより、柔軟で同化力のある政治組織が整うための諸条件が創り出される[22]。

こうした行動様式を支配する法的な概念を一言で述べるとすれば、「生地主義」と呼ぶのがふさわしいだろう。歴史的に見れば、「生地主義」と「血統主義」という2つの概念は、国籍の取得が問題になる場合にいつも競合していた。中世には「生地主義」が優勢だった。長きにわたり、アンシャン・レジーム期［1789年のフランス革命前の絶対君主政の時期］でもなお、フランスで生まれフランスに住む子供なら誰であれ、フランス国民となる前に実際には町民、村民、司教区民といったより狭い共同体の一員だったとしても、その子供はフランス《生まれ》とされた。このように「生地主義」に好意的だった長期にわたる中世という時代的背景を考慮すれば、『ローランの歌』に土地や母なる大地が現れるのは驚くにあたらない。また中世には、追放（母なる大地から引き離されること）は極刑とみなされていた。

ローランの物語はおそらく、ゲルマンの歌謡に由来する。フランスの中世研究者ガストン・パリス［1839～1903年］は、ゲルマンの歌謡が武勲詩の直接の典拠であると考えた。武勲詩の起源の問題は、この上なく難解である。それでも今日、武勲詩がさらに来歴の古い神話伝承を受け継いでいることは明らかな事実だと思われる。武勲詩は古ヨーロッパの神話群の実態を伝えており、著名な神話学者ジョルジュ・デュメジル（1898～1986年）[23]がこうしたヨーロッパの戦士神話を研究した。デュメジルは、英雄戦士が（祭司＝王と農夫＝牧夫とともに）インド＝ヨーロッパ語族の想像世界（イマジネール）の3本柱の一角を占めていたこと、さらには概して英雄戦士が犠牲となる呪いが英雄のたどる悲劇的な運命を説明することを、次のように力説した。「たとえ神であっても、戦士はその本性により罪にさらされている。その機能により、万人の幸せのために、戦士はさまざまな罪を犯さざるをえない」[24]。デュメジルは、ローマ世界、ゲルマン世界、スカンディナヴィア世界に伝わる神話物語群を博捜することで、この説の傍証を固めている。

ヨーロッパの英雄の起源は、古代や中世の叙事詩の中に見つかる。英雄はまず戦いで頭角を現す。英雄の伝統的な定義で強調されているのは、目覚ましい武勲、勇気、力強い性格、才気あふれる行動、大義への献身である。英雄が守るのは、己の出自を象徴する法、秩序、家門、土地、国家である。このことから、英雄には集団のアイデンティティーを象徴する側面が強く担わされていると考えられる。また英雄の姿には、1つの人間集団さらには1つの社会全体が映し出されている（フランク人にとってはローラン、ゲルマン人にとってはジークフリート、スペイン人にとってはル・シッドがこうした英雄にあたる）。英雄に対置されるのは二枚舌の裏切り者であり、無気力、俗悪、虚栄心を露呈する。中世に特有のこうした対立は、英雄的精神を表す形容語で表現されている。「勇ましい」（'proz'）、「誠実な」（'leial'）、「立派な」（'gent'）、「名門の」（'de bon'aire'）、「賢い」（'sage'）、「高貴な」（'franc'）といった数多くの形容語が、武勲詩では執拗に繰り返される。英雄は目覚ましい武勲と寛容に根差した態度により、その名をとどろかせる。そして英雄は、倫理的なだけでなく美的でもある偉大さというものを手にするのである。

「ローランは剛く、オリヴィエは賢し」と、『ローランの歌』の有名な詩行が述べている［第87レース］。この詩行が実際に強調しているのは、英雄的精神（ヒロイズム）の2つの姿である。1つは戦術に長けた聡明な姿（オリヴィエ）であり、もう1つは粗野かつ暴力的で極端に走る姿（ローラン）である。しかしこの2つの姿はほぼ同じ結末を招く。英雄は何よりも死を約束され、死に捧げられる存在だからである。英雄の価値とその行動の意味は、英雄が立ち向かうこうした死との関係から定義される。敵との戦いを通して英雄が挑むのは常に死であり、この死のみが英雄の臨む戦いに意味を授けてくれる。つまりローランは《意志の英雄》[25] なのである。

さらに叙事詩的な英雄というイデオロギーの構築は、聖人伝と明らかに関係している[26]。(『聖女ウーラリーの続謡』や『聖アレクシス伝』といった) フランス語による最初期の文学は、(実に古いジャンルの1つである) 聖人伝のかたちで登場した。武勲詩で英雄に与えられている犠牲のイメージは、厳密に言えば宗教的ではなく、さまざまな側面を持っている。ローランはみずからを犠牲にする。苦しみに立ち向かおうとする殉教者のように、忍従して戦いを受け入れる。しかもローランは己の血を神と王に捧げる。叙事詩的な英雄は、聖人に備わる美徳を世俗的な次元に移し替える[27]。しかし、英雄を突き動かす原動力には曖昧さがつきまとっている。

古代の英雄と中世の英雄には、明らかな違いがある。古代の英雄が (ホメロス作『イリアス』のように) あらかじめ運命づけられた存在として神々に操られるのに対し、中世の英雄にはいくらかの自由意志が残されている。中世の英雄には《罪悪》と呼ばれる影の部分もあり、英雄に悲劇的な気高さを授けている。[ローランの提案でシャルルマーニュ軍からの使者としてサラセン軍に派遣された] ガヌロンは、ローランに復讐しようと、サラセン人と共謀してローランに罠を仕掛けた。しかしガヌロンにだけ非があるわけではなく、ローランにも己の悲劇的結末についての責任がある。この責任はそれ自体が《節度のなさ》と結びついている。これはヨーロッパではアキレウスの「怒り (ヒュブリス)」まで遡ることのできる、鍵になる概念である ([トロイア戦争での] ギリシア軍の勝利を台無しにしかねなかったアガメムノンに対するアキレウスの怒りは、『イリアス』の中核部分である)。サラセン軍との戦いの最前線にいたローランは、慢心と頑固さから無分別な行動を起こしてしまう。なぜなら慢心とは常に、英雄が本質的に持っている罪だからである。慢心はしばしば、英雄が味わう挫折の原因にさえなる。ローランの部隊がサラセン軍によって制圧されたとき、ローランは角笛を吹いて援軍を呼ぶことを拒む。敵軍の撃破を確信していたからである。しかし彼の軍全体が滅ぼされ、ようやく彼は角笛を吹くが、すでに手遅れだった。

そして過度の自信と思い上がりを、ローランは己の死で償うことになった。

このように『ローランの歌』では、模範的かつ罪深き英雄が見せるこうしたパラドックスが繰り広げられている。こうした気高さと罪の混交や、己の存在の曖昧さはおそらく、ヨーロッパの英雄像の後の展開を理解する上で重要な鍵である。ローランだけが唯一の例ではない。シャルルマーニュ自身にも、こうした英雄に備わる曖昧さが潜んでいる。中世文学ではいつも、頭目であり至高の裁判官としてのシャルルマーニュの偉大さが称えられている。彼は暴力を食い止め、緊張関係を解消することで、己の権力を打ち立てた。しかしまた同時に、己の犯した過ちに苛まれる。中世の伝承では何度も、少なくとも叙事詩的な物語群では、シャルルマーニュが犯した取り返しのつかない罪について取り上げられている。これらの伝承では、シャルルマーニュは妹と近親相姦の罪を犯し、ローランはその交わりから生まれたとされている［このテーマについては、本書第1章を参照］。

4. トリスタンと恋愛

ドニ・ド・ルージュモン［スイスの文芸批評家、1906～1985年］が『恋愛と西欧』という著名な労作の中で提案した、トリスタン神話の《ヨーロッパ的》解釈は有名である（図45）。それは、幸福な恋愛など存在しないというものである。（ロミオとジュリエット、マノン・レスコーなど）ヨーロッパの有名な恋愛物語はすべて悲劇である。西欧は不幸と悲劇的な恋愛というテーマに魅惑されている。恋する英雄が身をもって示すのはいつも、不可能な幸福である。英雄は人間の完璧な恋愛を盲目的に信じたために破滅へと導かれるが、この信仰は南仏詩人（トルバドゥール）の伝統に由来する、ヨーロッパに典型的なものである。

図45　竪琴を弾くトリスタン（トマ作『トリスタン物語』、オックスフォード、ボドリアン図書館フランス語写本16番第10葉）

トリスタンが傾倒したのは、不可能な恋愛への信仰に他ならない。こうしたヨーロッパ的症候群（シンドローム）こそが、《文明の中での不幸》の原因かもしれない。ドニ・ド・ルージュモンは『恋愛と西欧』の最後で、若き中国人の言葉を引用している。

> 恋愛という観念は中国には存在しない。「愛する」という動詞は、母親と息子たちとの関係を定義するためにしか使われない。夫は妻を愛することはない。程度の差はあれ「夫は妻に対して愛情を抱く」のである（中略）。ヨーロッパ人の態度は、「これは恋愛だろうか、あるいはそうでないのか？　僕は本当にこの女性を愛しているのか？　それとも愛情を感じているだけなのか？」と、生涯を通じて自問し続ける。このような態度はすべて、中国の精神科医からすれば、狂気の兆候とみなされかねない[28]。

ドニ・ド・ルージュモンは、己と敵対することになってしまう「情熱恋愛」の神話を、西欧が発明したと考えている。西欧人は何世紀にもわたって情熱恋愛という幻想の中で生きてきたため、幸福を絶望的に探し求める個人の文明という形態を発展させた。西欧人はまた、ドニ・ド・ルージュモンが《情熱の力》と呼ぶものに支配された文明を築いた。トリスタンとイズーの物語も同じく、とりわけ英雄の自滅を招く個人主義の形態が姿を見せたものである。確かに恋人たちは常にこの世では孤独である。しかしトリスタンとイズーはこの孤独という制約を、情熱的なエゴイズムが命ずるまま、見事なまでに持ち続けている（図 46）。西欧中世が非社会的なものとみなしたこの恋愛は、社会にとって自殺的かつ破壊的なものである。こうした恋愛では、（生殖行為にではなく）それ自体のうちに正当性が認めら

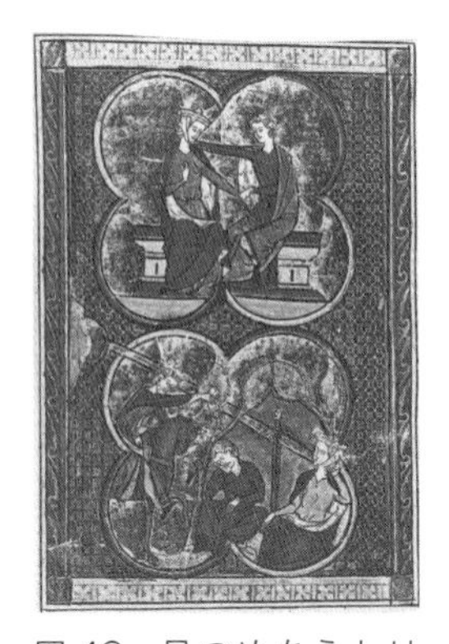

図 46　見つめあうトリスタンとイズー（上）、「モロワの森」で剣を間に置いて眠るトリスタンとイズーのもとへやってきたマルク王（下）（ティボー作『梨の物語』、パリ、フランス国立図書館フランス語写本 2186 番第 5 葉裏）

れる。完璧なまでに崇高であるため、それなしでは生きていけぬような恋愛の表現なのである。トリスタンとイズーは、媚薬が契機となって生まれた恋愛のうちに己の存在の礎となりうるような価値を見出すことができず、愛ゆえに亡くなる。

コーンウォールの恋人たち［トリスタンとイズー］の悲劇譚において、中世の英雄モデルは魅惑的な主題であり続けた。物語作家たちはこの魔性の恋人たちに魅惑されつつも苛立ちを感じていた。トリスタンとイズーが人々の共感を得るようになったのは、ヴァーグナー［ドイツの作曲家、1813 ～ 1883 年］のロマン主義が登場してからのことである。西欧中世は彼らの影を何とか追い払おうと努めた。トリスタンに対置されているのがランスロ［英語名ランスロット］である。ランスロにとって恋愛は、完璧な騎士になろうと奮起させるものであり鼓舞を意味した[29]。ある有名なエピソードが、ランスロの最も有名な英雄的行為を端的に示している。絶対的な恋愛の対象である王妃グニエーヴル［英語名グウィネヴィア］を囚われの身から解放するため、ランスロは橋代わりに川の上に架けられていた巨大な剣の刃の上を歩いて渡らなければならなくなる。手足に切り傷を負い、怪我をして血を流しながらも、ランスロはこの試練に成功する［クレティアン・ド・トロワ作『荷車の騎士』の「剣の橋」エピソード］。この場面はランスロの英雄的精神を簡潔に示している。そしてまるでこの世俗の英雄が聖徒の交わりへの参加を許されたかのごとく、13 世紀にノルマンディー地方のある教会の柱頭彫刻に描かれた[30]（図 47）。トリスタンが中世の英雄の影の部分を象徴しているのに対し、ランスロは光の部分を象徴している。そのため西欧中世はランスロに思いをめぐらせ続けたが、これは中世だけでなく現代の世界にもあてはまる。

図 47　「剣の橋」を渡るランスロ（フランス、カンの聖ピエール教会内の柱頭彫刻）

1940 年 6 月、ルイ・アラゴン［フランスの詩人・小説家、1897 ～ 1982 年］はドルドーニュ地方の小さな町リベラックに滞在した際に、「リベラックの教訓、またはフランスのヨーロッパ」[31] を記している。これは［ドイツ軍を前に］フランス軍が潰走する中、フランスの英雄的精神(ヒロイズム)の過去の栄光について思いをめぐらせた文章である。アラゴンはヨーロッパの英雄を描く言葉やモデルを見出そうと、中世フランス文学の黄金時代にあたる12世紀に目を向けている。アラゴンによれば、この時期にフランスで生まれた人々は「ヨーロッパ全体の、つまりイタリア、イギリス、ドイツ、スカンディナヴィア、スペイン、ポルトガルの英雄になった。なぜなら当時、12世紀後半に、フランスはヨーロッパに詩の力で侵攻するというあの栄誉、あの大きな誇りを体験したからである。まさしく当時、フランスは初めてヨーロッパのフランスとなった。同じことが18世紀と19世紀にも再び、啓蒙哲学の伝播によって起こるべくして起きたのである。」（p. 124）

ヨーロッパ中に浸透していた、こうした英雄の理想像を表すキーワードは、《宮廷風道徳》である。英雄が武勲を果たすのは、大義名分のためである。ローランは《うるわしのフランス》と王［シャルルマーニュ］しか知らず、トリスタンはイズーのためだけに生き、ランスロは心の中で王妃のことだけを考えていた。英雄にはさらに、大衆と一線を画するようなカリスマが備わっている。道徳的な観点から見ると、英雄は常に名誉心、寛大さ、魂の気高さ、誓約の堅持を示す。ヨーロッパの英雄史の中で、英雄トリスタンは1つの主要な段階を表している。トリスタンを通じて、ヨーロッパの英雄の理想像の中核に、新たに女性が招き入れられたからである。

5. ペルスヴァルと知恵

ペルスヴァルの英雄的な運命は、「グラアル」（Graal）という名で語られている。ペルスヴァルの運命は、ローランの見せる戦闘力とも、トリスタンを襲う激しい恋愛ともまったく関連がない。だからと言ってペルスヴァルが勇敢で完璧な騎士でないというわけではない。彼はまさしく勇敢で完璧な騎士である。しかしながらペルスヴァルは、どの騎士も経験したことのない類いまれな出会いをする。旅の途上で、探し求めていたわけでもないのに、「グラアル」というオブジェと出会うのである。ペルスヴァルのケースでは、《聖杯の探索》は存在しない。そもそも自分の心のうちに一度として名前も存在も浮かんだことのないオブジェを、どうすれば探しにいけるというのだろうか。ペルスヴァルが目撃する「グラアル」は［キリストの血を受けた］「聖杯（聖なるグラアル）」ではなく、しかも宗教的な要素や神秘的な要素を何1つ持ち合わせていない。さまざまな作品を取り違えてはならないし、クレティアン・ド・トロワが（1180年頃に）韻文で著した物語の中の「グラアル」（図48）を、その30年から40年後の散文物語群に登場する「聖杯（聖なるグラアル）」（図49）と同一視すべきではない。13世紀にはキリスト教化がかなり進み、異教起源の「グラアル」（食事用の大皿を指す普通名詞）は、キリスト受難の聖遺物である「聖杯」へと変貌を遂げているからである。

図48　ペルスヴァルと漁夫王の前を通過する「グラアル」を持つ乙女（右）、漁夫王の手から剣を授かるペルスヴァル（左）（パリ、フランス国立図書館フランス語写本12577番第18葉）

図49「聖杯」を運ぶヨセフェとその仲間たち（レンヌ市立図書館写本255番第76葉）

クレティアン・ド・トロワの作品では、「グラアル」は地上での運命の秘密と深く関わっている。「グラアル」はペルスヴァルが己を省みるよう強く求める。［漁夫王の館で］「グラアル」と「血の滴る槍」が目の前を通過するのを見たペルスヴァルは、「グラアルで誰に給仕するのか？」「なぜ槍は血を流すのか？」という2つの質問を正しく発しなければならなかった。出現した光景に驚き、類いまれな一連のオブジェを目撃し、その秘密を深く理解しなければならなかった。だがペルスヴァルは口をつぐみ、この世で最大の秘密を前に黙りこんでしまう。比類なきこの英雄は、罪深い沈黙に屈してしまうのである。

イヴ・ボヌフォワ［フランスの詩人・芸術批評家、1923～2016年］がまさに指摘したとおり、この場面が示しているのは、この世にある事物の性質や意味以上に、その不思議な現前である。すなわち「我々はこの地上で何をしているのか」という問いである。ペルスヴァルが発すべきだった2つの質問は、言葉の最も広い意味で、何よりも哲学的かつ霊的なものだった。

> 答えることよりもむしろ問うことがすでに、概念的思考にとっては名誉である。それはいかなる思考にとっても名誉である。［スフィンクスの謎に「答え」た］オイディプスによって、西欧は悪しき出発をしたのである。（中略）我々の中のペルスヴァルがみずからに問う必要があるのは、「事物や存在とは何か」ではなく、「なぜそれらは我々が自分の場所だと思っている場所にあるのか」「それらは我々の声に対していかに曖昧な答えを用意しているのか」という問いである。我々の中のペルスヴァルは、事物や存在を支えている偶然に驚かねばならず、それらを突如目にしなければならないだろう。そしてそのことはもちろん、この不確かな知の最初の運動において、それらの事物や存在に宿り、それらを破壊するあの死を、あの無名性を、あの有限性を知ることに他ならない[32]。

ここでは手短ながらも、アジアの（特に日本の）文化との比較をぜひとも行っておきたい。日本人にとって、枯山水の技、生け花の技、桜の花見、俳句は、儚きものに備わる秘密を称えるものである。それは秘密をそのまま受け入れ、その内在性と超越性を同時に眺めることである。こうした儚きものや壊れやすきものにこそ、真の秘密とともに人生の隠された意味も宿っている。日本人は瞬間のうちに永遠を、また永遠のうちに瞬間を見ている。世界とそれを覆うベールを同時に受け入れ、それらの現前に身を置くのである。ヨーロッパ人にとっては、このように隠された秘密は耐え難いものである。ベールは剝ぎとらねばならず、見知らぬものに出会えば、それを楽しむ代わりに解決して消し去らなければならない。宇宙のすべてをその末端に至るまで征服するため、秘密を探るときには常にさらに先へと進まねばならない。これはいったい何を見つけ出すためなのだろうか？

図50　ペルスヴァルと隠者の伯父（パリ、フランス国立図書館フランス語写本12577番第36葉）

「グラアル」に出会った後、ペルスヴァルは筆舌に尽くしがたい無気力のようなものに襲われる。物思いにふけり続け、己のうちに閉じこもってしまう。ひどく衝撃を受けた彼は、手の施しようのない孤独に陥る。しかし、ほぼ同時に（秘密に通じた伯父の隠者を介して）天地創造に関わる最も重要な秘密を知ることになる（図50）。ペルスヴァルがひそかに教えてもらう神の秘密の御名は、知識や知恵の究極の形態である。なぜなら神の御名はそれを知っている人に、力や才能を余すところなく授けてくれるからである。

「グラアル」とは未知の世界の声であり、不確かな希望を表している。こうした希望は「探索（ケット）」、さらには「征服（コンケット）」と呼ばれるようになる。もはや恋愛と戦争がいずれも人生の目的ではなくなるのなら、征服すべきものとしては何が残されているのだろうか？　それは「認識」を唯一の照準にした場合に見えてくる重要な２つの対象、すなわち己自身と世界である。

戦士［ローラン］や臆病な恋人［トリスタン］以上に、ペルスヴァルは認識の英雄として名をはせている。12世紀と13世紀の境に新しい世界が忽然と姿を現すが、ルーマニアの歴史家リュシアン・ボイア［1944年生まれ］が指摘したように、この世界は征服という観念を軸にして展開する[33]。なぜなら、これこそがヨーロッパ文化の最も強力な動因だからである。ヨーロッパは（地理、経済、科学など）あらゆる形態の征服を試みてきた。何もかも知ろうとしてきたヨーロッパは、現代では袋小路へ入りこんだかのように迷うときもある。世界の贖罪が可能であるという思想は、ヴォルフラム・フォン・エッシェンバハ作『パルチヴァール』で示されている（後にヴァーグナーがこの作品をオペラで取り上げる）。ヨーロッパはペルスヴァルによって、絶対的なものや秘密、真理をことごとく（空想の上で）征服するよう求められる、「グラアル」の時代に入ったのである。

6. ヨーロッパとメランコリー

ヨーロッパの英雄モデルの鍵は、少なくともギリシアまで遡る西洋の重要な伝承に見つかるだろう。レイモンド・クリバンスキー［イギリスの哲学史家、1905～2005年］、アーウィン・パノフスキー［ドイツ生まれの美術史家、1892～1968年］、フリッツ・ザクスル［ドイツ生まれの美術史家、1890～1948年］の労作（『土星とメランコリー』[34)]）によって、こうした西洋の伝承を構成する要素が紹介されている。西欧の有名な英雄すべてにあてはまる運命的な気質があり、その気質を生み出す体液は黒胆汁（ギリシア語では「メランコレー」）と名づけられている。西欧の英雄たちが卓越した才能を発揮して行動することができるのは、彼らの運命が四体液の１つによってあらかじめ定められているからである（図51）。まさしくその体液のせいで、英雄たちは病にかかった。そしてその病は天賦の才だけでなく、同時にとてつもない不幸を呼びこむ力というかたちで現れた。これはヨーロッパの天才に本質的に備わる両価性（アンビバレンス）である。

図51　四気質（伝アリストテレス『問題集』、パリ、フランス国立図書館蔵15世紀前半の写本挿絵）

> 哲学、政治、詩歌、あるいは芸術の分野で並外れたところを見せた人間はすべて憂鬱症であるが、黒胆汁が原因の病気で苦しむほどのひどさだったのはなぜだろうか？　たとえば英雄たちの中では、ヘラクレスの例が挙げられる。事実、言い伝えによると、ヘラクレスはこうした気質の持ち主だった。だからこそ古代人はヘラクレスにちなんで、てんかん患者の発作を「神聖病」と呼んだのである。また自分の子供たちに対して見せた彼の狂気じみた振舞いや、オイテ山で亡くなる前に激しく己の傷を引き裂いたことも、ヘラクレスがこうした気質の持ち主であった証である。なぜなら感情の激しい高ぶりは、黒胆汁が原因で現れることが多いからである。ア

イアスやベレロポンの物語もこの種のものであり、前者は完全に気が触れ、後者は人里離れた場所しか求めなくなった。後世の人々の中ではエンペドクレス、プラトン、ソクラテスや、その他多くの著名人が同じ運命をたどった。このことは大多数の詩人にもあてはまる。

この一節は、長きにわたってアリストテレス作とされてきた重要なテクスト（『問題集』30・1）からの引用である[35)]。明らかに作者不詳だと考えられるこのテクストでは、医学的見地からヨーロッパの天才について説明されている。英雄とされる人や偉大な芸術家はみな、思想や行動の点からこうした天才特有の病にかかっているか、あるいは取りつかれていると信じられていた。彼らはみずから「メランコリー」の兆候を認めていた。まさしく文化的なこの病を想像上で表すときには、本質的な両価性（アンビバレンス）が主だった（なぜならこれはまさしく避けられない運命を説明しようとする想像上の病であり、黒胆汁なるものは単なる胆汁とは違って、人間のいかなる組織にもいまだかつて存在したことはないからである）。こうした神話的な両価性においては、完全な天才にはどうしても（悪しき狂気も含め）実に過酷な身体的かつ精神的な苦しみが課される。「メランコリー」の黒い太陽のエンブレムのもとに置かれる、ヨーロッパの想像世界（イマジネール）が作り上げたすべての英雄やすべての天才の化身を拾い上げようとすれば、そのリストはとても長いものとなるだろう（図52）。

この思想はヨーロッパ文化全体に浸透している。ソクラテス［前470年または469～前399年］は服毒を余儀なくされた。ロマン派の音楽家の中で最大の天才ベートーヴェン［1770～1827年］は難聴に見舞われた。近代の予言者的哲学者フリードリッヒ・ニーチェ［1844～1900年］は狂気に陥った。ヨーロッパの天才は、宿命的な不運と不離の関係にある。

図52　デューラー「メランコリアⅠ」（銅板画、1514年）

7. おわりに

ローラン、トリスタン、ペルスヴァルは、中世ヨーロッパの英雄モデルが作られていく中での3つの段階を表している。ローランが具現するのは、戦いを絶対的なものとする戦士である。トリスタンもまた戦士であるが、快楽に身を委ねることでみずからを危険にさらしている。このように、トリスタンによって英雄の挑む探索の中に女性が導き入れられる。ペルスヴァルもまた比類なき戦士であり、「グラアル」との出会いを介して聖なるものとの同化を願うようになる。したがってすべての物語は、戦士（神話学者デュメジルの分類では第2機能＝戦闘性を表す人物）が己の力を別の2つの領域へ伸ばそうと努めるかのごとくに進んでいく。その2つの領域とは、快楽（第3機能）と聖なるもの（第1機能）であり、理屈の上では戦士に抗うはずの領域である。ヨーロッパの想像世界（イマジネール）では、英雄は自然に逆らってこの2つの統合を試みようとし、挫折というかたちで罰せられている。英雄は常に神になることを夢見ている[36]。過酷で運命的な呪いが英雄にかけられているのはそのためである。ベートーヴェンをこうしたヨーロッパの英雄的精神（ヒロイズム）の絶対的なモデルとすることで、ロマン・ロラン［フランスの小説家、1866～1944年］は「苦悩を突き抜けて歓喜に到れ（ドゥルヒ・ライデン・フロイデ）」という有名な句を、墓碑銘のかたちで彼に与えた。このように本論から輪郭が明らかになったヨーロッパの英雄は、果たして普遍的な表象なのだろうか？　それとも逆にヨーロッパ文化に特有の存在なのだろうか？　中世アジアの文学作品から類例を探して比較検討を行えば、この難問への答えとなる材料がいくつか見つかるはずである。

注

1) こうした起源をめぐる問題については、Walter, Ph. (2004) と Walter, Ph. (2006a) を参照されたい。

2) フィリップ・ヴァルテールとダニエル・ラクロワが刊行した便利な校訂本には、『トリスタン物語』の中世フランス語版全体と古アイスランド語による

『トリストラムとイーセンドのサガ』が収録されている（*Tristan et Yseut, Les poèmes français. La saga norroise*, éd. par Ph. Walter et D. Lacroix, Paris, Livre de poche, Lettres gothiques, 1989）。

3）Buschinger, D. éd.（1987）.

4）Chrétien de Troyes, *Œuvres complètes*, Paris, Gallimard（Pléiade）, 1994.『グラアルの物語』の校訂と現代フランス語訳は、ダニエル・ポワリヨンによる。

5）『ローランの歌』の最良の校訂本（現代フランス語つき）は、ジェラール・モワニェによるもので、複数の版を重ねている（G. Moignet, *La Chanson de Roland*. Texte original et traduction, Paris, Bordas, 1969）。

6）Horrent, J.（1951）.

7）中世期のフランスは、ガロ＝ローマと北欧＝ゲルマンの交流の十字路だった。そのためこれら２つの文化が（相互に）見事に統合され、フランス（＝ゲルマン）＝ケルト＝キリスト教文化が作られた。この点でフランスはヨーロッパで極めて特別な役割を果たしている。

8）これは『クリジェス』（*Cligès*）のプロローグである。この物語は前掲書・プレイヤッド版『クレティアン・ド・トロワ全集』（Chrétien de Troyes, *Œuvres complètes*, Paris, Gallimard, 1994）に収録されている（校訂と現代フランス語訳はフィリップ・ヴァルテールによる）。

9）Caille, F.（2006）.

10）Kérényi, K.（1975）. 英雄の問題については、マルク・オージェの考察も参照（Augé, M.（1982））。

11）Eliade, M.（1969）.

12）Centlivres, P., Fabre, D. et *alii* dir.（1999）.

13）この表現はコレット・ボーヌが『フランスという国家の誕生』（Beaune, C.（1995））で用いたものである。

14）今日にも残るロワシー＝アン＝フランス（Roissy-en-France）などの地名を参照（この地名の中の「フランス」は、イル＝ド＝フランス地方のことである）。

15）Cerquiglini, B.（1981）.

16）こうした問題の概説については、ルネ・ミュソ＝グーラールの著作を参照（Mussot-Goulard, R.（2006））。

17）Kerbrat, C.（2000）.

18）Dumézil, G.（1939）, p. 81.

19）Daniel, N.（2001）.

20） 古高ドイツ語 hruod（《栄光》）は、ゴート語では hrod（「勝利の」）である。《勝利の》や《栄誉ある》という語義は、古代から6世紀頃までのゲルマン人を形容するものだった（Gottschald, M.（1982）, pp. 260–261）。

21） 「レース」（laisse）とは、叙事詩を構成する節（語りの基本単位）に他ならない。

22） *Revue de synthèse, Synthèse historique*, 1939, p. 18. Haudry, J.（1981）, p. 125 からの引用。

23） Coutau-Bégaire, H.（1998）.

24） Dumézil, G.（1985）, p. 127.　2008年10月末にニースで開催された「ヨーロッパのアイデンティティーをめぐる第3回会談」では、アラン・ド・ブノワが「英雄の罪」についての報告を行った（Alain de Benoist, « Georges Dumézil, les limites de l'héroïsme et le péché du guerrier »）。

25） Crist, L. S.（1978）.

26） Le Goff, J.（2004）.

27） Sheler, M.（1958）（ドイツ語による原著は1933年に刊行）.

28） De Rougemont, D.（1972）, p. 358.

29） Payen, J. Ch.（1973）.

30） これはカン（Caen）の聖ピエール教会（12世紀）のことである。「剣の橋を渡るランスロ」は、数多くの写本に挿絵のかたちで描かれている。

31） この文章は、『エルザの眼』と題する詩集に、付録として収められている（*Les yeux d'Elsa,* Paris, Seghers, 1995, pp. 115–139）。

32） Bonnefoy, Y.（1970）, p. 203（« L'acte et le lieu de la poésie »）［ボヌフォワの第1評論集『ありそうもないこと』（*L'Improbable*）に収録された「詩の行為と場所」という詩論からの引用］.

33） Boia, L.（2007）.

34） Klibansky, R., Panofsky, E. et Saxl, F.（1989）.

35） *L'homme de génie et la mélancolie*, traduction de J. Pigeaud, Rivages, 1988.

36） Sellier, Ph.（1970）.

第7章

暦の中の太陽英雄

【ルグおよびルゴウェスと太陽英雄の死】

図53 アヴァンシュ（スイス）の柱頭彫刻に記された「ルゴウェス」の文字

アイルランドの神話物語群で主要な役割を演じる英雄ルグは、大陸ではルグスの名で崇敬されていた。本章では碑文にしか残らないルゴウェス（ルグスの複数形）の謎を解くため、ルグ（ルグス）の名をとどめる聖リュグルと聖リュグリアン（祝日は10月23日）の中世初期の伝記が暦の観点から読み解かれ、太陽の運行サイクルと関連づけられている。この兄弟聖人が斬首により殉教した時期は、太陽の力が衰える「暗い時期」の始まりに対応している。本論のもとになったのは、2011年8月30日に日本ケルト学会東京研究会の主催、慶応義塾大学教養研究センターの共催により慶應義塾大学日吉キャンパスで開催された講演「アイルランド神話のルグとガリア神話のルグスたち——中世の聖人伝に残るケルト神話」であり、その仏文原稿は篠田知和基編『神話・象徴・言語 III』楽瑯書院(2010年) pp. 13-27に掲載された。なお本章第9節はヴァルテール氏が新たに補筆されたものである。

1. はじめに

中世ヨーロッパのキリスト教暦には、季節神話の痕跡が残されている。しかし、こうした季節神話の本来の意味はねじ曲げられ、キリスト教の世界観に組みこまれて、その古い側面だけが部分的に残っている。そしてこれから検討するように、こうした側面は太陽英雄の問題とつながっている。キリスト教暦に記載されているケルトの神ルグ（Lug）の化身について考察すれば、こうしたプロセスを理解することが可能となる。

ケルト神話の大部分は、中世の資料によって伝えられてきた[1)]。筆写年代が最も古い推定12世紀の写本群が伝えるアイルランドの神話文献は、島のケルト神話を彩る主な登場人物を知るために必要不可欠である。しかし中世の文献の中には、こうした神話資料を補う別のカテゴリーが存在する。それは聖人伝文献である。中世の聖人伝は多くの場合、異教の神話的表象や物語を再利用して、それをキリスト教世界の中へ移し替えている。ここではルグについての実に明快なケースを取り上げてみよう。ルグはアイルランド神話の至高神で、大陸のケルト人の間でもよく知られていた。その証拠に数多くの地名にルグの名が残されている（最も有名な例はガリアの首都だったルグドゥヌム Lugdunum という名前であり、フランスのリヨンに相当する）。しかし古代の碑文には、ルグという名の代わりに（ルグス Lugus の複数形にあたる）「ルゴウェス」（Lugoves）という謎めいた名が刻まれている。ケルト学者たちはこの名称をいまだ解釈できていない。以下の考察では、中世の資料こそが唯一、奇妙にもルグ（ルグス）の名がこのように2重化することを説明することができ、ルグの全体像を理解するのに必要不可欠であることを明らかにしたい。

2. ルグ、聖リュグルと聖リュグリアン

ケルトの神ルグの名は、中世の暦の中では、フランス北部で崇敬対象となっている2人の聖人、リュグル（Lugle）とリュグリアン（Luglien）の名の背後に

認められる。両者の名前の類似は一目瞭然で、偶然ではない。これはキリスト教の暦が前キリスト教時代から存在していた異教の暦を（脚色しながら）取りこんだためである。ケルト文化圏では、このように異教の要素をキリスト教化するプロセスが、まずは固有名詞の中に見て取れる。また暦というものはそもそも、儀礼が行われる日付だけを記載しているわけではない。暦には記念日も配置されている。記念日というのはミルチャ・エリアーデの言葉を借りれば、聖なる時間への神話の回帰に相当する。エリアーデはこう述べている。

> 前キリスト教時代（とりわけ古代宗教）の中で周期的に再現された聖なる「時間」というのは、「神話の時間」、歴史上の過去と同一視することのできない「原初の時間」、突如ほとばしり出たという意味で「最初の時間」である。その前に別の「時間」は存在しなかった。なぜなら、いかなる「時間」も、神話の語る現実が姿を見せる前には存在しえなかったからである[2]。

このように、聖なる時間によって基盤となる原初の神話が再現され、こうした起源神話を周期的に朗誦する役割を果たしている。そのため、キリスト教の暦でリュグルとリュグリアンの祝日（10月23日）の周辺にルグの記念日があるとすれば、それには（儀礼と宗教の次元での）特別な理由があるはずである。なぜならキリスト教は異教神話を取りこんで、その意味をキリスト教に適合させる過程で、異教の暦の枠組みをそのまま残したからである。つまり、キリスト教の聖人が異教の神を覆い隠したり、あるいは異教の神の属性を受け継いだりした後も、キリスト教は聖人の祝日を異教の神の祝日に重ね続けたのである（民俗学者ピエール・サンティーヴの有名な表現を借りれば、聖人たちは神々の継承者である）。暦を検討することは、暦に記載された神話群のみならず、文化と言語にまつわるすべての記憶の地図を作成することに他ならない[3]。10月末の暦を見れば、キリスト教が夏の終わりと関連した異教神話を解体して再構成したモチーフを覆い隠しながらも、記念日として残していることがすぐに分かるだろう。古代の伝承でルグは１柱の神としてのみ知られていたように思われるが、いったいなぜ中世期にルグの名に由来するほぼ同じ名を持った２人の聖人の祝日がもうけられたのだろうか？　この問題は未解決のままである。

3. 10月23日――聖リュグルと聖リュグリアンの祝日

この問題の解決を試みる前に、まずは10月23日がリュグルとリュグリアンの祝日であるという事実そのものに注目する必要がある。何よりもまず、この日付には驚かずにいられない。実際、ケルトの暦でのルグの名は、８月１日という１年の唯一の時期だけに結びついていると考えられるだろう。この祭りのアイルランド名「ルグナサド」(Lughnasadh)（または「ルーナサ（Lûnasa)」）には、ルグの従来の名が残されている。『コルマクの語彙集』［900年頃成立した語源論的な語彙集］では、この祭りの名は《ルグの競技または集会》と解釈されている。しかし語源的には、ジョン・フリース［ウェールズ生まれのケルト学者、1840～1915年］が文献学的な直観から正しく指摘したとおり[4]、明らかに結び目が名前のもとになっている。ルグナサドとは《ルグの結び目》である。このことは結び目（鎖、綱、縄、ひも）という具体的な安定したイメージが長く存続したことを明らかにしている。この祭りはキリスト教化されて「聖ペテロ鎖の記念」となった。その具体的な意味は、抽象的な意味よりも前から存在していたと思われる。ケルト語の「ナサド」(nasad) は、ラテン語の「ネクトー」(necto)（不定法現在は「ネクテレ」(nectere)、《巻きつける、縛る、つなぎ合わせる、結びつける》)[5]、サンスクリット語の「ナフアティ」(nahyati、《彼は結びつける》)、さらにはラテン語の「ネオ」(neo)（目的分詞は「ネートゥム」(netum)、不定法現在は「ネーレ」(nere)、《織る、紡ぐ、絡み合わせる》)[6]と関連づけて考える必要がある。

フランソワーズ・ルルーとクリスティアン・ギュイヨンヴァルフによると、おそらく社会的な絆を作るのを目的としているという意味で、ルグナサドは政治的な祭り、立派な統治のための祭りである[7]。ガリアのローマ人はこの祭りをローマ化して「コンキリウム・ガリアールム」(ガリア民族会議) と呼んだ［おそらくベルガエ人、アクィタニ人、ケルタエ人＝ガリア人の集まりを指す]。その場合、名前自体にルグの名がつけられているガリアの首都（ルグドゥヌム）[8] では、儀礼的な集会は皇帝崇拝に組みこまれていた。しかしケルト時代とは異なり、ドルイド僧は集会ではもはや政治的に重要な役割を果たしてはいなかったはずである。仮にそうだったならば、祭りはローマの当局から禁じられた [9]。しかしながら、ケルトの暦をインド＝ヨーロッパ語族の3機能体系に即して厳格に解釈することが、祭りの持つ豊かな神話的内容を考慮することになるのかについては疑問が残る。この「ルグの結び目」を説明するには、ケルトの暦を1つの全体としてとらえ、ただ1つの祭りのみに拘泥せず、1年のサイクルの中に登場するルグの名が刻まれた他の祭りとルグナサドとの関連を検討する必要がある。したがって次の疑問が生まれてくる。（リュグルとリュグリアンの名に隠れている）ルグの記念日は、なぜケルトの新年にあたる11月1日に近いのか？この記念日は、「ルグナサド」という名前を理解するにあたって、何を教えてくれるのだろうか？

まずはサウィン（Samain）（「コリニーの暦」［フランス南東部コリニーで発見された、青銅板に刻まれたガリアの暦］によれば、ガリア語では「サモニオス（Samonios）」）（図54）が、「夏」を指す「サウ」（sam）とのアナロジーから、「夏の終わり」を指すことに注意しよう（「夏」を指すドイツ語「ゾマー（Sommer）」や英語「サマー（summer）」を参照）。そしてルグは、まさにその名のとおり光輝く存在である（「光」を指すラテン語「ルクス（lux）」あるいは古ブルトン語「リュセット（lucet）」[10] を参照）。ルグには明らかに太陽神の属性が備わっている [11]。ジョゼフ・ロット［フランスの言語学者、1847～1934年］は、20世紀初頭の時点ですでにこのように解釈する立場を取ってい

図54　コリニーの暦（青銅版に刻まれたガリアの暦。フランス、リヨンのガロ＝ローマ博物館蔵）

た[12]。すなわちルグの記念日（リュグルとリュグリアンという名のもとでは10月23日）は、（日が短くなり、夜が長くなる）暗い季節が近づくと太陽が衰えていくという事実のみを示している。暦や祭りの時間構造を、神話学者ジョルジュ・デュメジルが提唱した3機能体系に寄り掛かった、単なる知的な構築物に還元しようとする試みがなされたこともある[13]。しかし一方で、暦に記載された祭りが何よりも宇宙的な時間、四季や自然の時間とともにあることも忘れてはならないだろう。つまり、時間を天文学的に読み解くコードは暦の中に定められている。その結果、神話群（あるいはいくつかの神話素と呼ぶべきかもしれない）は、慣例に従えば、四季のリズムから解釈が可能である。このような観点から見れば、リュグルとリュグリアンに関連した聖人伝承の検討も興味深いものになりうる。この2人の生涯を唯一伝えてくれているのが、9世紀か10世紀にラテン語で書かれた聖人伝である。

4. リュグルとリュグリアンの聖人伝説

リュグルとリュグリアンは、アイルランド王ドダニュスと王女レラニムの息子である［以上4人の名のラテン語名はそれぞれ、ルグリウス、ルグリアヌス、ドダヌス、レラニス］。隻眼のリュグルが学僧になったのに対し、リュグリアンは父の後継者となった。リュグリアンは4年王位にあった後に王位を退き、隠者となって洞窟に住む。兄弟2人は連れ立ってエルサレムへ巡礼に行く。帰還したリュグルは司教に選ばれる。立派なアイルランド人宣教師として、2人は故郷を去って宣教に向かう。そしてイギリス南部を縦断し、人々に福音を伝える。ブーローニュへ向けて船出し、海上で嵐にみまわれるが、2人の祈りによって嵐が鎮まる。2人の宣教は成功を収め、ある目の見えない人がやってきた時には、リュグルがミサを行う前に手を洗った水で彼の視力が回復する。リュグルとリュグリアンの妹リリアは高名な王侯から結婚を求められたが、これを断って修道院にひきこもる。

リュグルとリュグリアンは夜が更ける頃、テルワンヌの城門にたどり着く。この有名な古代都市は司教区の首府で、637年頃に初代司教だった聖オメールが創建した。リュグルとリュグリアンは司教聖バアン[14]に紹介されるのを望まず、暗い宿屋で一夜を過ごす。夜の間に隣の家が燃え出し、火事が町全体に広がる恐れがあった。リュグルが十字を切ると火事は収まり、２人はこっそりとその場を離れる。人に見つかる心配もまったくなくなり、賞賛の言葉をかけられる恐れもなくなったリュグルとリュグリアンは、忠実な召使たちとともにアラスへ向かった。やがてフェルフェ村に到着したが、そこでは立ち止まらなかった。その地方には盗賊がはびこり、旅人たちから金品のみならず命も奪っていた。盗賊の中でも名の知られた特に残酷な３人兄弟がいた。３人兄弟のリーダー格ベランジェはペルヌ近郊のプレッシーに、２人目のボヴォンはビュネに、３人目のエスランはフェルフェ近郊に住んでいた。ベランジェ率いる一団は、深い森に囲まれたシランダルの深い谷の中で犠牲者を待ち伏せしていた。盗賊たちはリュグルとリュグリアンが到着したのを見つけてすぐに隠れた場所から飛び出し、彼らを捕まえる。恐怖にかられた召使たちは森の中へ逃げていく。しかし召使の１人エルカンボードは、気弱になったことを恥じて道を引き返し、剣の一撃を受けて気絶してしまう。エルカンボードは息を吹き返すと、茂みの中へ這っていき、師匠たちの受難を目の当たりにする。首を刎ねられたリュグルとリュグリアンは倒れてもなお、祈り続けていた。

ベランジェはリュグルとリュグリアンを殺害した直後に痙攣に襲われ、大地を転げまわり、気がふれて泡をふき、己の体を引き裂く。彼の仲間たちはたじろいで逃げ出す。仲間たちがその場を後にするとまもなく、野獣たちがベランジェに襲い掛かり、体を八つ裂きにしてしまう。エルカンボードは怪我を負っていたが、まわりに誰もいないことが分かると、苦労しながらも息絶えた２人兄弟のもとに何とかたどりつき、遺骸の見張りを始める。夜のうちに、彼は奇跡を見届ける。まばゆい光が実際に空から発せられ、途切れることなく大地まで伸びてくるのを見る。２人の聖なる遺骸を包んだこの光は、長い火のはしごとなる。天使たちがこのはしごから降りてきて、２人の前でひざまずいた後、再びはしごを登っていった。朝になると、疲労困憊したエルカンボードは、テルワンヌの司教にこの話を伝えに行くことにした。司教がそこからほど遠からぬところにあったアルメール城にいたからである。エルカンボードは２人の遺骸を葉と土で覆ってから出立する。ところが歩き出した途端に、滝のような雨が降り始め、谷底を流れていた小川を満たすと、2人の遺骸を斬られた首とともに押し流し、リレール近郊のユリヨンヴィル村まで運んでいく。2つの遺骸が沈むことなく川面に浮かび、斬られた首が一緒についてきたのを目撃して驚いた住人たちは、我先にアルメール城へ向かい、城にいた司教バアンにこの話を知らせる。

そうこうするうち、エルカンボードも何とか同じ城にたどり着き、司教に2人兄弟の死について語る。司教はアルメール城へ2人の聖なる遺骸を運ばせる。この出来事は705年頃に起こり、これを契機として始まった巡礼が950年頃まで続いた。アミアン［北フランス・ピカルディー地方の中心都市］のある修道士がリュグルとリュグリアンの墓の下で視力を回復した後、2人の聖人の遺骨の大部分を巧妙に盗み出してモンディディエ［アミアンの南東にある町］まで運んだ[15)]。この町の住人たちが2人の殉教聖人のために礼拝堂を建立したため、2人は今日までモンディディエの守護聖人として崇敬されている。聖人たちはリレールでも崇敬されているが、リレールでは聖遺物がフランス大革命のときに亡失してしまった。

5. 聖遺物の窃盗

10世紀の中頃、ポール・モランという名のブルターニュ出身の司祭が夜陰に乗じて、アミアンで聖リュグルと聖リュグリアンの聖遺物を盗んだ。ピエール・サンティーヴによると、話の続きは次のとおりである。「神が濃い霧を起こしてモランの逃亡を手助けした。彼を追跡するために送られた人々は、この霧のせいで彼の行方を見失った。モランは、ブルトゥイユ近郊のパイヤールに住む友人の1人の家に到着すると、聖遺物を箱の中に隠してから出発した。翌日の夜、この貴重な預かり物が置かれていた部屋は、火の玉によって輝いていた。家主はこの出来事の重要性に気づいてモンディディエの司祭のもとに駆けつけ、これを知らせた。司祭は啓示によりすでにこの事を知っていた。モランが再び戻ってみると、聖リュグルと聖リュグリアンはモンディディエの守護聖人となっていた」[16]。この一節を実話として読むのは、素直すぎる読者だけだろう。実際には、このエピソードには神話物語に備わる性格がすべて含まれており、驚異的な要素は当然のことながら太陽神話の隠された側面である。火の玉は2人の聖人を太陽になぞらえた最も明らかな痕跡であり、太陽が2重化されているのである（このモチーフの検討を、図像や神話の観点から続けるのも面白いかもしれない）。また、聖遺物は箱の中に入れられている。このモチーフは、夏の終わりに認められる太陽のドラマが分かりやすく暗示されたものだと考えられる。弱くなった太陽の力が、次に戻るのはようやく春になってからである。盗人の逃亡を手助けする霧については、まさしくリュグルとリュグリアンの祝日が位置する秋に現れている。さらには周知のとおり、太陽英雄の中には（ギリシア神話のペルセウスやアーサー王物語のガウェインのように）生まれてすぐに箱に入れられ、海へ投げ捨てられるものもいる。しかし箱が水中に沈むことはない。それはちょうど、太陽が黄昏時になると西の海中に沈むように思われながらも、翌日になると東の同じ海から出てくるのと同じである。

パリのベネディクト会修道士たちは、リュグルとリュグリアンの伝説が史実とまったく関連していないと結論づけた。しかしやはり、この伝説がまるごと作り出されたものだとは考えにくい。この伝説は、太陽神ルグの神話と関連を持った前キリスト教時代の神話テーマを焼き直したものに基づいて作られている。

6. リュグルとリュグリアン、クレパンとクレピニアン

靴屋の守護聖人クレパンとクレピニアン[17]の祝日は10月25日で、リュグルとリュグリアンの祝日の2日後にあたる。両者の祝日が近いだけでなく、それぞれのペアの名前が互いによく似ていることにも驚かされる。この2つの祝日は明らかに対をなしており、同一の異教神話の記念日を淵源に持っている[18]。

クレパンとクレピニアンの殉教は注目に値する。殉教の舞台は（北フランスの）ソワソン近郊である。リクティヨヴァールは、2人を滑車で吊るさせてか

ら、その身体を砕こうとした。それでもクレパンとクレピニアンがキリスト教の放棄を拒んだので、2人の指の爪と指の肉の間に突き錐［靴職人が使う革に穴をあける道具］が刺しこまれた。ところが突き錐が外れ、死刑執行人たちを叩きに向かった。2人は刃物をあてられ、背中の皮を長い帯か革ひものように切り取られた。しかしそれでも殉教者たちはもちこたえる。リクティヨヴァールは、2人の首に水車のひき臼を巻きつけさせ、2人をエーヌ川へ投げこませる。それでも2人は何とかひき臼を外し、溺死することはなかった。それから2人は溶けた鉛の中へ投げこまれて煮られた。すると2人はかつてないほど元気な姿になった。そして鉛の1滴がほとばしり出てリクティヨヴァールの目に入る。そしてついには死刑執行人自身が命を落とすことになった。クレパンとクレピニアンの遺骸が横たわる場所は、天使によってある老人とその妹に知らされた。老人とその妹は、奇跡により眼前に現れた漕ぎ手のいない船を使って、遺骸を自宅へ持ち帰った。

ルグが靴屋組合（「コレーギウム・スートールム」）の守護聖人であることは、（現スペインの）タラコネンシスの町オスマの靴屋たちがルゴウェスに捧げた碑文「ルゴウェスに靴屋組合はこの記念碑を捧げる」[19]によって証明されている。ここではルグの名が複数形になっていることに注意しよう（「ルゴウェスに」を指す「ルゴウィブス」は「ルゴウェス」の与格）。ピエール＝イヴ・ランベール［フランスの言語学者、1949年生まれ］が指摘するように、ルゴウィブスはおそらく「2柱の」ルグを指しており、この2重性は図像では2つの首を持つ姿で表されている。おそらくは3重の存在であるルグは、実際には単独神でありながらほかに2つの首を持つため、3つ首ということになる（図55）。どうすれば同時に1柱、2柱、3柱の神であることが可能だろうか？　この疑問に答えるには、みずからが神になってみなければ分からないだろう。

図55　3頭の神（ドルドーニュ県コンダ出土。ボルドー、アキテーヌ博物館蔵）

靴屋の神という属性は、ガロ＝ローマ期のブロンズ像に描かれたルグス［スペインやスイスの碑文に見つかるルグの別名］にあてはまる。ブロンズ像のルグスは、ズボンをはき、ブーツをつけ、よろいと革ひもを身につけている。またウェールズのフォークロアに[20]、（汎ケルト的な）ルグ神についての貴重な証言がいくつか残されている。まず『ブリテン島三題歌』では、（ルグに相当する）スレイは3人の「黄金の靴屋」の1人に数えられている。

> 大ブリテンの3人の黄金の靴屋は、フリールを探しにローマへ行ったときのベリの息子カスワッソン、魔法をかけられてデメティアが不毛の地になっていたときのスリールの息子マナワダン、グウィディオンの助けを借りて母親のアランフロッドから名前と武器を手に入れようとしたときのスレイ・スラウ・ガフェスである[21]。

この一節からケルト神話における靴屋の神の役割を明らかにすることができる。ここには《神族の》靴屋の例が3つ挙げられている。『ブリテン島三題歌』の編者レイチェル・ブロムウィッチ［イギリスの中世ウェールズ文学研究者、1915～2010年］が述べているように、「黄金の靴づくり」または高級靴づくりは、金メッキした革靴づくりを指す。つまり極めて高度な職人芸を体得したルグ神が発明した神技だと考えねばならない。2番目の黄金の靴屋であるマナワダンは、『マビノギ』第3話［『スリールの息子マナワダン』］で職人としての腕を見せている。ウェールズ語で「マナウィーダ」は、靴職人の仕事道具である突き錐を指している。最後に、3人の靴屋のうちの最初に名が挙がっているカスワッソンは、クロード・ステルクス［ベルギーのケルト学者、1944年生まれ］が指摘するように、歴史上の王カッシウェッラウヌスに他ならない。この王は、カエサルが大ブリテンに侵攻したとき激しく抵抗したため、その武勇伝から後に神として祀り上げられた[22]。彼はローマ人が連れ去った恋人フリールを助け出すために、靴屋に変装してローマに赴いた。

ウェールズの『マビノギ』第4話『マソヌウィの息子マース』[23]には、万能の太陽神ルグを人間化したスレイ・スラウ・ガフェス［スレイは「光」、スラウは「手」、ガフェスは「器用な」、つまり「器用な手を持つ光り輝く（金髪の）人」］という人物が登場する。彼は父のグウィディオンと同じように、靴職人および金銀細工師としての技量に長けている[24]。グウィディオンは海草や海藻からコルドヴァ革を作り、さらには特別な靴を作ることができる。スレイは父の技を見事なまでに盗みつくす。グウィディオンとスレイ親子は、スレイの母にあたるアランフロッドに身もとを知られないように、2人とも靴屋の姿に身をやつす。ひょっとしたらこの父と息子のペアから、（確かに聖人伝説では兄弟になってはいるが）リュグルとリュグリアンのペアについての説明が可能かもしれない。太陽神たちは、「父と息子」や「保護者と子供」というタイプのペアで登場するからである。

また、靴屋の登場する民話の検討も必要だろう。「小人たちの話」[25]というタイトルのグリム童話に登場する（2柱の神ルゴウェスを思わせる）2人の小人は素っ裸で、靴屋が夜眠っている間に靴屋に代わって素晴らしい靴を作ってくれる。そしてこの2人の小人のおかげで、靴屋はまもなく金持ちになる。ブルターニュの民話では、突き錐は訴訟に勝つために一役買う道具である。突き錐はまた、人間から死を払いのけるのにも使われている。

アレクサンダー・ハガティー・クラップが指摘したように、モルビアン県（フランス、ブルターニュ中南部）では、太陽に「木靴屋」[26]という異名がつけられている。それはなぜだろうか？　スカンディナヴィアとロシアのみならず、フランス（ヴァレ・デ・メルヴェイユ）にも洞窟壁画が残されているが、そこには腕を伸ばしたり腕を上げたりしている神の姿が実に素朴に描かれている。描かれた腕は大抵とても長く、その先端は腕よりもはるかに大きな手になっている。これはインド＝ヨーロッパ語族のいにしえの太陽神「長い手の（ラーウファダ）」ルグである。なぜならルグの腕はとても長く、かがむことなく靴の紐を結ぶことができたからである。ルグに備わる太陽神としてのこうした性格を連想させるかのごとく、洞窟壁画の1つには巨大な斧と手のかたわらに太陽の車輪が1つ描かれている（図56、図57）。別の洞窟壁画には、8つの手で動かされている円盤が刻まれている（もちろん太陽を表す円盤である）。スカンディナヴィアの農民たちがよく知るこうした洞窟壁画は、「スコーマーケレン」、つまり「靴屋」と呼ばれている（図58）。その原型はインド＝ヨーロッパ起源であるように思われる。『リグ・ヴェーダ』［古代インドのバラモン教の聖典］によると、太陽神サヴィトリは黄金の手を持ち、しなやかな黄金の長い腕は天の両端にまで達する。またヒンドゥー教と仏教の伝承に登場する、多くの腕を持った観音の姿も思い起こされる。さらにラトヴィアの民謡には、以上の議論をすべて要約した「太陽は銀の山の上で踊っている。太陽は足に銀のブーツを履いている」という一節がある。

図56　大きな手をした神（北欧の岩壁画）

図57　大きな両手をした神（北欧の岸壁画）

ルグが赤々と光輝く、有名な無敵の槍の所有者であることも忘れてはならない。これは「聖杯物語群」に登場する血の滴る槍（あるいは「ランスロ物語」に登場する燃える槍）の原型であり、雷や稲光と関連がある[27]。

神話においては、経験的な論理ではなく音声上の類似によって、異なる要素の間にさまざまな結びつきが生まれうる。伝統的な文化圏では、言語が物事の間にもろもろの関係を作り出したり、神話が同音異義や曖昧な表現や類似した音声をうまく利用したりすること

図58 「靴屋」と呼ばれる北欧の岸壁画

が多い。

太陽、靴屋が作る靴、家の床の結びつきは、言葉の語源ではなくて（ラテン語の）同音異義から生まれたものである。「ソール」（sol）は太陽、「ソレア」（solea）は靴、「ソルム」（solum）は家の床（特に両足を使って計測できる場所）を指す。そのため、これら3つの要素の間に儀礼的な関係が生まれたとしても驚くにはあたらない。「太陽」の庇護のもとにある靴屋が作る「靴」を使えば、「家の床」の面積をはかることができるというわけである。

しかし他のつながりもある。なかでもかつて指摘されたように、オート＝ザルプ県（フランス南東部）にある《ソレイユ＝ブフ》（Soleille-Bœuf）[「ブフ」は「牛」、「ソレイユ」は「太陽・陽光」を指す名詞「ソレイユ（soleil）」から派生した動詞「ソレイエ（soleiller）」の活用形] に代表されるような山の名前が重要である。こうした名を持つ山の1つであるミトラの神殿跡が（雄牛殺しのミトラ像とともに）発掘された（図59）。ガップ［フランス、グルノーブル南東部の町］近郊の別の遺跡は、（青銅器時代末期に）太陽を信仰していた神官の墓だったようである。神官の遺体の近くに置かれた物品としては、鉄の刃のついた短剣、青銅板のたらい、水差し、車輪と卍が描かれた白い石灰岩の柱が見つかっている。（フランス南東部バス＝ザルプ県の）ディーニュ地区にもソレイユ＝ブフという別の遺跡があるが、この名前はこの場所で牛の革を日にさらして乾かしていた白なめし革工や皮なめし工の慣例に由来するのかもしれない[28]。ここでは「体を暖める、日にあてて乾かす」を指す動詞「ソレイエ」（soleiller）が、「明るくする、日にさらす」という意味も持ち合わせていたと推測される。この点については、靴職人の専門用語を調べ、靴作りの技術の中に同じプロセスを指す動詞が他にも存在したのではないかと考えてみるのも面白いかもしれない。

図59　雄牛を屠るミトラ（ルーヴル美術館ランス別館蔵）

7. ルグの「結び目」

ルグのさまざまな技能のうちのいくつかは、語彙から説明できるものである。ルグの属性を定義するのによく引き合いに出されるルグの《結び目》とは、実際には何を指しているのだろうか？

フランソワーズ・バデール［フランスの言語学者、1932年生まれ］は、インド＝ヨーロッパ語の説得力のある図式の重要性について明らかにした[29)]。この図式では、縛る行為を表す語彙は、皮なめし、裁縫、詩の創作を表す語彙と同一視されている。そしてまさしくこれこそがルグの持つさまざまな技能に対応するものであり、それは結びつける（＝縛る）技に他ならない。ルグはケルト世界全域で万能神だとされている[30)]。アイルランドでは『マグ・トゥレドの第2の戦い』の有名な件に、ルグは大工、鍛冶師、竪琴弾き、英雄、呪術師、医者、酌係、職人をすべて1人でこなせると記述されている[31)]。ガリアでは、ルグ（ルグス）は靴屋である（「靴屋」を指す「スートル（sutor）」は「縫う」を指す動詞「スオー（suo）」に由来する語）。

しかし、ルグを結び目（または鎖、綱）および靴屋と関連づけてくれるのは、《ガリア》の物語である。この物語は、14世紀末にジャン・ダラスが著した『メリュジーヌ物語』に認められる。『メリュジーヌ物語』が依拠している口頭伝承はピクトネス族［現在のポワトゥー地方に定着したガリア民族］の古代神話まで遡ることができるが、そこにガリアのルグ（ルグス）神話が含まれている。『メリュジーヌ物語』が伝えるのは、リュジニャン一族の始祖神話の物語である。メリュジーヌが建設した町リュジニャン（Lusignan）の名は、ルグ（ルグス）だけでなく、《森、聖なる囲い地》を指す「ルークス」（lucus）をもとに作られているように思われる。なぜならリュジニャンの町は樹木で覆われた山の上にあり、極めて特殊な手段で周りを囲まれて誕生するからである。これとよく似た同音意義語がケルト諸語にも認められる。ピエール＝イヴ・ランベールは（ウェールズ語の）スレイ（Lleu）が《光輝く》を意味すると指摘し、この言葉を《光》を指す「ゴーライ」（golau）と《樹木の点在する土地》を指す「スレイディール」（lleudir）と比較している。また、囲まれた土地という概念から考えると、ルグドゥヌムの本来の意味である「ルグの城砦」も閉じられた場所に他ならない。

『メリュジーヌ物語』の中で、レイモンダンはメリュジーヌの助言に従って、雄鹿の皮１枚が囲むことのできる土地を主君に求める（pp.177–179）[32]。レイモンダンはこうして封土を手にする。レイモンダンはミョウバンを使ってなめした雄鹿の皮を入れたカバンを背負った男に出会い、この皮を買う。そして皮を切らせ、できる限り細い紐を作らせる。そこへ（2柱の神ルゴウェスに対応する）２人の不思議な男が現れる。ごわごわした羊毛の服をまとった２人は、糸玉にされた皮紐をころがし、杭を何本かうち、山の周囲に皮紐を広げていく（p.185）。その後、この男たちが姿を消すと、その消息は誰にも分からなくなる。引っ張られた皮紐は、リュジニャンの山の周囲でとても広大な区画を囲んだ。その土地の中央に泉が１つ現れる。リュジニャンの町が創られた日は、神話の上で「ルグの結び目」を祝う８月１日以外には考えられない。この偉業の記憶を保つためであるかのごとく、地元の伝承がこの日付の特定を助けてくれる。リュジニャンではプランゼ教会（ポワティエの塔に近い、岩の多い岬の東にある）が聖ペテロに捧げられており、リュジニャンの定期市は「聖ペテロ鎖の記念日」にあたる８月１日に始まるのが常だった。

獣の皮を切り分けて、ひと続きの細い紐にするのは、靴屋の技術である（このモチーフはクレパンとクレピニアンの殉教譚にも認められた）。これは神に他ならない黄金の靴屋だけに可能な、完成された職人芸を思わせる。こうした細い紐を最大限に利用することのできる２人の不思議な測量士たちの起源は謎のままである。彼らは神のごとき存在であると言っても過言ではない。リュグルとリュグリアンや、クレパンとクレピニアンと同じく、この測量士たちも２者１組である。ルグ（ルグス）もまた、ガロ＝ローマ期の浅浮彫りでは２つの首を持つ姿で表されている。したがってルグ（ルグス）は、ガリアでは（また他の場所でも）測量のみならず、首府の創建と関わりを持つ神だと考えられる。ルグの名前がロンドン、ルクセンブルク、ラン、リヨンなどの町の名に認められるのは偶然だろうか。こうした町の創建儀礼に、エトルリアとの境界画定から生まれた古代ローマの南北軸道路（カルドー）の例を思わせるものがある。2人の測量士はリュジニャンの城砦（「ドゥヌム（dunum）」）を閉じ（《（私は）閉める》を指すアイルランド語「ドゥーニム（dunaim）」を参照）、細い紐を使って町の境界を結びあわせ、聖化された空間を同じ紐を使って囲いこんでいるのである。

ルグの名前と神話は、リュグルとリュグリアンの祝日と同時期に祝日を持つ他の聖人たちの名前や神話にも隠されている。

福音史家ルカの祝日10月18日は、暦ではルグの記念日と同時期にある。ルカとルグは名前だけでなく、医者としての役割の点でも似ている。聖パウロはルカを《愛する医者》と呼んでいたし（『コロサイの信徒への手紙』4, 14）、医術はルグに備わるいくつもの天賦の才のうちの1つだった。ルカの背後には、みずからも医者であったルグが隠されている。『クアルンゲの牛捕り』［中世アイルランド最大の叙事文学］のルグは、傷を負って力尽きそうになっていた息子クー・フリンを治癒している。

殉教録によると、魔術師としてキリスト教徒を迫害していた人たちの中に、リュシアン（Lucien）とマルシアン（Marcien）という名の男がいた。やがて2人はキリスト教に改宗し、生きたまま火あぶりにされて殉教したという。2人の祝日は10月26日である。

ボーヴェジ地方［現在は北フランスのオワーズ県に含まれる］にも、（ルグに相当する）リュシアンという名の殉教者がいる。首を刎ねられて殉教したこのリュシアンの祝日は、1月8日である。こうした斬首は、首を刎ねられたルギド（Lugaid）の神話を思い起こさせる。

8. ルゴウェスからベイリンとベイランへ

ルグがリュグルとリュグリアンになることから確認されるような、名前が2重化する奇妙な現象を検討するには、英仏のアーサー王文学に認められる2重化の類例との比較が必要である。トマス・マロリーが英語で著した『アーサーの死』（1470年頃）に登場する、ベイリン（Balin）とベイラン（Balan）（フランス語名はそれぞれバラエン Balaain とバラアン Balaan）と呼ばれる人物がこれにあたる。

この2人が登場する『続メルラン物語』は、ロベール・ド・ボロンが著したとされる散文『メルラン物語』を書き継いだものである[33]。『続メルラン物語』が伝えるのは、王に選ばれた若きアーサーの治世の最初の数年である。バラエンとバラアンは2人兄弟であり、兄のバラエンはアヴァロン島の貴婦人（あるいは妖精）が持参した剣を鞘から引き抜くことができたため、アーサー王宮廷で注目を集める。アーサー王宮廷ではそれまで、他のどの騎士もこの剣を抜くことができなかったからである。その後バラエンは、腰に2本の剣をつけたことにより、「双剣の騎士」という異名で呼ばれた。バラエンは、聖杯とともにあった「復讐の槍」を使ってペルアン王に「苦しみの一撃」を浴びせ、怪我を負わせる。全体としてこの物語は、異界に由来する不可思議な武具に重要な役割を与えている。たとえバラエンがこうした剣の製作者だと明記されていないとしても、これらの武具と特別な関係にあることに変わりはないため、バラエンは万能神で（鍛冶屋でもある）ルグの化身だと推測できる。弟のバラアンと2本の剣により、バラエンは2柱のルゴウェスを思い起こさせる。バラエンとバラアンはおそらく、ルゴウェスが物語の中で姿を変えて出てきたものである。バラエンという人物を神話的に解釈するための鍵は、その名前の中にある。すなわちそれはアンリ・ドンタンヴィル［フランスの民俗学者・「フランス神話」学会の創始者、1888～1981年］が指摘したとおり[34]、ジェフリー・オヴ・モンマスが『ブリタニア列王史』（1138年頃）で言及しているベリヌス（Belinus）のことであり、このベリヌスはケルト語では《光輝く者》を指している。ベリヌスとはガリアの太陽神アポロンの異名である。アポロンのこうした太陽神としての性格は、ルグの太陽神としての性格と重なりあう。聖リュグルと聖リュグリアンの神話分析は、ディオスクロイ［ギリシア神話の双子の兄弟、ゼウスとレダの間に生まれたカストルとポリュデウケス］との関連で行われたことがある[35]。そしてルグと関連するモチーフをくまなく検討していくと、太陽の要素が支配的であるように思われる。なぜならディオスクロイの神話自体も、太陽と関連したモチーフ群の影響を強く受けているからである。

9. 太陽英雄アーサーの失踪

アーサー王は、サルズビエール（ソールズベリー）平原で繰り広げられた最後の合戦後に、この世から姿を消す（しかし亡くなったわけではない）。この戦いは大虐殺の様相を呈し、アーサー王配下の優秀な騎士たちも殺害され、致命傷を負った。アーサー王自身も斬首に近い傷を負い[36]、（作品ごとに王の不義の息子であったり、王の甥であったりする）モルドレッドの攻撃によって瀕死の重傷を負ってしまう。壮大に演出された物語の中で、アーサー王は人間世界を離れる準備に取りかかる。異父姉妹の妖精モルガーヌが操る舟に乗って出立する前に、アーサー王は最後の願いとして、彼の剣エスカリボール［英語名エクスカリバー］を湖の中へ投げ入れるように頼む。騎士ジルフレがこの任を引き受ける（図60）。それから不可解ではあるが、アーサーはリュカンという名の酒倉長を熊がするかのように抱擁して圧死させる（アーサーの名の古フランス語形「アルテュ（ス）（Artu（s））」は、「熊」を指すケルト語「アルト（art）」に由来する）。このリュカンの名に注意する必要があるのは、アーサー失踪の暦上および神話上の脈絡を理解するために重要だからである。事実、リュカン（Lucan）の名には、先に取り上げたルグ（Lug）およびルゴウェス（Lugoves）の名が含まれている。つまりリュカンの名によって、アーサーがこの世から姿を消す神話的な日付が示されているのである。

図60　瀕死のアーサー王（中央手前）の命令に従ってエスカリボール（エクスカリバー）を湖へ投げこんだジルフレ（左）（『メルランの物語』および『湖のランスロ』、大英図書館蔵フランス語写本、1300～1325年頃の挿絵）

物語の中でほのめかされているように、サルズビエールの合戦は「万聖節」の時期（10月末から11月初め）、つまり太陽の力が衰える

「暗い季節」が始まる頃に起きている（リュグルとリュグリアンの祝日もこの時期にある）。したがって、力が衰えて姿を消すアーサーは、力が衰えて姿を消す太陽と対応していることが確認できる。ルゴウェスが1年のこの時期に斬首されるように、太陽も天空で斬首されている。この物語には、相互に結びついた3つのモチーフが出てくる。すなわち湖へ投げこまれる剣（これが黄昏時の太陽の消失を表すのは、剣が火のように輝いているからである）、圧死する酒倉長［リュカン］、斬首そっくりの攻撃を受けるアーサーである。アーサー自身がモルドレッドから怪我を負わされ、致命傷を与えあった運命の時、アーサーがモルドレッドに負わせた傷口を鮮やかな一条の陽光が突き抜ける。中世フランス文学研究者ジョエル・グリスヴァルドは重要な論考の中で、（太陽の火やまばゆい光のように輝く）太陽の属性を備えた剣［エスカリボール］と、その剣の所有者であり同じく太陽の属性を備えた英雄の誕生を結ぶ重要なつながりを指摘した[37]。このように剣と英雄の運命は互いに強く結ばれている。剣と英雄の誕生が同時であるなら、両者が姿を消すのも同時である。拙著でアーサーが8月1日（「ルグナサド」と呼ばれるルグの祝日）に生まれたことを明らかにした[38]が、ルグは（ラテン語の「ルクス（lux）」と同じく）「光」を意味している。したがってアーサーは、陽光が衰える「暗い季節」の開始時期に姿を消すのである。（ルグの衰えた姿を現す）ルゴウェスの祝日は、この時期にある。

アーサーは姿を消すが、亡くなったわけではない。熊と同じように冬眠している。アーサーは太陽と同じように一時的に姿を消すが、翌年の春には帰還し、再び支配し始める。太陽と同じように燃え盛る炎で輝きながら、新たな治世を再開する。アーサー神話により、《永劫回帰》[39]という神話的概念をはっきりと理解することができるようになる。この概念はすべての多神教の神話に内在している。ここでの永劫回帰とは四季の循環のことで、つまり明るい季節（生）と暗い季節（自然の死）の交替という宇宙の秩序である。英雄神話は、この絶え間ない運動を模倣していることが多いのである。

10. おわりに（注釈のかたちで）

最後にルグの太陽神としての姿を思い出してみよう。ジョゼフ・ロットは『トゥレンの子供たちの最期』［アイルランドの神話物語群に属する作品］の中から、ルグの太陽神としての姿がはっきりと記されている2つの件（くだり）を挙げている[40]。

> ルグの顔と額の輝きは、夕日の輝きに似ていた。彼の顔を見つめることはできなかった。それほどその輝きが大きかったからである。

> （ルグが兜を脱ぐと）「彼の顔と額の様子は、夏の乾いた日の太陽と同じほど輝かしかった。

こうした表現は単に詩的な常套表現にとどまるものではない。ルグ神の名を文字どおりに解釈したものなのである。

また一方で、リュグルとリュグリアンの首が刎ねられたことにも注意しよう。聖人伝では斬首による殉教は珍しくはなく、季節神話の側面を備えている。その神話的な意味を理解するためには、ギヨーム・アポリネール［フランスの詩人、1880～1918年］の『地帯』という詩編の最終行「太陽、斬られた首」を思い起こすだけで十分である（「地帯（Zone）」は「黄道帯（Zodiaque）」と理解すべきである）[41]。毎年決まった季節に訪れる太陽の死は、神の斬られた首、つまり斬首に似ている。刎ねられた首をほとんどの場合自分で運んでいく聖人たちの祝日は、特に10月に数が多い（その代表格は10月9日に祝日を持つ聖ドニ［ディオニュシウス］（図61）である）[42]。自分の首を運んでいく聖人は、己の化身の1つの姿で

図61　自分の首を抱えた聖ドニの彫像（パリ、ノートルダム大聖堂正面扉口）

首を刎ねられたルグと関連した、前キリスト教時代の同一の神話を核として増殖していった。（ルグに相当する）ルギド（Lugaid）は、魔女との同衾に同意することで、兄弟たちが果たせなかったアイルランドの「支配権」の獲得に成功した。ルギドは父クー・ロイ・マク・ダーリの仇をとるためにクー・フリンの首を刎ねた後、今度はコナル・ケルナハによって己の首を刎ねられる。聖なる石の上に置かれたルギドの首は、石をとおり越して大地の中へと沈んでいく。太陽を思わせるこのルギド（＝ルグ）の首の動きが模倣しているのは、（大地の下へと進む）太陽の夜の旅程なのではないだろうか。

注

1) この問題については、Guyonvarc'h, C. et Le Roux, F. (2001), pp. 45–73 を参照。
2) Eliade, M. (1965), p. 63.
3) Gricourt, D. et Holland, D. (2005a).
4) *Sanas Cormaic*, éd. Kuno Meyer (n.796). ジョゼフ・ロットの論文 Loth, J. (1914), p. 216 を参照。
5) Ernout, A. et Meillet, A. (1967), p. 435.
6) *Ibid.*, p. 437.
7) Le Roux, F. et Guyonvarc'h, C. (1995), p.113 et suiv.
8) ルグドゥヌム（Lugdunum）の別形ルグドゥノン（Lugudunon）は島のケルト語ルグ＝ドゥノス（Lugu-dunos）に対応し、「ルグのアクロポリス、山」ではなく、「ルグの城砦」を指している。同じ語根から動詞「ドゥーニム（dunaim）」（「私は閉める」）が生まれている。この動詞は今日でもなおアイルランド語で常用語として使われている。「閉じられた、守りを固められた場所」という意味は、対応するゲルマン諸語が伝える意味でもある。アングロ＝サクソン語の「トゥーン（tun）」（「町」）、中高ドイツ語の「ツーン（zun）」（「垣根、柵、囲い」、現代ドイツ語では「ツァオン（Zaun）」）（Loth, J. (1914), art. cit., p. 206）を参照。
9) Le Roux, F. (1952).
10) この古ブルトン語については、Fleuriot, L. (1964) , p. 247 を参照。
11) Le Roux, F. et Guyonvarc'h , C. (1986).
12) Loth, J. (1914), art. cit.
13) Le Roux, F. et Guyonvarc'h, C. (1995), *op.cit.*

14)　この名前は、ガリアのアポロンに伝統的に添えられているベレノス（「輝かしい者」）との関連から考えなければならない。この点についてはすでにアンリ・ドンタンヴィルが指摘している（Dontenville, H.（1973）, pp. 101–116）。
15)　Vendryès, J.（1927）.
16)　Saintyves, P.（1987b）, p. 856.
17)　ラテン語で「クレピダ」（crepida）はサンダルを指す（ギリシア語では「クレピス（crepis）」）。
18)　ヤン・デ・フリースはすでにこうした比較を試みている（De Vries, J.（1963）, p. 59）。
19)　原文は、LUGOVIBUS SACRUM LL VRICO COLLEGE SVTORUM D［ono］D［edit］。
20)　Even, A.（1956）.
21)　R. Bromwich, *Trioedd Ynys Prydein*, Cardiff, 1961, p.176.　スレイ（Lleu）に関する注も参照（同書 pp. 420–422）。
22)　Sterckx, C.（2009）, p. 256.
23)　*Les quatre branches du Mabinogi,* traduit par P. Y. Lambert, Paris, Gallimard, 1993, pp. 95–118.
24)　Gricourt, J.（1955）.
25)　*Contes pour les enfants et la maison,* trad. Natacha Rimasson-Fertin, Paris, Corti, 2009, t.1, pp. 233–235（« Les lutins »）.
26)　Krappe, A. H.（1952）, pp. 93–94.
27)　Marx, J.（1952）, p.129 以降と p. 257 以降を参照。
28)　Gricourt, J.（1955）, art. cit., pp. 65–66.
29)　Bader, F.（1992）.
30)　Gricourt, D. et Holland, D.（2005b）.
31)　Le Roux, F. et Guyonvarc'h , C.（1986）, *op.cit.*, pp. 33–35.
32)　Jean d'Arras, *Mélusine ou la noble histoire de Lusignan,* édition et traduction de J. J. Vincensini, Paris, Le Livre de poche, 2003.　本稿での『メリュジーヌ物語』の引用は、このヴァンサンジニ版による。
33)　*La Suite du Roman de Merlin,* éd. Gilles Roussineau, Genève, Droz, 1996. 現代フランス語訳は *La Suite du Roman de Merlin,* traduit par Stéphane Marcotte, Paris, Champion, 2006.
34)　Dontenville, H.（1973）, *op.cit.,* p. 100.
35)　Gricourt, D. et Holland, D.（2005a）, *op.cit.*

36） *Le Livre du Graal,* t. 3（*La mort du roi Arthur*）, Paris, Gallimard, 2009, p. 1463. モルドレッドはアーサー王の兜の天辺に激しく斬りつけたため、剣は王の頭蓋骨まで達し、頭蓋骨の一部が砕け散るほどだった。

37） Grisward, J.（1969）.

38） Walter, Ph.（2002）, chap. V（Les brumes de Tintagel）.

39） Eliade, M.（1969）. これはフリードリヒ・ニーチェの哲学において礎となる概念である。

40） Loth, J.（1914）, art. cit., p. 207.

41） Guillaume Apollinaire, *Œuvres poétiques complètes,* Paris, Gallimard, 1962（La Pléiade）.「地帯」は詩集『アルコール』（*Alcools*）に収録されている。

42） 自分の首を運ぶ聖人のリストはピエール・サンティーヴの論考（Saintyves, P.（1929））を参照。

第8章

英雄の死と変容

【ハクチョウを連れた英雄（日本とヨーロッパ）
――ユーラシア神話を求めて】

図62 ハクチョウのひく舟に乗った騎士
（ブーローニュ＝シュル＝メール市の公印、16世紀）

ヨーロッパと日本には、この世での生涯を終えた英雄が異界へと旅立つ話が見つかる。いずれの話にも霊魂導師としての鳥が登場する。本章では「ハクチョウを連れた騎士」ローエングリーンの伝説と、死後に白い鳥に変身して飛び立つヤマトタケルの伝説の比較により、「インド＝ヨーロッパ神話」に先立って「ユーラシア神話」が存在したという壮大な仮説が披露されている。本論のもとになったのは、1998年2月7日に名古屋外国語大学で開催された講演であり、その仏文原稿は『名古屋外国語大学外国語学部紀要』第18号（1998年）pp. 138-157に掲載された。

1. はじめに

「ユーラシア」神話というものは、果たして存在するのだろうか？　この名から想定される神話とは、かつてユーラシア大陸全体に分散し、共通の起源まで遡ると思われる神話的な信仰や想像世界(イマジネール)の体系のことである。このような問いに対して、すぐに肯定で答えるのは難しい。ヨーロッパとアジアを作り上げている諸文化には、それほど大きな多様性がある。しかし今日、インド＝ヨーロッパ諸語の存在については、もはや異論は唱えられていない。インド＝ヨーロッパ諸語の共通基語はインドに位置づけられ、サンスクリット語は大半のヨーロッパ諸語を理解するための言語学的な鍵となっている[1)]。またジョルジュ・デュメジルは、インド＝ヨーロッパ語族の神話に共通の3機能体系［第1機能＝神聖性、第2機能＝戦闘性、第3機能＝豊穣性］が認められることを明らかにした。インド＝ヨーロッパ神話は、インドから大西洋の国々に至る西欧最初の文学的証言となっている。このことから、インド＝ヨーロッパ語族の世界を理解するのに必要な地理上の境界が、西ヨーロッパという限定された枠をどの程度越えるのかを知ることができる。ジョルジュ・デュメジルの高弟にあたる吉田敦彦[2)]はさらに独自の立場から、3機能体系が古代の日本神話とも無縁ではないことを明らかにした。同一の神話文化が、一方ではインドやイスラム化以前のイランからヨーロッパまで、他方ではインドから日本まで広がっている。しかしこれらすべての文明において、神話的表象は深層のレベルで秩序を保持しているのだろうか。

また周知のとおり、宗教史家の研究により、インド＝ヨーロッパ語族が活躍したのはユーラシア世界で最古の時期ではないことが明らかにされている[3)]。それ以前の先史時代の文化では、シャマニズムがユーラシア大陸全体に広まっていた。そしてこうしたシャマニズムの要素は、インド＝ヨーロッパ語族の人々によって利用されてもいた。つまりシャマニズムの要素は、インド＝ヨーロッパ語族の世界が確立した時期に消滅したわけではないのである。こうした古いシャマニズムの文化は西欧に数多くの痕跡を（たとえばカルナヴァル［カーニバル］儀礼の中に）残したが、日本でも同じ痕跡が古代神道のいくつかの祭儀の中に残されている。こうしたことから、これらの信仰すべてに共通の起源があると想定される。

原初の神話物語群を復元するために利用できるのは、今では文学作品だけである。19世紀には、ヨーロッパの大半の民話の起源がインドに見つかると主張された。しかし、エマニュエル・コスカンの研究[4]を皮切りに、ヨーロッパとユーラシア大陸の他の文化領域に属する民話や神話との比較研究は、著しい修正を受けた。フランスではジョルジュ・デュメジルとジルベール・デュランが進めた研究を模範例として３機能イデオロギーに基づく比較研究が重視され、20世紀初頭に優勢だった伝播説はかなり疑問が多いと考えられるようになった。ジルベール・デュランは、「人間のプシュケ［魂や心］は文化的な場と時間の中でしか、つまり歴史性を備えた地理の中でしか形成されず、具象化されることもない」と述べている。

これらのことから当然、ユーラシアの文化状況はユーラシア大陸の地理状況に一時的に依存していたのではないかと考えられる。（吉田敦彦の労作が明らかにしたように）伝説に基づいたヨーロッパと日本の諸伝承には、驚くほど類似しているという特徴がある。それは単なる偶然の一致なのだろうか。それともそこに、共通の文化遺産のようなものを機能させる、より古い文化的・構造的類似性という指標を認めるべきなのだろうか。ユーラシア比較神話学の研究を進める上での基盤として、最古の動物民話や動物神話の分析が利用できる。ユーラシア大陸全体、なかでもヨーロッパと日本という地理上の両極に共通する神話伝承について、「中世」（紀元後およそ５世紀から15世紀まで）という「長期持続」のスパンで考察が試みられたことはこれまでに一度もなかったのではないだろうか。日本の神話とヨーロッパの神話との間に認められる数多くの共通点は、「共通の遺産」（ジョルジュ・デュメジル）さらに／あるいは、民族の区分を超越した「人間の想像世界（イマジネール）の元型」（ジルベール・デュラン）[5]に由来するのではないだろうか。中世期の実例を１つ検討すれば、いくつもの問題が浮かび上がってくる。

2. 事例研究――「ハクチョウを連れた騎士」ローエングリーン

『アーサー王の死』［古フランス語散文、1230年頃］はアーサー王世界の崩壊を語り、有名なエピソードで幕を閉じている。アーサーはサルズビエール（ソールズベリー）の合戦で自分の息子モルドレッド［英語名モードレッド］から致命傷を負わされた後、異父姉妹のモルガーヌ［英語名モーガン・ル・フェイ］によって一艘の舟に乗せられ、怪我の治療のためにアヴァロン島へ連れていかれる（図63）。アーサー王神話の最後の場面に現れるこうした「異界」の舟は、複数の類例を思い起こさせる。

「ハクチョウを連れた騎士」という中世の伝説にも舟が登場し、主人公をまず生者の世界へ連れていく。地上での滞在を経た主人公は、この舟で再び異界へと導かれて二度と戻ることはない[6)]。この伝説に登場するブラバン侯爵夫人は、天から自分のもとに遣わされる騎士と結婚する決心をしていた。そしてローエングリーン［中高ドイツ語ではロヘラングリーン］がハクチョウに導かれて彼女のもとへやってくる。結婚にあたって、ローエングリーンは彼女に彼の生まれについて決して尋ねないよう求める。彼女がこの約束を破れば、彼は永遠に姿を消すことになるからである。2人は結婚し、子宝に恵まれる。しかしある日、侯爵夫人が禁じられていた質問をすると、騎士はハクチョウのひく小舟に乗って完全に姿を消してしまう。騎士が家族に残していったのは、一振りの剣と角笛と指輪だけだった。

図63　アヴァロンへ舟で向かうアーサー（『ターヴォラ・リトンダ』の写本挿絵に基づくデッサン、フィレンツェ Cod. Pal 556 写本171葉）

ローエングリーン伝説には、冒頭と結末に騎士の舟をひくハクチョウが登場することから、明らかに神話的な性格が備わっていると考えられる。インド＝ヨーロッパ語族の世界で霊魂導師の役割を担うこの聖鳥は、先導する人物を神と太陽の象徴体系の中へ導き入れる。まさにこれを示唆しているのが、伝説に基づく伝承においても「ハクチョウを連れた騎士」に与えられたエリアス（Hélias）という名である。ハクチョウ自体は、太陽神が取る動物の姿である。「ローエングリーン」（Lohengrin）の名に含まれる「グリン」（grin）は、ケルトのアポロンの添え名「グランノス」（Grannos）との比較が可能かもしれない。「グランノス」という添え名は、特にガリア東部とライン河沿岸地方で見つかっている。「グランノス」は音声上、アイルランド語で「太陽」を意味する「グリアン」（grian）と偶然にも似ているが、むしろ古高ドイツ語と中高ドイツ語でそれぞれ「鶴」を意味する「クラン」（kran）と「グラン」（gran）の影響を受けているように思われる。ケルト世界でハクチョウが鶴や雁（鵞鳥）と同一視されることが多いのは、いずれも渡り鳥の仲間だからである。

聖人伝の物語には、ハクチョウと死のつながりが確認できる。シカゴ美術館はピカルディー派による15世紀の祭壇画パネルを所有しているが、そこでは司教ユーグ［ラテン語ではフーゴー］のすぐ横に金の首輪をつけたハクチョウが描かれている[7]（図64）。実際、ラテン語で著された『聖ユーグ伝』では、ハクチョウが散歩中の司教の後ろを歩き、かたくなに司教のそばを離れようとしなかったと語られている。司教の取り巻きがハクチョウを追い払おうとしたが、ユーグはハクチョウが彼のそばにとどまるよう求めた。それ以来、ハクチョウは聖なる司教と仲睦まじく暮らした。ある日、ハクチョウは餌を食べるのを拒み、病気の司教の足もとで横になった。ユーグはハクチョウの振舞いの意味を理解し、自分の死期が迫っていると悟った。ユーグはともに永遠に旅立つことをハクチョウに約束し、そのとおりになったという[8]。

図64　聖ユーグとハクチョウ（テュイゾン＝レ＝アブヴィルの聖オノレ修道院が所蔵していた祭壇画、1490～1500年頃の作、現在はシカゴ美術館蔵）

このように聖ユーグのハクチョウには、ローエングリーンのハクチョウと同じ霊魂導師としての役割が備わっている。つまり聖人を異界へと導く役割をハクチョウが担っている。『聖ユーグ伝』は、霊魂導師としてのハクチョウの神話を、キリスト教の文脈で改変したものなのである。さらに聖ユーグのハクチョウには、ケルトの聖人伝に特徴的な予兆を知らせる力がある。多くの場合では神意を伝える動物は馬[9]だが、ハクチョウのような他の動物が同じ役割をしていることもある。

これら3つの物語に相互の影響関係はないが、同じ神話的な組み合わせが認められる。3つとも、共通の神話に由来する同一の基本構造に依拠しており、おそらくはケルト起源である。

『聖ユーグ伝』によって、アヴァロンへ戻っていくアーサーの話と「ハクチョウを連れた騎士」の伝説を結びつけることが可能となる［聖ユーグの故郷は、フランス・イゼール県の町アヴァロン］。これら3つの作品は、表面上はかなり違う構造に見えるが、同一の深層構造に基づいている。その深層構造は神話の次元に属し、当然のように何かをまるっきり模倣しているわけではない。これを理解するためには、3つの物語のモチーフ群を比較すれば十分である。

『アーサー王の死』　：舟旅 ＋ モルガーヌ ＋ アヴァロン
『ローエングリーン』：舟旅 ＋ ハクチョウ ＋「異界」
『聖ユーグ伝』　：（死に向かう）旅＋ ハクチョウ ＋アヴァロン

このように、同一の神話的骨組みに3つのバリエーションが見られる。『アーサー王の死』の中では、妖精モルガーヌは霊魂導師としてのハクチョウに対応している。数多くのケルトの作品で鳥の姿をとるこの女神は、ローエングリーン神話のハクチョウとまったく同じ役割を担っている。

さらにまた、ゲルマン神話にはスヴァンフヴィートという名のヴァルキューレが登場するが、この名は「ハクチョウのように白い」という意味である。

『ヴェルンドの歌』によれば、スヴァンフヴィートは亜麻を織り、姉妹のヘルヴォル・アルヴィトとエルルーンと同じように、自分の傍らに「ハクチョウの衣」を置いていたと記されている[10)]。アーサー王神話でモルガーヌが担う役割は、ヴァルキューレであるスヴァンフヴィートの役割に驚くほど近い。ヴァルキューレと同じくモルガーヌも、目をかけた英雄に魔法の武器を授ける。アーサーの物語では、こうした武器はサルズビエール（ソールズベリー）の合戦後に湖の中へ返すよう定められている。さらにまたモルガーヌは、ヴァルキューレと同じように、サルズビエールの合戦の際に重傷を負った戦士アーサーを迎えにやってきて、アーサーをアヴァロンの国へと導く［ヴァルキューレはオーディンに命じられ、戦死した勇敢な戦士たちをヴァルハラへ連れていく］（図65、図66）。アーサー王世界のアヴァロンは、ゲルマン神話のヴァルハラ（図67）と同じ役割を担っている。このようにモルガーヌは、オーディンによって戦場に遣わされるハクチョウの名を持つヴァルキューレと似ており、アーサー王世界で戦いの支配権を具現している。つまり、モルガーヌがヴァルキューレのケルト版であるか、あるいはヴァル

図65　ヴァルキューレ（ペーテル・ニコライ・アルボ作、1869年、オスロ国立美術館蔵）

図67　スレイプニルにまたがってヴァルハラに到着したオーディン（スウェーデン国立歴史博物館蔵、８～９世紀の石絵）

図66　ヴァルキューレ（ヘンリク・オルリックによるデッサン、コペンハーゲン国立美術館蔵）

キューレが戦いの支配権を司るケルトの妖精と同一視すべき存在であるかのごとく、万事が進んでいくのである。

3. 日本の例——ヤマトタケル

周知のとおり、紀元後8世紀頃［712年］に編纂された『古事記』は、日本の民族について伝える最古の文学資料である。『古事記』は、天地開闢から628年までの日本の歴史をたどる、まさしく神話の概説書である。『古事記』に登場するヤマトタケル（図68）という人物は確かに、アーサーやローエングリーンといったヨーロッパの「ハクチョウを連れた騎士」の比較項として最も興味深い人物である。しかしこうした比較は目新しいものではなく、スコット・リトルトン［アメリカの人類学者、1933～2010年］がヤマトタケルと（インド＝ヨーロッパ起源である）アーサー王神話の主要人物たちとの間に類縁関係を想定する試みを行っている[11]。

ヤマトタケル（「大和地方の勇者」の意）が白い鳥に変身するエピソードが登場するのは、『古事記』景行天皇の記事である[12]。ヤマトタケルは、叔母のヤマトヒメから授けられた草薙の剣（かつてスサノオがヤマタノオロチの尾の1つの中から見つけたとされる剣）を手に、荒れすさぶ神々を平定した。足柄の坂では、白い鹿に変身した山の神を殺めている（これはケルトの伝説に現れる動物妖精のモチーフを思い起こさせる）。また伊吹山で別の神の化身である白い猪に出会い、この猪を山の神の使いだと考えて山から帰るときに殺すことにしようと述べたが、これが神の冒瀆という罪になった（図69）。このような誤った言動により、彼は死に至る病におかされてしまう。そしてしば

図68　加佐登神社のヤマトタケル像

らくさまよった後に能煩野（のぼの）の地［三重県の鈴鹿山脈あたり］に至り、そこで亡くなる。しかしながら埋葬前に、彼の亡骸は大きな白い鳥に変身し、大和の方へ向かって飛び去っていく。

図 69　伊吹山頂のヤマトタケル像

『古事記』では、神の鳥が此岸へ英雄を迎えにくるのではなく、英雄みずからがこうした鳥の姿を取っている。しかしながら、『古事記』と同じくヨーロッパの作品群でも、鳥は英雄のこの世での最期と結びつけられ、英雄の異界への旅立ちを助けている。周知のとおり、ケルト人にとって雁（鵞鳥）やハクチョウは、「異界」の伝令、あるいは「異界」に住む神々の補佐役だと考えられていた。こうした鳥は神の取る動物の姿や魂の表象でもある。シベリアのヤクート族では、死者の魂は鳥の姿を取ると信じられている（図 70）。インドのウパニシャッド［古代インドの神秘的な哲学説を記した聖典］では、魂は渡り鳥の姿で表されている。アルタイのシャマンたちが身につけている記章には、人間界と精霊界を媒介する鳥が描かれている。

図 70　ヤクートのシャマンたち
（1835 年頃のリトグラフ）

日本とヨーロッパの「ハクチョウを連れた英雄」に見られる類似が偶然のものとは思えない。しかし確かに一方の伝承が他方の伝承を意図的に模倣したという見方はもちろん排除すべきである。検討の余地があるのは、他の２つの解釈である。

⑴　まず霊魂導師としての鳥にいわば普遍的な元型が認められることから、こうした元型は例外なくあらゆる文明に認められるものだと考える解釈がある。

⑵　逆にこうしたモチーフが、葬送に関わる独自の象徴体系を発展させ、な

おかつ（ユーラシアに）共通する神話的な遺産に淵源を持つであろう、いくつかの文明だけに属するものだと考える解釈もある。

聖書の伝承には葬送に関わる鳥のモチーフが見あたらないことから、2つ目の解釈の方が支持しやすいように思われる。ジャン・シュヴァリエとアラン・ゲールブランが編纂した『世界シンボル大事典』［邦訳は金光仁三郎ほか訳、大修館書店、1996年］の「鳥」の項に概括されている鳥に関する多岐にわたる伝承を検討すると、ますますこうした見方が有力になってくる。

そうだとすれば、ヨーロッパの文化と日本の文化の共通項は何であろうか。今度は地理学者が神話学者の問いに答える番である。原初の伝承に共通するさまざまな要素を、おそらくアルタイの伝承[13)]の中に探すべきではないだろうか。そうした伝承は日本神話と同じくインド＝ヨーロッパ語族の世界で進展してきたからである。

4. おわりに（研究計画のかたちで）

ユーラシア大陸の両極で作られた中世期の古い物語群、すなわち『古事記』と中世ヨーロッパの「ハクチョウを連れた騎士」伝説を検討すると、モチーフ群の機能に共通の構造があると分かる。こうしたさまざまな類似は民話にも認められる（変身、鳥女などのモチーフ）[14)]。こうした物語群に備わる神話的な構造の分析から、おそらくユーラシア文明全体に（特にヨーロッパと日本というユーラシア大陸の両極に）共通する神話体系が存在したのではないかと考えられる。葬送に関わるハクチョウの神話は、こうした神話が間違いなくユーラシア大陸に広がっていたという最初の実例である。さらに、日本とフランスの古い作品に見られる他の共通の神話群（なかでも動物神話やメリュジーヌ神話）を探し出すこともできるだろう。

神話群を比較するためには、（時間と空間の次元で）神話の地理について研究し、ユーラシア大陸上での神話の分布と変化について分析しなければならない。こうした調査をさらに進めるためには、フォークロアの資料から最古の文学的証言や非文学的証言へとできる限り遡っていくことにより、神話資料の連続した系統を研究する必要があるだろう。

したがって、ユーラシア神話の比較研究を熟慮の上で進めるには、おそらく次のような手順を踏むことになる。

1）　まず可能であれば、考察対象となる諸文化の民族学的実態から出発して、こうした共通の神話群を類型（動物、気候など）ごとに分類する必要がある。

2）　ユーラシア神話（特にヨーロッパと日本に共通の神話的テーマ）とその神話資料に関連した参考文献のデータバンクの作成が、大規模な研究計画の最初のステップとなるだろう。

3）　次に、翻訳と注釈を付した神話文献の出版も同じく必要不可欠である。

4）　最後に、ユーラシア大陸全体に共通するいくつかの神話を古代信仰の人類学的文脈に位置づけ、そのモノグラフィーを出版することが、最も重要なステップだろう。こうした神話群は、神話の形態論についての古典的な方法（ウラジーミル・プロップによる機能分類、アンティ・アールネ［フィンランドの民俗学者、1867 ～ 1925 年］とスティス・トンプソン［アメリカの民話研究者、1885 ～ 1976 年］による国際民話話型分類［さらにはハンス＝イェルク・ウターによる増補版、邦訳は加藤耕義訳『国際昔話話型カタログ』小澤昔ばなし研究所、2016 年］、トンプソンによるモチーフ・インデックス）に基づいて分析されることだろう。

そこまで進めば、いやそこまで進んでようやく、「ユーラシア大陸全体に共通する神話的遺産は、果たして存在するのだろうか」という問いに対して、はっきりとした答えを出すことができるはずである。

注

1）　最近の総合的研究としては、Sergent, B. (1995) を参照。

2）　Yoshida, A. (1961-1963), Yoshida, A. (1977).

3）　Eliade, M. (1976-1984), Eliade, M. (1968).

4）　Cosquin, E. (1922a), Cosquin, E. (1922b).

5）　ジルベール・デュランの著作の中では、以下を参照されたい。Durand, G. (1960), Durand, G. (1964), Durand, G. (1975), Durand, G. (1979), Durand, G.

(1981), Durand, G. (1994), Durand, G. (1996).

6) Lecouteux, C. (1982a), Walter, Ph. (1992), Walter, Ph. (1997).

7) 図版は *Archéologie chez vous* (*Grésivaudan, Pays d'Allevard et Goncelin*), n. 9, p. 61 に収録されている。

8) Sentis, G. (1984), pp. 18–19.

9) Sterckx, C. (1992).

10) Boyer, R. (1980).

11) Littleton, C. S. (1983–1984).

12)『古事記』の仏訳は、*Le Kojiki. Chronique des choses anciennes,* introduction, traduction et notes par Masumi et Maryse Shibata, Paris, Maisonneuve et Larose, 1969, pp. 169–181 (白い鳥のエピソードは p.177). 英訳は、*The Kojiki. Records of ancient matters,* translated by Basil Hall Chamberlain, Rutland & Tokyo, Ch. Tuttle Co., 1981, pp. 274–276.

13) Roux, J.-P. (1966).

14) このテーマについては篠田知和基の労作 (Shinoda, C. (1994)) を参照。

第9章

英雄の死後の住処

【山の中の王——さまよう霊魂の住処の伝承をめぐって（ティルベリのゲルウァシウスからアルフォンス・ドーデまで）】

図71 バルバロッサの目覚め
（ヘルマン・ヴィスリケヌス作、1880年、ゴスラーの皇帝居城の壁画）

英雄が死後も異界で生き長らえ、異界に迷いこんだ人の前に姿を現すという話が、ヨーロッパでは中世から現代に至るまで見つかる。本章では中世の例としてエトナ山に住むアーサー王の伝承、現代の例としてアルフォンス・ドーデの描く霊魂たちの住処としてのヴァントゥー山の伝承が紹介されている。本論のもとになったのは、1998年2月21日に名古屋大学文学部で開催された講演であり、その仏文原稿は『フランス語フランス文学研究 plume』第2号（1998年）pp. 1-4に「山の中の王——中世のある伝承をめぐって」というタイトルで掲載された。邦訳に用いたのは、君島久子ほか著・篠田知和基編『天空の神話——風と鳥と星』（楽瑯書院、2009年）pp. 5-15に収録された増補版である。

1. はじめに

数多くの文明の中で、山は禁じられた世界である。ひとたび中へ入りこめば必ず罰を受けるはめに陥る、何者かが住む場所である。数多くの伝承によると、山は異界の聖なる場所である[1]。ギリシア神話によれば、オリュンポス（オリンポス）山はすでに神々の住処だった。ケルト人にとって、山は「シード」、つまり神々の住処や拠点である。そこは霊魂たちが死後に旅する場所の1つであり、精霊や幽霊が周期的に生者の世界へ戻っていく前に逗留する場所でもある。インド＝ヨーロッパ世界では聖なる山にはすべて、他にも重要な特徴が備わっているが、こうした本質的な概念が反映されている。中世期の山の神話的性格を定義したクロード・ルクトゥー［フランスのゲルマン神話研究者、1943年生まれ］によれば、山は同時に、聖なる場所、通過儀礼中の英雄が偉業を果たす場所、避難場所、喪失と和解の場所、さらには天国と地獄を併せ持った場所である。

2. ティルベリのゲルウァシウスが描くエトナ山

13世紀にティルベリのゲルウァシウスが［『皇帝の閑暇』の中で］報告している伝説[2]では、シチリアの火山エトナ（図72）はアーサー王の住処だとされている。この伝説のエトナ山はいわば、さまよう霊魂たちが集う「煉獄」として描かれている。つまりアーサーは、再びブリトン人の王となる機会を待ちながら、戦友たちとともに暮らしている。

図72　1669年のエトナ山噴火を描いたデッサン

中世のエトナ山は、アルトゥーロ・グラーフ［イタリアの詩人・歴史家・文芸批評家、1848～1913年］[3]が検討した諸伝説に現れる場所の1つだった。まさに火山という性質から、エトナ山に一連の神話伝承が集中したのである。「火山」を指すフランス語「ヴォルカン」（volcan）は、ウルカヌス（Vulcanus）［フランス語名ヴュルカン Vulcain］神の名に由来する。火山はウルカヌスの住まいである。そこは、すべてをなめ尽くして破壊する火に包まれた場所である。また、ウルカヌスを称える祭り（ウォルカナリア）が「夏の土用」の時期の8月23日、つまり獅子座の月の最後にあたるのは偶然ではない。中世期には、ウルカヌスの火が地獄の火を連想させたからである。煙を噴き上げて吐き気をもよおさせるエトナ山は、地獄の入り口の1つとなった。また後には、悪霊（デモン）だけでなく、肉体の死後にいくつかの霊魂が住む場所だと想像されるようにもなった。

「煉獄の誕生」を研究したジャック・ル・ゴフ［フランスの中世史家、1924～2014年］は、（エトナ山のある）シチリアが中世には「この世にある死後世界への入口となる場所」[4] だと考えられていたと述べている。ル・ゴフはゲルウァシウスの一節を引用しながら、こう指摘している。「ティルベリのゲルウァシウスは《煉獄》を知らない。そして、《アブラハムの懐》という場所にこだわっていたため、異教的な驚異に満ちた死後世界によく似た場所にアーサーを置いている」[5]。しかしながら、「煉獄」はむしろ死後世界の地獄を思わせる光景からうまく作られた、緩和された地獄である。ジャック・ル・ゴフは結論として、「シチリアのキリスト教的死後世界は、豊かな古代遺産に大きく依存している。ウルカヌスの地獄の住まいとその鍛冶場であるエトナ山の神話は、その最も見事な表現である」[6] と述べている。以下に挙げるのは、ゲルウァシウスが報告するエトナ伝説である。

シチリアにはエトナ山があり、その火口は硫黄を含む炎を吐き出している。山はカタニアの町にほど近く、そこには聖女アガタの実に輝かしい亡骸という宝が見られる。アガタは処女にして殉教者、町を山の炎から守っている町の恩人である。民衆はこの山を《ジベル山》と呼んでいる。

この地方の住民は、今日、偉大なるアーサー王がこの不毛の地に現れたと語っている。事実、ある日のこと、カタニアの司教の馬丁が1人、世話をしていた馬に櫛をかけていたときに、その馬を取り逃がしてしまった。馬はたらふく食べた後、突如跳ね回り始め、拘束を外して逃げ去った。馬丁は馬を追って山の急斜面や峡谷の中へ向かったが、馬は見つからなかった。ますます心配になった馬丁は、山の薄暗い洞窟のほうへと探索を続けた。その先はどうなったのだろう？　とても狭いながらも平坦な小道が現れた。馬丁の少年は快適で歓喜に溢れる、実に広々とした草原にたどり着いた。そしてそこにあった魔法で建てられた宮殿の中で、アーサー王が絢爛豪華な寝台の上で横になっているのを見つけた。王は異国の訪問者に来訪の理由を尋ねた。若者がなぜやってきたかを知るとすぐに王は、司教の儀仗馬を連れてこさせ、若者にそれを司教に返すよう頼んだ。王はさらに、彼がかつて甥のモードレッドとサクソン侯キルデリクとの戦いで負傷した経緯と、傷口が毎年開くために、すでに随分前からそこにいることを語った。さらには、土地の人たちが私に話してくれたように、王はこの司教に数々の贈り物を届けた。それを目にした多くの人々は、贈り物をめぐる途方もなく新奇な話に驚嘆したという。

また同じようなことが、大ブリテンの森や小ブリテンの森でも起こったと報告されている。森の番人たち（人々は彼らを「フォリスタリオス」と呼んでいる、つまり猟師たちの網、狩猟の獲物あるいは王の御猟林を守る人たちのこと）が語るところによると、彼らは決まった日の真昼時と満月が輝く夜の初めに、猟犬と角笛の喧噪の中で狩りを行う騎士の群れをとても頻繁に目にするそうである。彼らは誰かに身分を尋ねられると、アーサーの供回りや一族の者だと答えるという。

この異界を作り上げているさまざまな場所が、連続する層を成しているのがすぐに見て取れる。舞台は山の中である。そのため、峡谷や岩山だけでなく洞窟までもが現れたとしても驚くにあたらない。ところが突如この石の領域に小道が現れる。この切り立った世界にあって、その小道は不思議なほどに平坦である。その小道は、快適で歓喜に満ちた草原の先の大きな宮殿へと続いている。草原の存在が我々の注意をひくのは、ケルト起源の神話物語に出てくる常若の国（永遠に春が続く場所であり、逸楽の国）を喚起するからである。キリスト教はこうした国を、「楽園」と同じものにしてしまう。これに対して宮殿は、不毛だと思われていた場所に、不意に驚異が出現したことを表している。山の中に異界、つまり隠された世界があったのである。

3. 聖なる山

山に関するインドとチベットの諸伝承に、ゲルウァシウスが描くエトナ山との類似点が見つかるとしても驚くにはあたらない。ヴェーダ［インド最古の文献で、バラモン教の聖典群］よりも後代のインド神話集成である『プラーナ』では、天地開闢から存在する聖なる山について触れられている。太陽よりも鋭い輝きを放つ金色の山があり、その頂にはバラ色のリンゴの木が１本生えている。そこはブラフマー神の住まいであり、死者たちの霊魂が将来蘇ることを待ちわびている。このように、ゲルウァシウスの語る伝説はまさしく、神話上の山を拠り所にしている。しかし、山の中に住む神とは誰なのだろうか？　ゲルウァシウスによると、山には何者かが住んでいる。山の内部は空洞で、洞窟がある。こうしたすべての形象の背後にあるのは、宇宙山の伝承である。ミルチャ・エリアーデはこうした伝承を説明するのに、太古の未開文化だけでなく東洋の大文明のいずれにおいても重要な位置を占める、世界の中心という考え方に依拠している[7)]。

スティス・トンプソンの『モチーフ・インデックス』[8)]には、山の中で営まれる生活を描く、一連の神話的あるいは伝説的モチーフが見つかる。

A570：文化英雄がいまもなお生きている。

A571：山の中で眠る文化英雄

A571.1：文化英雄がうつろな丘でいまもなお生きている。

A580：帰還が待ち望まれる文化英雄

D.1960.2：キュフホイザー、山で眠る王（フリードリッヒ赤髭王［ホーエンシュタウフェン朝の神聖ローマ皇帝］、マルコ王［セルビアの伝説的英雄］、ホルガー・ダンスク［オジエ・ル・ダノワ（デーン人オジエ）のデンマーク名］など）がある日、目を覚まして民衆を助ける。

N.573：財宝の番人として山で眠る王

ピエール・サンティーヴは、「人間たちのもとへの帰還を待ち望みながら、地上や墓の中で生活を続ける死者たち」というテーマを検討した[9)]。サンティーヴの指摘によると、ゲルマン世界では、人跡未踏の山々には空想上の存在が住んでいることが多く、彼らの住む幻想的な岩山は、いにしえの神々の隠れ家か、栄光に満ちた王たちの墓であるという。

ジャン・ダラス作『メリュジーヌ物語』［1393年］によると、メリュジーヌとその姉妹たちが、母親の頼み事に従わなかった父エリナスを幽閉したのは、ある山の中だった[10)]。エリナスはその山の中で、孫にあたる大歯のジョフロワが会いにやってくるのを待つ。ジョフロワが祖父のエリナスから、一族の神話起源を知ることになるのは象徴的である。

ゲザ・ローハイム［ハンガリー生まれの人類学者・精神分析学者、1891～1953年］は、アーサー王が登場するウェールズの民話を報告している。その民話には、死後に山の中で生活を営む君主のテーマが認められる。近代になってウェールズで採集されたこうした民話群は、ゲルウァシウスが伝える中世の伝説とは直接の影響関係がないにもかかわらず、奇妙なほどに類似している。

カマーゼンシャー［ウェールズ西部の州］には、頂上に深い洞窟への入口がある険しい断崖がある。「洞窟の中へ入りこむには、狭くて低い通路を進んでいかねばならない。その通路はだんだん広くなり、その先で広々とした天井の高い広間になっている。その広間へは、いくつかのごく小さな洞窟が通じている」。こうした洞窟の中で、アーサー王とその戦友たちが随分前から眠っている。誰もが右手で抜き身の剣のつばを握りしめ、彼らの休息を邪魔しにくる者がいれば、立ち向かう用意ができている[11)]。

同一の伝承は、ゲルマン世界にも存在する。

> 別の話が伝えるところによると、カール王は己の軍を引き連れてオルデンベルクに引きこもり、そこからときどき出撃する時には武具や馬のいななきで凄まじい音がしたという。ヴォルスベルクにある巨大な洞窟では、ある偉大な王が兵士たちに囲まれて眠っている。ある日、狩人が意を決してその洞窟の中に入ると、半ば夢見がちだった王は狩人に、カラスの群れが相変わらず飛び続けているかどうか尋ねた。狩人がそのとおりだと答えると、王はすぐにまた眠りこんだ。カラスの群れが飛ばなくなれば、やがて王とその軍隊は山から出撃することになっていたからである[12)]。

エトナ山は媒介的な場所である。そこは地獄でも天国でもない。いわば中間世界である。エトナ山の洞窟に住んでいるのは、「山の老人」と呼ばれることもある熊である。エトナ山には王の洞窟があり、そこで王は眠ることもあるとされている。アーサーは熊のように洞窟の中で暮らしている。そしてその名が「熊」を指すアーサーは、異界での冬眠中には熊の姿に戻ると考えられている。ゲルウァシウスの報告する伝説によって、巣窟の中で冬眠する熊のように山の中で暮らすアーサーには、熊の性格が備わっていることが証明されている。この伝説は明らかに部分的に消し去られた古代の神話上の記憶をとどめており、人間アーサーと毛むくじゃらの動物（熊）が１つに溶け合い、まとまった同一の神話的表象になっている。

この点については、現代フランス語では「アルテュール」(Arthur）となるアーサーの名が、中世フランス語の表記ではアルテュス（Artus）であり、ケルト語で「熊」を意味することを思い起こす必要がある。「熊」は、中期および現代ブルトン語では「アルス」(arz)、古ブルトン語では「アルト」(ard)、アイルランド語では「アルト」(art)、ガリア語では「アルトス」(artos)、ウェールズ語では「アルス」(arth）のかたちを取る[13)]。こうしたケルト語自体も、インド＝ヨーロッパ語の語根 *rktos に遡る。クリスティアン・ギュイヨンヴァルフの労作により、アルテュール（Arthur）とアルズュール（Arzhur）がそれぞれ、「熊」を意味するアイルランド語の「アルト」(art）やブルトン語の「アルス」（arzh）と比較すべきことが明らかになった。熊が山に出没するのはべつに驚くことでもない。しかし、アーサー王文学研究者の中に、数多くの証言の一致により確認されている語源をなかなか認めようとしない人たちがいるのは驚きである。

確かに他の文献によれば、アーサーは異父姉妹の妖精モルガーヌによって、エトナ山ではなくアヴァロン島へ連れていかれる。しかしいまだかつて誰も、神話上のアヴァロン島の正確な位置を特定できていない。それに対してエトナ山はまさしく、イタリアのシチリア島にある。実のところ、アーサーが「死を迎えた」場所の正確な位置は、大した問題ではない。重要なのは、王が異界で別の生を営み続けていると思われていることである。民俗学者ピエール・サンティーヴは、「人間たちのもとへ帰還を待ち望みながら、地上や墓の中で生活を続ける死者たち」というテーマを研究した。ティルベリのゲルウァシウスが語る伝説にも触れながら、サンティーヴは他の英雄たちもアーサーと同じ運命をたどったと述べている。たとえば、ニュルンベルク城の地下で眠っているとされる、シャルルマーニュ［カール大帝］のケースがこれにあてはまる。中世の神聖ローマ皇帝フリードリッヒ赤髭王は、テューリンゲンの花崗岩と斑岩からなる山岳地帯のキュフホイザーで眠っているとされる。おそらく山の中でのアーサーの生存は特別なケースというわけではなく、実際にはヨーロッパの数多くの地域や別の場所でもよく知られている神話図式に属しているのかもしれない。サンティーヴによれば「死者への信仰か、神々への信仰から生まれた」このテーマは、常に祖国信仰と祖国の運命を具現するに至った人々への信仰の例証となっている。これは国家主義的な色合いを帯びることの多い、黙示録的かつメシア的なテーマである。中世のキリスト教では、キリストこそが以後は真のメシアになるため、こうしたメシア信仰は明らかに消えゆく運命にあった。さらに、福音史家聖ヨハネの黙示録に描かれた預言的内容［この世の終末、最後の審判、キリストの再臨と神の国の到来など］が１回限りのものである以上、キリスト教では無限の連続、世界の衰退と再生を繰り返す永劫回帰はありえない。つまり［キリスト教とともに］新しい時間の概念が確立されたのである。これにより、古いインド＝ヨーロッパ神話が伝えていた永劫回帰の神話は、徐々に消し去られていった。

4. アルフォンス・ドーデが描くヴァントゥー山

アルフォンス・ドーデ［フランスの小説家、1840～1897年］は『風車小屋便り』の中で、プロヴァンス地方［フランス南東部の地中海に面した地方］に伝わるクリスマスの民話「3つの読唱ミサ」[14]を記している。トランクラージュの領主たちお抱えの礼拝堂つき司祭バラゲール神父と、彼に仕える学僧ガリグーは、毎年クリスマスのミサを唱えるために城へ行く習わしだった。ところがある年、悪魔みずからが学僧ガリグーの姿で現れた。悪魔は司祭にとてもひどいいたずらをしかける準備をしていた。深夜のミサが行われることになっていたトランクラージュの城は、ヴァントゥー山（図73）にあった[15]。司祭はクリスマスの夜の3つのミサを早く終わらせたくて苛立っていた。お勤めの後、美味しいご馳走にありつけるのが分かっていたからである。司祭はあまりにも急いでミサを唱えたため、それは理解不可能になったばかりか、冒瀆的にさえなってしまう。実はミサを惨憺たる結果にするよう司祭に仕向けたのは悪魔で、司祭はご馳走への誘惑に屈してしまった。この罪を罰するべく、父なる神は死に臨む司祭へ、一緒に罪を犯した人たち全員とともに、クリスマスのミサを300回唱えるよう命じた。そのため、ヴァントゥー山では、毎年クリスマスになると、廃墟のあたりを怪しい光がさまようという。ある年のクリスマスの晩、学僧ガリグーの子孫で、ガリーグという名のブドウ作りが、山中の城の廃墟側で道に迷った。彼は突然、真夜中頃に鐘の音を耳にする。さまよう精霊たちの一団がそろって礼拝堂へと向かっていった。ガリーグは礼拝堂

図73　カルパントラから見たヴァントゥー山（18世紀の版画、ヴァンドーム美術館蔵）

の壊れた戸口から、中の様子を覗いた。

> さきほど彼［＝ガリーグ］の前をとおり過ぎた人たちはみな、今もなお昔の腰掛けがあるかのように、荒廃した礼拝堂の外陣にある合唱席の周りに並んでいた。錦織りの衣装をまとい、レースの帽子をかぶった貴婦人たち、頭から足の先まで飾り立てた領主たち、我々の祖父たちが着ていたような華やかな上衣を着た農夫たち、誰もが年をとり、つやのない、ほこりだらけの、疲れた様子をしている。時折、礼拝堂に住みついていた夜の鳥が、これらすべての灯火のせいで目ざめて、ろうそくの周りをさまよいにやってきた。ろうそくの炎はちょうど薄絹の向こうで燃えたかのようにぼんやり、まっすぐに昇っていた。そして特にガリーグが面白いと思ったのは、大きな鋼鉄の眼鏡を掛けた人物で、黒くて丈の高いかつらを絶えず揺すぶっていた。その上で１羽の夜の鳥が足をとられて動けなくなり、静かに羽ばたきしていた……
>
> 奥のほうでは、子供のような背丈の小さな老人が、合唱席の中央にひざまずき、鈴のとれた音の出ない鐘をどうしようもなく振っている。古い金色の衣を着た司祭が、祭壇の前を一言も聞こえないお祈りを唱えながら行ったり来たりしている……確かにこれは３番目の読誦ミサをあげている最中のバラゲール師であった。

ドーデが伝えるこの民話は、いくつかの山に幽霊が出没するという古い伝承をふまえている。民話に出てくるヴァントゥー山は、ゲルウァシウスの報告するエトナ山に相当する。ヴァントゥー山はこうした幽霊たちの集う奇妙な祝宴の舞台となるが、これを目撃したりその場に居合わせたりすることは、誰にでも許されているわけではない。こうした幽霊たちのほうへ向かっていったブドウ作りの名は我々の注意をひく。ガリーグ（Garrigue）とはもちろん、セイヨウヒイラギガシとその香草が広がる南フランスの特別な植物群落を指すプロヴァンス語である。そして［ヤコブス・デ・ウォラギネが13世紀に編纂した］『黄金伝説』に登場する牛飼いガルガン（Gargan）の名と、奇妙にも響き合う名でもある。事実、思い起こされるのは、モン＝サン＝ミシェル修道院の創建伝説である。

> 主の紀元390年頃、シポントゥムという町に、複数の著者が伝えるところによると、ガルガン［ラテン語名ガルガヌス、イタリア語名ガルガーノ］という名の男がいた。男の名はこの山の名にちなんだものであるが、山の名がこの男の名にちなんだものだという説もある。ガルガンは数多くの羊や牛を飼っていた。ある日、彼の家畜が山腹で草を食んでいると、1頭の雄牛が群れから離れて山頂へ登っていき、群れのところへ戻ってこなかった。そこで男は、大勢の牧童を連れて、雄牛を探しに向かった。そしてついに山頂の、とある洞窟の入口で雄牛を見つけた。単独で勝手な行動をしたことに腹を立て、男はすぐに雄牛めがけて毒矢を放った。ところが、矢はすぐに、風になぶられたかのように向きを変えて、射手のほうへ舞い戻り、射手に命中した。これを知って驚いた町の人々は、司教に会いに行き、かくも不思議な出来事についての意見を求めた。司教は3日間の断食を命じ、神に解き明かしていただかねばならぬと答えた。その後、聖ミカエルが司教のもとに現れ、こう告げた。「あの男が自分の矢で射られたのは、私の意志によるものと心得なさい。かくいう私は大天使ミカエルであり、地上のこの場所に住み、ここを守ることにしたのです。だから、あの奇跡によって、私がこの土地の守護者にして番人であることを知らせようとしたのです」[16)]。

ドーデが伝える民話にはしたがって、ガリーグ（Garrigue）という名のもとに、ガルガン（Gargan）の名がかたちを変えて隠されている。この名は民話を、神話の「パランプセスト」、つまりテクストの下に隠された別のテクストまで遡らせる。なるほどここでは山の巨人ガルガンはブドウ作りの姿を取っているが、ドーデの伝える話ではその大筋がゲルウァシウスの報告する伝説と酷似している。通過儀礼を経た人物こそが、山の中で霊魂たちの住処を見つけることができる。そうだとすれば、この人物自身が、霊魂の往来とのつながりが深い異教神話の人物なのではないだろうか？

バラゲール（Balaguère）という人物もまたおそらく、ガリグー（Garrigou）やガルガンと対になるような神話上の人物を覆い隠している。アンリ・ドンタンヴィルは、ガルガン（Gargan）の名とベレーヌ（Belen）の名のつながりを強調したが、その根拠となったのは、ジェフリー・オヴ・モンマス作『ブリタニア列王史』の次の一節である（第3巻第11章）。「それから、息子のグルグウィント・バルブトルック（Gurguint Barbtruc）がベリヌス（Belinus）の後を継いだ」[17)]［ベリヌスとグルグウィントがベレーヌとガルガンに対応している］。バラゲールをベレーヌと同一視することは年代的にかけ離れすぎて難しいと思われるかもしれないが、ボーヌ（Beaune）とバラン（Balan）を介してバレーヌ（Balene）からブレーヌ（Bleine）に至る固有名の神話上の系譜がほぼ確実なのを理解するには、ドンタンヴィルが挙げているベレーヌの名の異本リストを参照するだけで十分である。バラゲールとガリグーのつながりは、ベレーヌとガルガンのつながりに対応している。これはケルトの神名の一部だと思われる。

ドーデが翻案した民話でガリグーは悪魔の姿をしているが、それは覆い隠された神が異教の性格を備えていることの証に他ならない。なぜなら悪魔は、キリスト教では当然のことながら、キリスト教の伝承とは相容れなかった古代の神話的存在をことごとく覆い隠すのに使われたからである。事実、バラゲールとガルガンの背後に隠されている人物は、闇の軍勢「エルカン軍団」と呼ばれる幽霊の一団の先導者である。こうした見方はさらに、ティルベリのゲルウァシウスが裏づけてくれる。ゲルウァシウスはエトナ山のアーサー伝説を説明するのに、「アーサー（アルテュール）の狩り」［亡くなった狩人の一団が空中移動するという「荒猟（ワイルド・ハント）」の1つ］にも補足的に触れているからである。したがって以上の議論から、暗い空をさまよってはいない霊魂は、1年の決まった時期にはいくつかの山の洞窟の中にとどまっていると考えられる。そして時に異界に至る道を知る者がその洞窟へやってきて、霊魂を見かけるのである。

5. おわりに

以上の考察から、民話のうちに代数や行為項の定式を用いた人為的な戯れや、うつろな構造を持った「メカノ」(組み立てブロック)[18]しか認めないのは間違いであると分かる。1編の民話を織りなすモチーフ群は、共時的視点と通時的視点という2重の視点から考えない限り説明できない。著名な民話の専門家ウラジーミル・プロップの2冊の著作は、こうした2つの視点に基づく方法論が補い合うことをはっきりと証明している[19]。プロップは、最初に民話のモチーフ群と重要な語りの機能を共時的に検討した『民話の形態学』[20]を発表し、次に同じモチーフ群の歴史的変遷(たとえば本章の枠内では、13世紀のティルベリのゲルウァシウスから19世紀のアルフォンス・ドーデまで)を通時的に検討した『魔法民話の起源』[21]を発表した。後者の著作でプロップは、民話には天地創造や霊魂の死後の旅のような、古い形而上学的な信仰がはめこまれていることを明らかにした。つまり、神話的モチーフには歴史があると同時に、異なる文化的背景において再活性化が可能となる特異な力も備わっている。そしてまた、神話的モチーフはまさしく、それを支える神話的な基盤のおかげで、絶えず生まれ変わっているのである。

注

1) Lecouteux, C. (1998), pp. 121-138. 同じ著者による［中世期の山の神話的諸相に関する］論考も参照(Lecouteux, C. (1982b))。
2) ティルベリのゲルウァシウスについては、ジャック・ル・ゴフの論考を参照(Le Goff, J. (1985), pp. 40-56 : « Une collecte ethnographique en Dauphiné au début du XIIIe siècle »)。
3) Gervais de Tilbury, *Otia imperialia*, III, 58, éd. G. W. Leibnitz, *Scriptores rerum Brunsvicensium*, I, Hanovre, 1707, p. 987 et suiv. 仏訳は A. Duschesne, Gervais de Tilbury, *Le Livre des Merveilles*, Paris, Les Belles Lettres, 1992, pp. 10-11. この伝承については、カリーヌ・ウエルシの論考を参照(Ueltschi, K. (2006))。
4) Le Goff, J. (1981), p. 275.

5) *Ibid.,* p. 277.

6) *Ibid.,* p. 279.

7) Eliade, M. (1968), pp. 216-218.

8) Thompson, S. (1932-1936).

9) Saintyves, P. (1928).

10) Jean d'Arras, *Mélusine ou La Noble histoire de Lusignan,* édition et traduction de J. J. Vincensini, Paris, Livre de Poche, 2003.

11) Roheim, G. (1973), p. 532.

12) *Ibid.,* p. 533.

13) Walter, Ph. (2002).

14) A. Daudet, *Lettres de mon moulin,* préface de D. Bergez, Paris, Gallimard, 1984 [邦訳（桜田訳）では pp. 144-154「三つの読唱ミサ」].

15) プロヴァンス地方とドーフィネ地方の間に位置する標高 1,912 メートルの山。

16) Jacques de Voragine, *La Légende dorée,* traduction de J. B. M. Roze, Paris, GF, 1967, t. 2, p. 233.

17) Dontenville, H. (1973), p. 98.

18) この表現はクロード・ブレモンによる（Brémond, C. (1979)）。

19) ウラジーミル・プロップについては、ユリヤ・プフリの論考を参照（Poukhlii, I. (2002)）。

20) Propp, V. (1928).

21) Propp, V. (1946).

日本語で読める原典

（各章での登場順による）

第 1 章

『ローランの歌』［佐藤輝夫訳『ローランの歌　狐物語　中世文学集 II』（ちくま文庫、1986 年）所収；有永弘人訳『ロランの歌』岩波文庫、1965 年；神沢栄三訳『ローランの歌』、『フランス中世文学集 1』（白水社、1990 年）所収］

『ヴェッティヌスの幻視』［神崎忠昭訳、『中世思想原典集成 6』（上智大学中世思想研究所編訳・監修、平凡社、1992 年）所収］

『サンティアゴ巡礼案内記』［浅野ひとみ『スペイン・ロマネスク彫刻研究』（九州大学出版会、2003 年）所収『巡礼案内記』+『純心人文研究』第 10 号、2004 年、pp. 147-170；第 11 号、2005 年、pp. 109-144］

エインハルドゥス『カロルス大帝伝』［エインハルドゥス / ノトケルス（国原吉之助訳・註）『カロルス大帝伝』（筑摩書房、1988 年）所収］

「魚の王さま」［シャルル・ジョイステン編（渡邉浩司訳）『ドーフィネ地方の民話』所収、『フランス民話集 II』（中央大学出版部、2013 年、pp. 30-40）］

第 2 章

『カレワラ』［リョンロット編（小泉保訳）『カレワラ』岩波文庫、1976 年］

アファナーシエフ編『ロシア民話集』所収「灰かむりのイワン」［金本源之助訳『ロシアの民話 1』群像社、2009 年、pp. 259-264］

ホメロス『イリアス』［松平千秋訳、岩波文庫、1992 年］

『ホメロスの諸神讃歌』［沓掛良彦訳『ホメーロスの諸神讃歌』ちくま学芸文庫、2004 年］

第 3 章

『古事記』［山口佳紀・神野志隆光校注・訳『古事記』、小学館（新編日本古典文学全集 1）、1997 年］

『マハーバーラタ』［上村勝彦訳『原典訳マハーバーラタ(1)～(8)』ちくま学芸文庫、2002 ～ 2005 年］

フェルドウスィー『王書』［岡田恵美子訳、岩波文庫、1999 年］

『出エジプト記』［新共同訳『聖書』（日本聖書協会、1987 年）所収］

『教皇聖グレゴリウス伝』［新倉俊一訳、『フランス中世文学集 4』（白水社、1996 年）所収］

『アルトゥールスの甥ワルウアニウスの成長期』［瀬谷幸男訳『アーサー王の甥ガウェインの成長期』論創社、2016年］
サクソ・グラマティクス『デンマーク人の事績』［谷口幸男訳、東海大学出版会、1993年］
『マソヌウィの息子マース』［中野節子訳『マソヌウイの息子マース』、『マビノギオン』（JULA、2000年）所収］
『タリエシン』［シャーロット・ゲスト（井辻朱美訳）『マビノギオン　ケルト神話物語』（原書房、2003年）所収］
『日本書紀』神代［小島憲之ほか校注・訳『日本書紀1』、小学館（新編日本古典文学全集2）、1994年］

第4章
『ヴォルスンガサガ』［谷口幸男訳『アイスランドサガ』（新潮社、1979年）所収］
『タリエシン』［前掲書（第3章）］
アポロドロス『ビブリオテケ』［アポロドーロス（高津春繁訳）『ギリシア神話』、岩波書店、1978年（改版）］
ホメロス『イリアス』［前掲書（第2章）］
プラトン『ティマイオス』［種山恭子訳、『プラトン全集12　ティマイオス　クリティアス』（岩波書店、1975年）所収］
プリニウス『博物誌』［中野定雄・中野里美・中野美代訳『プリニウスの博物誌(I)〜(III)』雄山閣、1986年］

第5章
ジェフリー・オヴ・モンマス『ブリタニア列王史』［瀬谷幸男訳、南雲堂フェニックス、2007年］
ベーダ『アングル人教会史』［長友栄三郎訳『イギリス教会史』、創文社、1965年］
『キルフーフとオルウェン』［中野節子訳『キルッフとオルウェン』、『マビノギオン』（JULA、2000年）所収］
マリー・ド・フランス『短詩集』所収「ヨネックの短詩」［森本英夫・本田忠雄訳『レ』（東洋文化社、1980年）所収「ヨネック」；月村辰雄訳『12の恋の物語』（岩波書店、1988年）所収「ヨネック」］
ヴァース『ブリュット物語』［原野昇訳『アーサー王の生涯』、『フランス中世文学名作選』（白水社、2013年）所収］
マリー・ド・フランス『短詩集』所収「ビスクラヴレットの短詩」［森本英夫・本田忠

雄訳『レ』（東洋文化社、1980年）所収「ビスクラヴレ」；月村辰雄訳『12の恋の物語』（岩波書店、1988年）所収「狼男」]
ウィリアム・シェイクスピア『マクベス』［小田島雄志訳、白水社、1983年］
ジェフリー・オヴ・モンマス『メルリヌス伝』［瀬谷幸男訳『マーリンの生涯』、南雲堂フェニックス、2007年］
『ドーンの短詩』［坂下由紀子訳『ドーン』、『中世ブルターニュ妖精譚』（関西古フランス語研究会、1998年）所収］
ベルール『トリスタン物語』［新倉俊一訳、『フランス中世文学集1』（白水社、1990年）所収］
『聖杯の探索』（古フランス語散文）［天沢退二郎訳、人文書院、1994年］
『グリームニルの歌』［V. G. ネッケルほか編（谷口幸男訳）『エッダ――古代北欧歌謡集』新潮社、1973年、pp. 51-62］
タキトゥス『年代記』［国原吉之助訳、岩波書店、1981年］
カエサル『ガリア戦記』［国原吉之助訳、講談社学術文庫、1994年］
プルタルコス「神託の衰微について」［丸橋裕訳『モラリア5』（京都大学学術出版局、2009年）所収］

第6章

ベルール『トリスタン物語』［前掲書（第5章）］
トマ『トリスタン物語』［新倉俊一訳、『フランス中世文学集1』（白水社、1990年）所収］
ゴットフリート・フォン・シュトラースブルク『トリスタンとイゾルデ』［石川敬三訳、郁文堂、1976年］
トマス・マロリー『アーサーの死』［井村君江訳『アーサー王物語(I)〜(V)』筑摩書房、2004〜2007年（底本はキャクストン版）；中島邦男・小川睦子・遠藤幸子訳『完訳アーサー王物語（上）（下）』青山社、1995年（底本はヴィナーヴァ版）］
クレティアン・ド・トロワ『グラアルの物語』［クレチアン・ド・トロワ（天沢退二郎訳）『ペルスヴァルまたは聖杯の物語』、『フランス中世文学集2』（白水社、1991年）所収］
ヴォルフラム・フォン・エッシェンバハ『パルチヴァール』［加倉井粛之・伊東泰治・馬場勝弥・小栗友一訳、郁文堂、1974年］
『ローランの歌』［前掲書（第1章）］
『聖アレクシス伝』［神沢栄三訳、『フランス中世文学集1』（白水社、1990年）所収］
ホメロス『イリアス』［前掲書（第2章）］

クレティアン・ド・トロワ『荷車の騎士』［クレチアン・ド・トロワ（神沢栄三訳）『ランスロまたは荷車の騎士』、『フランス中世文学集 2』（白水社、1991 年）所収］
ルイ・アラゴン「リベラックの教訓」［嶋岡晨訳、『アラゴン選集　第 1 巻』飯塚書店、1978 年、pp. 271-277］
伝アリストテレス『問題集』［戸塚七郎訳『アリストテレス全集 11　問題集』岩波書店、1968 年］
ロマン・ロラン『ベートーヴェンの生涯』［片山敏彦訳、岩波文庫、1965 年（改版）］

第 7 章
『スリールの息子マナワダン』［中野節子訳『スィールの息子マナウィダン』、『マビノギオン』（JULA、2000 年）所収］
『マソヌウィの息子マース』［前掲書（第 3 章）］
『グリム童話集』所収「小人たちの話」［金田鬼一訳『完訳グリム童話集 2』（岩波文庫、1979 年）所収「まほうをつかう一寸法師」］
『リグ・ヴェーダ』［辻直四郎訳『リグ・ヴェーダ讃歌』岩波文庫、1970 年］
『コロサイの信徒への手紙』［新共同訳『聖書』（日本聖書協会、1987 年）所収］
『クアルンゲの牛捕り』［キアラン・カーソン（栩木伸明訳）『トーイン　クアルンゲの牛捕り』東京創元社、2011 年］
トマス・マロリー『アーサーの死』［前掲書（第 6 章）］
ジェフリー・オヴ・モンマス『ブリタニア列王史』［前掲書（第 5 章）］
『アーサー王の死』（古フランス語散文）［天沢退二郎訳、『フランス中世文学集 4』（白水社、1996 年）所収］
ギヨーム・アポリネール『アルコール』所収「地帯」［飯島耕一訳「ゾーン」、『アポリネール全集 I』青土社、1979 年、pp. 57-67］

第 8 章
『アーサー王の死』（古フランス語散文）［前掲書（第 7 章）］
「ハクチョウを連れた騎士」［桜沢正勝・鍛治哲郎訳『グリム　ドイツ伝説集（下）』（人文書院、1990 年）所収「白鳥の騎士」「ブラバントのローエングリーン」］
『ヴェルンドの歌』［松谷健二訳『エッダ　グレティルのサガ（中世文学集Ⅲ）』（ちくま文庫、1986 年）所収］
『古事記』［前掲書（第 3 章）］

第9章

ティルベリのゲルウァシウス『皇帝の閑暇』［池上俊一訳、講談社学術文庫、2008年］
「キュフホイザー山のフリードリッヒ赤髭帝」［桜沢正勝・鍛冶哲郎訳『グリム　ドイツ伝説集（上）』（人文書院、1987年）所収］
アルフォンス・ドーデ『風車小屋便り』［ドーデー（桜田佐訳）『風車小屋だより』岩波文庫、1958年（改版）］
ヤコブス・デ・ウォラギネ『黄金伝説』所収「大天使聖ミカエル」［前田敬作・西井武訳『黄金伝説3』人文書院、1986年、pp. 490-511］
ジェフリー・オヴ・モンマス『ブリタニア列王史』［前掲書（第5章）］

参 考 文 献

1. 辞典・事典

Bonnefoy,Y. éd., (1999), *Dictionnaire de mythologies,* Flammarion.［イヴ・ボンヌフォワ編・金光仁三郎ほか訳『世界神話大事典』大修館書店、2001 年］

Chantraine, P. (1968), *Dictionnaire étymologique de la langue grecque,* Paris, Klincksieck.

Ernout, A. et Meillet, A. (1967), *Dictionnaire étymologique de la langue latine,* Paris, Klincksieck.

Fleuriot, L. (1964), *Dictionnaire des gloses en vieux breton,* Paris, Klincksieck.

Grimal, P. (1951), *Dictionnaire de la mythologie grecque et romaine,* Paris, P.U.F..

Mozzani, E. (1995), *Le Livre des superstitions,* Paris, Laffont.

Vendryès, J. (1959-), *Lexique étymologique de l'irlandais ancien,* Dublin, Institute for advanced studies.

Walter, Ph. (2014), *Dictionnaire de mythologie arthurienne,* Paris, Imago.［フィリップ・ヴァルテール（渡邉浩司・渡邉裕美子訳）『アーサー王神話大事典』原書房、2018 年］

2. 研究・批評

Augé, M. (1982), *Génie du paganisme,* Paris, Gallimard.

Bachelard, G. (1948), *La terre et les rêveries du repos,* Paris, Corti.［ガストン・バシュラール（饗庭孝男訳）『大地と休息の夢想』思潮社、1970 年］

Bader, F. (1985), « De la préhistoire à l'idéologie tripartie : les Travaux d'Héraklès », dans : R. Bloch, *D'Héraklès à Poséidon : mythologie et protohistoire,* Paris, Genève, Champion et Droz, pp. 9-124.

Bader, F. (1992), « Liage, peausserie et poètes-chanteurs », dans : F. Létoublon, *La langue et les textes en grec ancien,* Amsterdam, Gieben, pp. 105-119.

Beaune, C. (1995), *Naissance de la nation France,* Paris, Gallimard.

Bloch, H. (1973), « Roland and Oedipus : a study of paternity in *La Chanson de Roland* », *The French Review*, 46, pp. 3-18.

Boia, L. (2007), *L'Occident : une interprétation historique,* Paris, Les Belles Lettres.

Bonnefoy, Y. (1970), *Du mouvement et de l'immobilité de Douve,* Gallimard / Poésie.

Boyer, R. (1980), « Les Valkyries et leurs noms », *Mythe et personnification,* Paris, Les Belles-Lettres, pp. 39-54.

Boyer, R. (1989), *La saga de Sigurdr ou la parole donnée,* Paris, Cerf.

Boyer, R. (1992), *L'Edda poétique,* Textes présentés et traduits par R. Boyer, Paris, Fayard.

Brémond, C. (1979), « Le meccano du conte », *Magazine littéraire* (« Contes et mémoires du peuple »), n.150, pp. 13-16.

Bromwich, R., Jarman, A. O. H., Roberts, B. (1991), *The Arthur of the Welsh. The arthurian legend in medieval welsh literature,* Cardiff, University of Wales Press.

Buschinger, D. éd. (1987), *Tristan et Yseut, mythe européen et mythe mondial,* (actes du colloque d'Amiens 1986), Göppingen.

Caille, F. (2006), *La figure du sauveteur : naissance du citoyen secoureur en France (1780-1914)*, Presses universitaires de Rennes.

Centlivres, P., Fabre, D. et *alii* dir. (1999), *La fabrique des héros,* Paris, Editions de la Maison des sciences de l'homme.

Cerquiglini, B. (1981), « Roland à Roncevaux ou la trahison des clercs », *Littérature,* 42, pp. 40-56.

Charlemagne et l'épopée romane (1978), *Actes du 7e Congrès de la Société internationale Rencesvals,* Paris, Belles Lettres, 2 volumes.

Chassaing, M. (1986), *Le dieu au maillet,* Paris, Picard.

Chauou, A. (2001), *L'idéologie Plantagenêt. Royauté arthurienne et monarchie politique dans l'espace Plantagenêt,* Rennes, Presses universitaires de Rennes.

Cheyns, A. (1988), « La structure du récit dans l'*Iliade* et l'*Hymne homérique* à Déméter », *Revue belge de philologie et d'histoire,* 66, pp. 32-67.

Conteneau, G. (1952), *Le déluge babylonien. Ishtar aux Enfers. La Tour de Babel,* Paris, Payot.

Cosquin, E. (1922a), *Les contes indiens et l'Occident,* Paris, Champion.

Cosquin, E. (1922b), *Etudes folkloriques. Recherches sur les migrations des contes populaires et leur point de départ,* Paris, Champion.

Coutau-Bégaire, H. (1998), *L'œuvre de Georges Dumézil. Catalogue raisonné,* Economica.

Crist, L. S. (1978), « Roland, héros du vouloir », dans : *Mélanges Wathelet-Willem,* Liège, pp. 77-101.

Daniel, N. (2001), *Héros et Sarrasins : une interprétation de la chanson de geste,* Paris, Cerf, 2001.

D'Arbois de Jubainville, H. (1889), *Cours de littérature celtique,* t. 3, Thorin.

Déchelette, J. (1910), *Manuel d'archéologie préhistorique, celtique et gallo-romaine,* t. 2 (Archéologie celtique ou protohistorique), Paris, Picard.

De Gaiffier, B. (1955), « La légende de Charlemagne, le péché de l'empereur et son pardon », *Mélanges C. Brunel,* t. 1, pp. 496-503.

De Heusch, L. (1987), *Ecrits sur la royauté sacrée,* Bruxelles, Editions de l'université, 1987.

Delarue, P. et Tenèze, M. L. (2000), *Le conte populaire français,* Paris, Maisonneuve et Larose.

Delbouille, M. (1965), « Carlion et Cardeuil, sièges de la cour d'Arthur », *Neuphilologische Mitteilungen,* 66, pp. 431-446.

Delcourt, M. (1944), *Œdipe ou la légende du conquérant,* Paris, Droz et Liège, Faculté des Lettres ; Nouvelle édition : Paris, Belles Lettres, 1981.

De Rougemont, D. (1972), *L'Amour et l'Occident,* Paris, Plon. [ドニ・ド・ルージュモン（鈴木健郎・川村克己訳）『愛について（上）（下）』平凡社、1993 年]

De Vries, J. (1963), *La religion des Celtes,* Paris, Payot.

Dontenville, H. (1973), *Mythologie française,* Paris, Payot.

Duby, G. (1981), *Le chevalier, la femme, le prêtre. Le mariage dans la France féodale,* Paris, Hachette. [ジョルジュ・デュビー（篠田勝英訳）『中世の結婚―騎士・女性・司祭』新評論、1984 年]

Dumézil, G. (1939), *Mythes et dieux des Germains,* Paris, Leroux. [ジョルジュ・デュメジル（松村一男訳）『ゲルマン人の神話と神々』（『デュメジル・コレクション 2』ちくま文庫、2001 年、所収）].

Dumézil, G. (1954), « Albati, russati, virides », dans : *Rituels indo-européens à Rome,* Paris, Klincksieck, pp. 45-61.

Dumézil, G. (1965), *Le livre des héros. Légendes sur les Nartes,* Paris, Gallimard /Unesco.

Dumézil, G. (1968), *Mythe et épopée I,* Paris, Gallimard.

Dumézil, G. (1970), *Du mythe au roman. La saga de Hadingus et autres essais,* Paris, P.U.F..

Dumézil, G. (1971), *Mythe et épopée II,* Paris, Gallimard.

Dumézil, G. (1973), *Mythe et épopée III,* Paris, Gallimard.

Dumézil, G. (1985), *Heur et malheur du guerrier,* Flammarion. [ジョルジュ・デュメジル（高橋秀雄・伊藤忠夫訳）『戦士の幸と不幸』（『デュメジル・コレクション 4』ちくま文庫、2001 年、所収）]

Dumézil, G. (1992), *Mythes et dieux des Indo-européens.* Textes réunis et présentés par H. Coutau-Bégarie, Paris, Flammarion.

Dumville, D. (1977), « Subroman Britain. History and Legend », *History,* 62, pp. 173-192.

Dunis, S. (1984), *Sans tabou ni totem : inceste et pouvoir politique chez les Maoris de Nouvelle Zélande,* Paris, Fayard.

Durand, G. (1960), *Les structures anthropologiques de l'imaginaire. Introduction à*

l'archétypologie générale, 10e éd., 1984, Bordas-Dunod.
Durand, G. (1964), *L'imagination symbolique,* 4e éd. P.U.F., 1984.［ジルベール・デュラン（宇波彰訳）『象徴の想像力』せりか書房、1970年］
Durand, G. (1975), *Science de l'homme et tradition. Le "nouvel esprit anthropologique"* , 2e éd., Paris, Berg International, 1980.
Durand, G. (1979), *Figures mythiques et visages de l'œuvre. De la mythocritique à la mythanalyse,* Paris, Berg International.
Durand, G. (1981), *L'âme tigrée. Les pluriels de psychée,* Denoël.
Durand, G. (1994), *L'imaginaire. Essai sur les sciences et la philosophie de l'image,* Paris, Hatier.
Durand, G. (1996), *Introduction à la mythodologie. Mythes et sociétés,* Paris, Albin Michel.
Duval, P. M. (1993), *Les dieux de la Gaule,* Paris, Payot.
Eliade, M. (1963), *Aspects du mythe,* Paris, Gallimard.［ミルチャ・エリアーデ（中村恭子訳）『神話と現実』せりか書房、1973年（エリアーデ著作集第7巻）］
Eliade, M. (1965), *Le sacré et le profane,* Paris, Gallimard.［ミルチャ・エリアーデ（風間敏夫訳）『聖と俗　宗教的なるものの本質について』法政大学出版局、1969年］
Eliade, M. (1968), *Le chamanisme et les techniques archaïques de l'extase,* Paris, Payot, 2e éd.［ミルチャ・エリアーデ（堀一郎訳）『シャーマニズム　古代的エクスタシー技術（上）（下）』ちくま学芸文庫、2004年］
Eliade, M. (1969), *Le mythe de l'éternel retour,* Gallimard.［ミルチャ・エリアーデ（堀一郎訳）『永遠回帰の神話―祖型と反復』未來社、1963年］
Eliade, M. (1976-1984), *Histoire des croyances et des idées religieuses,* Paris, Payot, 3 vol.［ミルチャ・エリアーデ（中村恭子ほか訳）『世界宗教史(1)〜(8)』ちくま学術文庫、2000年］
Even, A. (1956), « Le dieu celtique LVGVS », *Ogam,* 8, pp. 81-110.
Faral, E. (1929), *La légende arthurienne. Etudes et documents,* Paris, Champion, 3 tomes.
Fleuriot, L. (1980), *Les origines de la Bretagne,* Paris, Payot.
Folz, R. (1951), *Etudes sur le culte liturgique de Charlemagne dans les églises de l'Empire,* Paris, Belles Lettres.
Frazer, J. G. (1924), *Le folklore dans l'ancien Testament,* Paris, Geuthner.［J・G・フレーザー（江河徹ほか訳）『旧約聖書のフォークロア』太陽社、1977年］
Gaignebet, C. (1990), « Le sang-dragon au Jardin des Délices », *Ethnologie française,* 20, pp. 378-390.
Gaignebet, C. (2011), « Glastonbury dans la littérature médiévale » : *Dictionnaire des lieux*

et pays mythiques (sous la direction d'O. Battistini et *alii*), Paris, Laffont, pp. 556-558.

Glotz, G. (1906), « Exposition des enfants », *Etudes sociales et juridiques d'antiquités grecques,* Paris, pp.187-207.

Gottschald, M. (1982), *Deutsche Namenkunde. Unsere Familiennamen,* 5e éd. procurée par R. Schützeichel, Berlin, New York.

Gricourt, D. et Holland, D. (2005a), *Les saints jumeaux héritiers des Dioscures celtes. Lugle et Luglien et autres frères apparentés,* Bruxelles, Société belge d'études celtiques.

Gricourt, D. et Holland, D. (2005b), « Lugh/Lugus et les liens », *Dialogues d'histoire ancienne,* 31/1, pp. 51-78.

Gricourt, J. (1955), « L'oronyme Soleil-Bœuf. Les cultes solaires et le soleil patron des cordonniers », *Ogam,* 7, pp. 65-78.

Grisward, J. (1969), « Le motif de l'épée jetée au lac. La mort d'Arthur et la mort de Batradz », *Romania,* 90, pp. 289-340 et pp. 473-514.

Guerreau-Jalabert, A. (1986), « Grégoire ou le double inceste », dans : *Réception et identification du conte depuis le Moyen Age,* Toulouse, Presses universitaires du Mirail, pp. 21-38.

Guyonvarc'h, C. (1960), « *Nemos, nemetos, nemeton* : les noms celtiques du 'ciel' et du 'sanctuaire' », *Ogam,* 12, pp.185-197.

Guyonvarc'h, C. (1990), « Nemeton la forêt sanctuaire », dans : *Brocéliande ou l'obscur des forêts,* La Gacilly, Artus, pp. 34-36.

Guyonvarc'h, C. (1993), « L'initiation celtique », *Connaissance des religions,* 8, pp. 340-351.

Guyonvarc'h, C. et Le Roux, F. (2001), *La civilisation celtique,* Paris, Payot.

Harf-Lancner, L. (1987), « Le baptême par le feu : la survivance d'un rite dans trois textes épiques tardifs », *Senefiance,* 21, t. 2, pp. 629-641.

Haudry, J. (1981), *Les Indo-Européens,* Paris, P.U.F..

Haudry, J. (1983-1984), «Héra », *Etudes indo-européennes,* 6, 1983, pp. 17-46 et 7, 1984, pp. 1-28.

Haudry, J. (1987), *La religion cosmique des Indo-Européens,* Milano / Paris, Arché.

Hirata, F. Y. (1995), « Un enfant abandonné : *Ion* d'Euripide », dans : *Enfants et enfances dans les mythologies,* Presses de l'Université de Paris-X Nanterre, pp.137-144.

Horrent, J. (1951), *La Chanson de Roland dans les littératures française et espagnole au Moyen Age,* Paris.

Jones, E. (1914), *Saint Gilles. Essai d'histoire littéraire,* Paris, Champion.

Jung, C. G. (1993), *Psychologie de l'insconscient* (8e édition), Paris, Livre de poche. [C・G・

ユング（高橋義孝訳）『無意識の心理』人文書院、1977年］

Kerbrat, C. (2000), *Leçon littéraire sur l'héroïsme,* Paris, P.U.F..

Kérényi, K. (1975), « Naissance du mythe du héros », *Recherches poïétiques,* t. 1, Paris, Klincksieck, pp. 157-172.

Klibansky, R., Panofsky, E. et Saxl, F. (1989), *Saturne et la Mélancolie : études historiques et philosophiques : nature, religion, médecine et art* (traduit de l'anglais), Paris, Gallimard. ［レイモンド・クリバンスキー、アーウィン・パノフスキー、フリッツ・ザクスル（田中英道監訳）『土星とメランコリー　自然哲学、宗教、芸術の歴史における研究』晶文社、1991年］

Krappe, A. H. (1952), *La genèse des mythes,* Paris, Payot.

Lecouteux, C. (1981), « Les cynocéphales. Etude d'une tradition tératologique de l'Antiquité au XIIe siècle », *Cahiers de civilisation médiévale,* 24, pp.117-128.

Lecouteux, C. (1982a), *Mélusine et le Chevalier au cygne,* Paris, Payot.

Lecouteux, C. (1982b), « Aspects mythiques de la montagne au Moyen Age », *Le monde alpin et rhodanien,* pp. 43-54.

Lecouteux, C. (1998), *Au-delà du merveilleux. Essai sur les mentalités du Moyen Age,* Paris, Presses de l'Université de Paris-Sorbonne, 2e édition.

Le Goff, J. (1981), *La naissance du Purgatoire,* Paris, Gallimard. ［ジャック・ル・ゴッフ（渡辺香根夫＋内田洋訳）『煉獄の誕生』法政大学出版局、1988年］

Le Goff, J. (1985), *L'imaginaire médiéval,* Paris, Gallimard. ［ルゴフ『中世の想像世界（イマジネール）』所収の３つの論文「キリスト教と夢」、「西洋中世の荒野＝森」、「ブロセリアンドのレヴィ＝ストロース」の邦訳は、ジャック・ルゴフ（池上俊一訳）『中世の夢』（名古屋大学出版会、1992年）に収録］

Le Goff, J. (2004), *Héros du Moyen Age, le saint et le roi,* Paris, Gallimard.

Lejeune, R. (1961), « Le péché de Charlemagne et la *Chanson de Roland* », *Studia philologica : homenaje ofrecido a Damaso Alonso,* Madrid, Gredos, t. 2, pp. 339-371.

Le Roux, F. (1952), « Le Concilium Galliarum », *Ogam,* 4, pp. 280-285.

Le Roux, F. (1970-1973), « Notes d'histoire des religions. 55. Brigitte et Minerve », *Ogam,* 22-25, pp. 227-228.

Le Roux, F. et Guyonvarc'h, C. (1983), *Morrigan, Bodb, Macha. La souveraineté guerrière de l'Irlande,* Rennes, Ogam-Celticum.

Le Roux, F. et Guyonvarc'h , C. (1986), *Les Druides,* Rennes, Ouest-France.

Le Roux, F. et Guyonvarc'h, C. (1995), *Les fêtes celtiques,* Rennes, Ouest-France.

Le Roux, P. (1959), « Les arbres combattants et la forêt guerrière », *Ogam,* 11, pp. 1-10 et pp. 185–205.

Leroy, M. (1998), « Autour de la minette. La perduration de la production du fer en bas fourneau en Lorraine à la fin du Moyen Age », dans : J. T. Casarotto et B. Hamon, *Actes des congrès de la Société d'archéologie médiévale,* 6, vol. 1, pp. 145–150.

Lévi-Strauss, C. (1962), *La pensée sauvage,* Paris, Plon. [クロード・レヴィ＝ストロース（大橋保夫訳）『野生の思考』みすず書房、1976年]

Littleton, C. S. (1983–1984), « Some possible arthurian themes in Japanese mythology and folklore », *Journal of folklore research,* 20–21, pp. 67–81.

Lodéon, J. (1986), « Une mythologie de l'inceste. II. Les transgressions familiales dans la littérature (Charlemagne, les Années d'apprentissage de W. Meister) » dans : *Eidolon, Cahiers du LAPRIL,* 31, 127 p.

Loomis, R. S. (1926), *Celtic myth and arthurian romance,* Columbia University Press.

Loth, J. (1914), « Le dieu Lug, la Terre-Mère et les Lugoves », *Revue archéologique,* 24, t. 2, pp. 205–230.

Louis, R. (1954), « Les combats sur les gués chez les Celtes et chez les Germains », *Revue archéologique de l'est,* 5, pp. 186–193.

Martinet, A. (1994), *Des steppes aux océans. L'indo-européen et les Indo-européens,* Paris, Payot. [アンドレ・マルティネ（神山孝夫訳）『「印欧人」のことば誌――比較言語学概説』ひつじ書房、2003年]

Marx, J. (1952), *La légende arthurienne et le Graal,* Paris, P.U.F..

Masson, E. (1991), *Le combat pour l'immortalité. Héritage indo-européen dans la mythologie anatolienne,* Paris, P.U.F..

Moreau, A. (1999), *Mythes grecs. Origines,* Montpellier, Publications de l'Université Paul-Valéry, Montpellier 3, pp.120–121.

Morrissey, R. J. (1997), *L'empereur à la barbe fleurie. Charlemagne dans la mythologie et l'histoire de France,* Paris, Gallimard.

Mussot-Goulard, R. (2006), *Roncevaux (samedi 15 août 778),* Paris, Perrin.

Paris, G. (1865) , *Histoire poétique de Charlemagne,* Paris, 2e éd.,1905.

Payen, J. Ch. (1973), « Lancelot contre Tristan : la conjuration d'un mythe subversif (réflexion sur l'idéologie romanesque au Moyen Age) » dans : *Mélanges Pierre Le Gentil,* Paris, SEDES et CDU, pp. 617–632.

Polet, J. C., éd. (1992), *Patrimoine littéraire européen,* Bruxelles, De Boeck.

Poukhlii, I. (2002), « Paradoxes du conte merveilleux. Entre réelle présense du rite et liberté poétique (regard sur la théorie du conte de V. Propp) », dans : K. Watanabe éd.,

Tous les hommes virent le même soleil. Hommage à Philippe Walter, Tokyo, CEMT, pp. 120-132.

Propp, V. (1928), *La morphologie du conte,* Léningrad (traduction française : Seuil, 1970). [ウラジーミル・プロップ（北岡誠司・福田美智代訳）『昔話の形態学』白馬書房、1987年]

Propp, V. (1946), *Les racines historiques du conte merveilleux,* Léningrad (traduction française : Gallimard, 1983). [ウラジーミル・プロップ（斉藤君子訳）『魔法昔話の起源』せりか書房、1985年]

Rank, O. (1983), *Le mythe de la naissance du héros,* Paris, Payot. [オットー・ランク（野田倬訳）『英雄誕生の神話』人文書院、1986年]

Renard, J. B. (2006), *Rumeurs et légendes urbaines,* Paris, P.U.F..

Roheim, G. (1973), *Les portes du rêve,* Paris, Payot.

Roncaglia, A. (1986), « Roland e il peccato di Carlomagno », *Mélanges M. de Riquer,* Barcelone, pp. 315-348.

Roques, M. (1932), « *Ronsasvals,* poème épique provençal », *Romania,* 58, 1932, pp. 1-28 et pp.161-189.

Roux, G. (1963), « Kypselê. Où avait-on caché le petit Kypsélos ? », *Revue des études anciennes,* 65, pp. 279-289.

Roux, J.-P. (1966), *Faune et flore sacrées dans les sociétés altaïques,* Adrien-Maisonneuve.

Saintyves, P. (1928), « Les morts qui poursuivent leur vie sur la terre ou dans leurs tombeaux en attendant l'heure de revenir parmi les hommes. Essai sur les sources de ce thème légendaire », *Revue d'ethnographie,* 33, pp. 71-82.

Saintyves, P. (1929), « Les saints céphalophores. Etude de folklore hagiographique », *Revue de l'histoire des religions,* 99, pp. 158-231.

Saintyves, P. (1987a), *Les contes de Perrault et les récits parallèles,* Paris, Robert Laffont.

Saintyves, P. (1987b), *En marge de la légende dorée,* Paris, Robert Laffont.

Samelios (1952), « La Grande Muraille et les Fomoire », dans *Ogam*, pp. 205-206.

Samson, V. (2011), *Les berserkir. Les guerriers-fauves dans la Scandinavie ancienne de l'âge de Vendel aux Vikings (VIe-XIe s.),* Villeneuve d'Ascq, Presses Universitaires du Septentrion.

Schubert, P. (2003), *La Bibliothèque d'Apollodore. Un manuel antique de mythologie,* Editions de l'Aire.

Sellier, Ph. (1970), *Le mythe du héros ou le désir d'être dieu,* Paris, Bordas.

Sentis, G. (1984), *La Légende dorée du Dauphiné,* Grenoble, Didier-Richard.

Sergent, B. (1995), *Les Indo-Européens. Histoire, langues, mythes,* Paris, Payot et Rivage.

Sheler, M. (1958), *Le saint, le génie et le héros,* trad. E. Marmy, Lyon-Paris.

Shinoda, C. (1994), *La métamorphose des fées. Etude comparative des contes populaires français et japonais,* Nagoya, Presses de l'Université.

Sterckx, C. (1992), « Guerriers impies et chevaux ominaux dans l'hagiographie celte », *Ollodagos*, 3, pp. 185-192.

Sterckx, C. (1994), *Les dieux protéens des Celtes et des Indo-Européens,* Bruxelles, Société belge d'études celtiques.

Sterckx, C. (2009), *Mythologie du monde celte,* Paris, Hachette (Marabout).

Thompson, S. (1932-1936), *Motif-Index of folklore literature,* Helsinki, Academia scientarum fennica.

Ueltschi, K. (2006), « Sibylle, Arthur et sainte Agathe : les monts italiens comme carrefour des autres mondes », dans : *Materiali arturiani nelle letterature di Provenza, Spagna, Italia, Alessandria,* a cura di Margherita Lecco, Edizioni dell'Orso, pp. 142-164.

Vadé, Y. (2003), « Métal vivant. Sur quelques motifs de l'imaginaire métallurgique », *Eurasie*, 12, pp. 37-61.

Vendryès, J. (1927), « Saints Lugle et Luglien, patrons de Montdidier », *Revue celtique,* 44, pp. 101-108.

Vernant, J. P. (1974), *Mythe et société en Grece ancienne,* La Découverte.

Vernant, J. P. et Vidal-Naquet, P. (1988), *Œdipe et ses mythes,* Paris, Editions Complexe.

Walter, Ph. (1992), Article « Lohengrin : romanische Literaturen » dans : *Lexikon des Mittelalters,* Munich, Artemis Verlag, t. 5, col. 2137-2138 (en allemand).

Walter, Ph. (1997), Article « Lohengrin » dans *Enzyklopädie des Märchens,* Berlin & New York, Walter de Gruyter, 8, col. 1169-1172 (en allemand).

Walter, Ph. (1998), « La mythologie eurasiatique : définition et problèmes théoriques » (conférence donnée à l'Université de Nagoya le 11 février 1998)
［フィリップ・ヴァルテール（渡邉浩司訳）「ユーラシア神話――定義と理論上の諸問題」（中央大学『仏語仏文学研究』第 51 号、2019 年、pp. 77-85］

Walter, Ph. (2002), *Arthur, l'ours et le roi,* Paris, Imago.

Walter, Ph. (2003), *Mythologie chrétienne. Fêtes, rites et mythes du Moyen Age,* Paris, Imago.
［フィリップ・ヴァルテール（渡邉浩司・渡邉裕美子訳）『中世の祝祭—伝説・神話・起源』原書房、2007 年（第 2 版 2012 年）］

Walter, Ph. (2004), *Perceval, le pêcheur et le Graal,* Paris. Imago.

Walter, Ph. (2006a), *Tristan et Yseut. Le porcher et la truie,* Paris, Imago.

Walter, Ph. (2006b), « L'enfance de Gauvain : un horoscope mythique », dans : *Enfances arthuriennes,* Textes réunis par D. Hüe et C. Ferlampin-Acher, Orléans, Paradigme, pp. 33-46.

Watanabe, K. (2002), « L'énigme de Hiruko dans la mythologie japonaise. Le mythe de l'enfant-sangsue ou le mythe du jeune soleil ? », *Iris,* 23, pp. 55-62.

Yoshida, A. (1961-1963), « La mythologie japonaise : essai d'interprétation structurale », *Revue de l'histoire des religions,* 160, 1961, pp. 47-66 ; 161, 1962, pp. 25-44 ; 163, 1963, pp. 225-248.

Yoshida, A. (1977), « Japanese mythology and the Indo-european trifunctional system », *Diogenes,* 98, pp. 93-116.

3.『英雄の神話的諸相』収録素材

本書への収録にあたり、少なからぬ加筆や改訂を施した。なお本書の第2章、第3章、第5章、第9章の拙訳は初出である。

第1章 「シャルルマーニュと妹の近親相姦――中世史に残る《噂》をめぐる解釈学試論」(渡邉浩司訳)、中央大学『仏語仏文学研究』第44号、2012年3月、pp.191-210.

第4章 「ドラゴンの血(ジークフリート、フィン、タリエシン、テイレシアス)――古ヨーロッパの神話を求めて」(渡邉浩司・渡邉裕美子訳)、中央大学『中央評論』69巻3号(通巻第301号)、2017年11月、pp. 98-110.

第6章 「ローラン、トリスタン、ペルスヴァル――中世ヨーロッパの英雄の3つの顔」(渡邉浩司訳)、中央大学『仏語仏文学研究』第50号、2018年2月、pp.139-163.

第7章 「アイルランド神話のルグとガリア神話のルグスたち――中世の聖人伝に残るケルト神話」(渡邉浩司訳)、『ケルティック・フォーラム』第15号、2012年10月、pp.12-21.

第8章 「白鳥の神話(日本とヨーロッパ) ユーラシア神話学の視点から」(渡邉浩司訳)、『名古屋外国語大学外国語学部紀要』第18号、1998年7月、pp.148-157.

図版出典

図１　Flacelière, R. et Devambez, P, (1966), ill. V　図２～図５　渡邉浩司撮影　図６　Morrissey, R. J. (1997), ill. 14　図７　Le Goff, J. (2005), p. 47　図８　Mac Cana, P. (1970), p. 102　図９　https://fr.wikipedia.org/wiki/Achille#/media/File:Hydria_Achilles_weapons_Louvre_E869.jpg（2018.6.28閲覧）　図10　https://en.wikipedia.org/wiki/Achilles#/media/File:Peter_Paul_Rubens_181.jpg（2018.6.28閲覧）　図11　Simpson, J. (1987), p. 131　図12　フィリップ・ヴァルテール氏提供　図13　Storm, R. (2000), p. 38　図14　渡邉浩司撮影　図15　Aghion, I., Barbillon, C. et Lissarrague, F. (1994), p. 257　図16～図18　フィリップ・ヴァルテール氏提供　図19　うきは市教育委員会提供　図20　Boyer, R. (1997), p. 50　図21　Boyer, R. (1997), p. 127　図22　Boyer, R. (1997), p. 136　図23　Lady Chalotte Guest (1877), p. 417　図24　https://fr.wikipedia.org/wiki/Le_Jardin_des_délices#/media/File:El_jard%C3%ADn_de_las_Delicias,_de_El_Bosco.jpg（2018. 6. 29閲覧）　図25　https://fr.wikipedia.org/wiki/Le_Jardin_des_délices#/media/File:Hieronymus_Bosch_-_The_Garden_of_Earthly_Delights_-_The_Earthly_Paradise_（Garden_of_Eden）.jpg（2018. 6. 29閲覧）　図26　金沢百枝氏撮影　図27　Somony éditons d'art (2008), p. 32　図28　Walter, Ph. (2014), p. 42　図29　Delcourt, T. (dir.) (2009), p. 13　図30　Delcourt, T. (dir.) (2009), p. 16　図31　Boyer, R. (1997), p. 27　図32　Duval, P.-M. (1976), p. 153　図33　Puhvel, J. (1987), p. 184　図34　Simpson, J. (1987), p. 67　図35　Walter, Ph. (2014), p. 50　図36　Aghion, I., Barbillon, C. et Lissarrague, F. (1994), p. 149　図37　Puhvel, J. (1987), p. 252　図38　Ferlampin-Acher, C. et Hüe, D. (2009), p. 64　図39　Boyer, R. (1997), p. XXIX　図40　Plazy, G. (2001), pp. 48-49　図41　Somony éditons d'art (2008), p. 27　図42　Picot, G. (1972b), p. 2　図43　Picot, G. (1972a), p. 2　図44　Le Goff, J. (2005), p. 203　図45　Delcourt, T. (dir.) (2009), p. 20　図46　Delcourt, T. (dir.) (2009), p. 184　図47　渡邉浩司撮影　図48　Ferlampin-Acher, C. et Hüe, D. (2009), p. 94　図49　Ferlampin-Acher, C. et Hüe, D. (2009), p. 91　図50　Walter, Ph. (2009), p. 35　図51　Klibansky, R., Panofsky, E. et Saxl, F. (1989), p. 511　図52　Klibansky, R., Panofsky, E. et Saxl, F. (1989), p. 473　図53　Christinger, R. et Borgeaud, W. (2000), p. 88　図54　Mac Cana, P. (1970), p. 93　図55　Deyts, S. (1992), p. 134　図56　Krappe, A. H. (1952), p. 82　図57　Krappe, A. H. (1952), p. 82　図58　Krappe, A. H. (1952), p. 82　図59　渡邉浩司撮影　図60　Plazy, G. (2001), p. 30　図61　渡邉浩司撮影　図62　Walter, Ph. (2014), p. 122　図63　Walter, Ph. (1995), p. 15　図64

Clavier, A. dir.（2014）, p. 55　図65　Boyer, R.（1997）, p. XXX　図66　Boyer, R.（1997）, p. 165　図67　Boyer, R.（1997）, p. XXI　図68　https://ja.wikipedia.org/wiki/ヤマトタケル#/media/File:%E5%8A%A0%E4%BD%90%E7%99%BB%E7%A5%9E%E7%A4%BE_-_%E6%97%A5%E6%9C%AC%E6%AD%A6%E5%B0%8A%E5%83%8F2.jpg（2018.6.28 閲覧）　図69　https://ja.wikipedia.org/wiki/ヤマトタケル#/media/File:Mount_Ibuki_top_2011-03-06.jpg（2018.6.28 閲覧）　図70　Storm, R.（2000）, p. 51　図71　https://en.wikipedia.org/wiki/Kyffhäuser#/media/File:Barbarossas_Erwachen_（Wislicenus）.jpg（2018.7.26 閲覧）　図72　https://fr.wikipedia.org/wiki/Etna#/media/File:Etnas_1669_eruption.jpg（2018.6.28 閲覧）　図73　https://commons.wikimedia.org/wiki/File:Mont_Ventoux_par_Hackert_fin_XVIIIe.jpg（2018.6.28 閲覧）

＊＊＊

出典略号

Aghion, I., Barbillon, C. et Lissarrague, F.（1994）, *Héros et dieux de l'Antiquité,* Flammarion.

Boyer, R.（1997）, *Héros et dieux du Nord,* Flammarion.

Christinger, R. et Borgeaud, W.（2000）, *Mythologie de la Suisse ancienne,* Tome I et II, Georg Editeur.

Clavier, A. dir.（2014）, *Perceval en montagne,* Patrimoine en Isère.

Delcourt, T.（dir.）（2009）, *La Légende du roi Arthur,* Bibiliothèque Nationale de Paris / Seuil.

Deyts, S.（1992）, *Images des dieux de la Gaule,* Errance.

Duval, P.-M.（1976）, *Les dieux de la Gaule,* Payot.

Ferlampin-Acher, C. et Hüe, D.（2009）, *Mythes et réalités, histoire du roi Arthur,* Ouest-France.

Flacelière, R. et Devambez, P,（1966）, *Héraclès, images & récits,* Editions E. de Boccard.

Klibansky, R., Panofsky, E. et Saxl, F.（1989）, *Saturne et la Mélancolie : études historiques et philosophiques : nature, religion, médecine et art*（traduit de l'anglais）, Paris, Gallimard.

Krappe, A. H.（1952）, *La genèse des mythes,* Paris, Payot.

Lady Chalotte Guest（1877）, *The Mabinogion from the welsh of the Llyfr Coch o Hergest,* London.

Le Goff, J.（2005）, *Héros et merveilles du Moyen Age,* Paris, Seuil.

Mac Cana, P.（1970）, *Celtic Mythology,* Hamlyn.

Morrissey, R. J.（1997）, *L'empereur à la barbe fleurie. Charlemagne dans la mythologie et l'histoire de France,* Paris, Gallimard.

Picot, G. (1972a), *La Chanson de Roland,* t. I, Larousse.

Picot, G. (1972b), *La Chanson de Roland,* t. II, Larousse.

Plazy, G. (2001), *L'ABCdaire des Celtes,* Flammarion.

Puhvel, J. (1987), *Comparative Mythology,* The Johns Hopkins University Press.

Simpson, J. (1987), *European Mythology,* Hamlyn.

Somony éditons d'art (2008), *Le roi Arthur. Une légende en devenir,* Somogy/ Les Champs Libres.

Storm, R. (2000), *Asian mythology,* Lorenz Books.

Walter, Ph. (1995). « La 'mort' de l'ours Arthur », *L'Information littéraire,* 47-1.

Walter, Ph. (2009), *Album du Graal,* Gallimard.

Walter, Ph. (2014), *Dictionnaire de mythologie arthurienne,* Paris, Imago.

訳者あとがき

本書は、中世フランス文学の専門家フィリップ・ヴァルテール氏が、「インド＝ヨーロッパ神話」および「ユーラシア神話」の観点から「英雄」の神話的諸相に迫った9編の論考をまとめたものです（「ユーラシア神話」という概念については、本書の第8章で詳しい説明がなされています）。これらの論考には分量に長短があり、発表された時期も異なっていますが、本書での配列は「英雄」の生涯をたどるかたちになっています。つまり「英雄」の懐胎・誕生から死と死後の行方に至るまでの9段階を、さまざまな実例とともに分析しています。

フランス・モゼル県メッスで1952年に生まれたヴァルテール氏は、1987年に中世フランスの物語作品における祭りと暦をテーマにした研究により国家博士号を取得され、1990年から定年退職を迎えられた2013年までフランスのグルノーブル第3大学で中世フランス文学を講じられました。このうち1999年1月からご定年まで、氏は同大学にあった想像世界（イマジネール）研究所（通称CRI）の所長を務められ、学際的な研究の成果を全世界へ発信するために尽力されました。ヴァルテール氏の経歴やこれまでの研究業績については、拙訳『中世の祝祭』（原書房、2007年）および『アーサー王神話大事典』（原書房、2018年）の「訳者あとがき」の中で紹介しましたので、詳細はこちらをご覧下さい。

ヴァルテール氏は1995年12月に初来日されて以来、2015年春までに21回来日され、篠田知和基氏が主宰する比較神話学組織（通称GRMC）の主要メンバーとして活躍されました。氏は日仏の架け橋となり、本邦の比較神話研究に多大な貢献をされてきました。本書は、こうした日仏共同研究の賜物と言っても過言ではありません。

図版については、すべて本書のオリジナルです。図版の選定には訳者があたり、中には訳者自身が撮影した写真とヴァルテール氏から提供していただいた図版も含まれています。イタリア・オトラント大聖堂の床モザイクに描かれたアーサー王の写真を提供して下さった金沢百枝氏、珍敷塚古墳の写真の掲載を許可して下さったうきは市教育委員会に心より感謝申し上げます。

訳出にあたり、固有名詞のカタカナ表記については、古代ギリシア・ローマの主要な神名、祭名および著作者名の長音を慣例に従って無視したほかは、できる限り原音を尊重しました。ケルト文化圏の神話関連では、ベルンハルト・マイヤー著『ケルト文化事典』（鶴岡真弓監修・平島直一郎訳、創元社）と木村正俊・松村賢一編『ケルト文化事典』（東京堂出版）を参照させていただきました。なおギリシア語については濱岡剛氏、ロシア語については伊賀上菜穂氏、ウェールズ語については森野聡子氏、アイルランド語については田付秋子氏、北欧語については林邦彦氏、ブルトン語については別役昌彦氏、サンスクリット語については沖田瑞穂氏からご教示いただきました。そのほかにも数多くのみなさんが協力して下さいました。ここに特記してお礼申しあげます。

翻訳作業の過程では、我々からの多くの質問にヴァルテール氏はいつも迅速かつ丁寧な回答を寄せて下さいました。訳文中、［　］を挟んで補った注は、読者の便宜をはかって訳者が付け加えたものです。翻訳には最善を尽くしましたが、思わぬ誤記や間違いが残っているかもしれません。読者からの寛容なるご指摘をお待ちしたいと思います。

＊＊＊

本書の第２刷に際し、第１刷（2019年７月刊行）に残されていた誤植をいくつか訂正させていただきました。第１章4-2「イデオロギーに基づく政治的な解釈」については、小栗友一氏（名古屋大学名誉教授）から貴重なご指摘をいただきました。心よりお礼申し上げます。なお本書に頻出する「ケルトの」という形容語は、「ケルト文化圏の」や「ケルト諸語の」というニュアンスで使われていることにご留意下さい。

第１刷以降、「日本語で読める原典」には、以下の文献が加わりました。伝ネンニウス（瀬谷幸男訳）『ブリトン人の歴史』（論創社、2019年９月）、森野聡子編・訳『ウェールズ語原典訳　マビノギオン』（原書房、2019年11月）、渡邉浩司・渡邉裕美子訳『ゴーヴァンの幼少年期』（中央大学『中央評論』第315号〜第317号、2021年４月〜10月）。瀬谷氏と森野氏のご訳業に、心から敬意を表します。

Philippe Walter,
Aspects mythiques du héros.
Essais de mythologie eurasiatique I,
trad. par Kôji et Yumiko Watanabe

(Chuo University Press, 2019)

Chap. 1 Engendrer un héros par transgression

L'inceste de Charlemagne et de sa sœur. Essai d'herméneutique d'une rumeur historique au Moyen Age

Chap. 2 Fabriquer un héros par le feu

Héros de fer et muscles d'acier. La fabrique du héros indo-européen à partir du feu

Chap. 3 Tester le héros à sa naissance

Coffres et objets flottants dans les mythes d'abandon d'enfants sur la mer

Chap. 4 L'initiation héroïque

Le sang du dragon : Siegfried, Finn, Taliesin et Tiresias. A la recherche d'une mythologie de la vieille Europe

Chap. 5 Les exploits guerriers du héros

Les douze batailles d'Arthur selon l'*Historia Brittonum* du pseudo-Nennius (IXe siècle) : tradition mythique et onomastique celtique

Chap. 6 Trois défis héroïques en Occident

Roland, Tristan, Perceval : trois visages du héros médiéval européen

Chap. 7 Le héros solaire dans le calendrier

Lug, les Lugoves et la mort du héros solaire

Chap. 8 Mort et transmigration du héros

Les héros au cygne : à la recherche d'une mythologie eurasiatique

Chap. 9 : Le séjour posthume du héros

Le roi dans la montagne : étude d'une tradition relative au séjour des âmes errantes (de Gervais de Tilbury à Alphonse Daudet)

著者略歴

フィリップ・ヴァルテール（Philippe Walter）

1952年、フランス・モゼル県メッス生まれ。グルノーブル第3大学名誉教授。1999年から2013年まで同大学想像世界（イマジネール）研究所所長。文学博士。専攻は中世フランス文学・比較神話学。中世から現代までのヨーロッパの神話伝承・フォークロアに通じ、神話学的アプローチに基づく研究成果を精力的に発表している。特に「アーサー王物語」関連の著作が多い。中世フランスの文学作品の校訂や現代フランス語訳も数多く手掛け、ガリマール出版のプレイヤッド叢書では、『クレティアン・ド・トロワ全集』（1994年）で『クリジェス』と『イヴァン』を担当したほか、『聖杯の書』全3巻（2001～2009年）と『中世の短詩』（2018年）では編集責任者を務めた。日仏共同研究にも継続的に参加し、篠田知和基・丸山顕徳編『世界神話伝説大事典』（勉誠出版、2016年）では、8つの大項目と214の小項目を担当した。

訳者略歴

渡邉浩司（わたなべ・こうじ）

中央大学経済学部教授。名古屋大学大学院文学研究科博士課程（仏文学）満期退学。フランス・グルノーブル第3大学大学院に学ぶ。文学博士（課程博士）。専攻は中世フランス文学。著書に『クレチアン・ド・トロワ研究序説』（中央大学出版部、2002年）、共著書に『神の文化史事典』（白水社、2013年）、『世界女神大事典』（原書房、2015年）、共訳書にJ・マルカル『ケルト文化事典』（大修館書店、2002年）、『フランス民話集Ⅰ～Ⅴ』（中央大学出版部、2012～2016年、第51回日本翻訳出版文化賞）などがある。

渡邉裕美子（わたなべ・ゆみこ）

翻訳家。名古屋大学大学院文学研究科修士課程（仏文学）修了、同博士課程中退。渡邉浩司との共訳書にC・スティール＝パーキンス『写真集アフガニスタン』（晶文社、2001年）、Ph・ヴァルテール『中世の祝祭―伝説・神話・起源』（原書房、2007年）および『アーサー王神話大事典』（原書房、2018年、日本翻訳家協会2018年度翻訳特別賞）などがある。

英雄の神話的諸相 ――ユーラシア神話試論 I ――

2019年7月19日 初版第1刷発行
2024年6月10日 初版第2刷発行

著 者 フィリップ・ヴァルテール
訳 者 渡邉浩司
渡邉裕美子

発行者 松本雄一郎
発行所 中央大学出版部
〒192-0393 東京都八王子市東中野742-1
電話 042(674)2351 FAX 042(674)2354

恵友印刷㈱

ISBN 978-4-8057-5181-7